LE GÉNÉRAL DANS SON LABYRINTHE

Gabriel García Márquez est né en 1928 à Aracataca, village de Colombie. Journaliste, auteur de cinéma et écrivain. Immense succès en Amérique latine, traduit dans une quinzaine de pays, Cent Ans de solitude *lui apporte la notoriété internationale. Ses autres œuvres, notamment* L'Automne du patriarche, Chronique d'une mort annoncée *(film de Francesco Rosi),* La Mala Hora, L'Amour aux temps du choléra *ont confirmé puissamment la maîtrise d'un talent consacré en 1982 par le prix Nobel de littérature.*

Le 8 mai 1830, Simón José Antonio de la Santísima Trinidad Bolívar y Palacios quitte Bogotá, escorté de sa suite, après avoir définitivement renoncé au pouvoir. Le général Bolívar ignore qu'il entreprend son dernier voyage. C'est à cet instant capital que Gabriel García Márquez se saisit du personnage pour en faire son héros : « Que se passe-t-il ? Suis-je donc si malade que l'on me parle de testament et de confession ? Comment sortir de ce labyrinthe ? »
Mêlant la fiction à l'histoire, passant comme un magicien de la chanson de geste à la chronique ordinaire de la condition humaine, le romancier façonne les ruines d'un formidable rêve, que Bolívar contemple au fur et à mesure qu'il descend le grand fleuve Magdalena. Ici et là, les villes qui furent la scène de ses triomphes l'acclament, ignorant qu'il a renoncé une fois pour toutes au pouvoir. Dans les répits que lui accorde la maladie, entre les hallucinations de la fièvre, il revit, par la grâce de Gabriel García Márquez, sa gloire dans les batailles, ses triomphes d'amoureux libertin, la naissance des patries qu'il a forgées, l'histoire même de ce continent qu'il a en grande partie écrite.
Parfois, de splendides cauchemars lui laissent entrevoir un retournement du sort et, dans son esprit, l'épopée recommence. Cependant le romancier, qui lui a emboîté le pas, sait que le fleuve sur lequel file le navire du général n'est pas le Magdalena, mais cet autre fleuve, le temps, qui, lent, inexorable, va se jeter dans cette autre mer, la mort...

Paru dans Le Livre de Poche :

L'Automne du patriarche.
Chronique d'une mort annoncée.
La Mala Hora.
L'Aventure de Miguel Littin, clandestin au Chili.
L'Amour aux temps du choléra.
Les Funérailles de la Grande-Mémé.
(Les Langues modernes, série Bilingue.)

GABRIEL GARCÍA MÁRQUEZ
Prix Nobel de Littérature

Le général dans son labyrinthe

ROMAN TRADUIT DE L'ESPAGNOL (COLOMBIE)
PAR ANNIE MORVAN

GRASSET

L'édition originale de cet ouvrage a été publiée à Madrid,
en 1989, par Mondadori España, sous le titre :

El general en su laberinto

© Gabriel García Márquez, 1989.
© Éditions Grasset & Fasquelle, 1990, pour la traduction française.

*Pour Álvaro Mutis
qui m'a offert
l'idée de ce livre*

Il paraît que le démon dirige
les choses de ma vie.

Lettre à Santander
le 4 août 1823

José Palacios, son plus ancien serviteur, le trouva qui flottait, nu et les yeux ouverts, dans les eaux dépuratives de la baignoire, et il crut qu'il s'était noyé. Il savait que c'était une de ses nombreuses façons de méditer, mais l'extase dans laquelle il gisait, à la dérive, semblait celle de quelqu'un qui n'est plus de ce monde. Il n'osa pas s'approcher et l'appela d'une voix sourde, respectant l'ordre de le réveiller avant cinq heures afin de pouvoir partir aux premières lueurs de l'aube. Le général émergea de l'envoûtement et vit, dans la pénombre, les yeux bleus et diaphanes, la chevelure crépue couleur d'écureuil, la majesté impavide de son majordome de tous les jours qui tenait à la main la tasse d'infusion de coquelicots et de gomme arabique. Le général prit appui, sans force, sur les poignées de la baignoire et surgit des eaux médicinales avec une fougue de dauphin à laquelle on ne pouvait s'attendre de la part d'un corps aussi chétif.

« Partons, dit-il. Et vite, car ici personne ne nous aime. »

José Palacios le lui avait entendu dire à de si nombreuses reprises et en des occasions si diverses qu'une fois de plus il ne crut pas que ce fût vrai, bien que dans les écuries les chevaux fussent prêts et que la délégation officielle eût commencé à se réunir. Il l'aida à se sécher en toute hâte et lui passa un poncho montagnard sur son corps nu, car le tremblement de ses mains produisait, tasse contre soucoupe, un bruit de castagnettes. Quelques mois auparavant, en enfilant des culottes de daim qu'il n'avait plus portées depuis les nuits babyloniennes de Lima, il avait découvert qu'à mesure qu'il perdait du poids il rapetissait. Même sa nudité était différente, car il avait le corps blafard, et la tête et les mains comme boucanées par les abus de l'intempérie. Il avait eu quarante-six ans au mois de juillet précédent, mais ses boucles rêches de Caribéen étaient devenues couleur de cendre. Il avait les os en désordre à cause de sa décrépitude prématurée, et tout en lui était à ce point délabré qu'il ne semblait pas pouvoir durer jusqu'au prochain mois de juillet. Cependant, ses gestes décidés semblaient appartenir à un autre, moins abîmé par la vie, et il marchait sans arrêt autour de rien. Il but la tisane en cinq gorgées brûlantes qui manquèrent de lui faire des cloques sur la langue, fuyant ses propres traces d'eau sur les nattes élimées, et ce fut comme boire le philtre de la résurrection. Mais il ne dit pas un mot avant que n'aient sonné cinq heures au clocher de la cathédrale voisine.

« Samedi 8 mai de l'an trente, jour de la Très Sainte Vierge, médiatrice de toutes les grâces, annonça le majordome. Il pleut depuis trois heures du matin.

– Depuis trois heures du matin du dix-septième siècle, dit le général, la voix encore perturbée par l'haleine âcre de l'insomnie. Je n'ai pas entendu les coqs.

– Ici, il n'y a pas de coqs, dit José Palacios.

– Il n'y a rien, dit le général. C'est une terre d'infidèles. »

Ils étaient à Sante Fe de Bogotá, à deux mille six cents mètres au-dessus du niveau de la mer lointaine, et l'énorme chambre aux murs austères exposée aux vents glacials qui s'infiltraient par les fenêtres disjointes n'était pas la plus propice à la santé de qui que ce fût. José Palacios posa sur le marbre de la table de toilette le plat à barbe rempli de mousse et l'étui de velours rouge avec les instruments de rasage, tous en métal doré. Il posa le bougeoir avec la chandelle sur une console près du miroir, afin que le général eût assez de lumière, et il approcha le brasero pour qu'il y chauffât ses pieds. Puis il lui tendit les lunettes aux verres carrés et à la monture en argent fin qu'il portait toujours pour lui dans la poche de son gilet. Le général s'en chaussa et se rasa en maniant la lame avec une habileté égale de la main droite et de la main gauche car il était ambidextre de naissance, et avec une maîtrise étonnante de ce même tremblement qui, quelques minutes auparavant, l'avait empêché de tenir la tasse. Il acheva de se raser à l'aveuglette, sans cesser de tourner en rond dans la chambre, car il évitait le plus possible de se regarder dans le miroir afin de ne pas croiser son propre regard. Puis il s'arracha les poils du nez et des oreilles, frotta ses dents parfaites avec une poudre de charbon étalée sur une brosse en soie au manche en argent, se coupa et se polit les ongles des mains et des pieds, et enfin ôta son poncho et se versa dessus un grand flacon d'eau de Cologne, en frictionnant tout son corps des deux mains jusqu'à épuisement. Ce matin-là, il célébrait la messe quotidienne de la propreté avec une ardeur plus frénétique que de coutume, essayant de purifier son corps et son âme de vingt ans de guerres inutiles et de désillusions du pouvoir.

La dernière visite qu'il avait reçue la veille avait été celle de Manuela Sáenz, la Quitègne aguerrie qui l'aimait mais ne devait pas le suivre jusqu'à la mort. Elle resterait, comme toujours, avec pour mission de tenir le général bien informé de tout ce qui se produirait en son absence, car il n'avait depuis longtemps confiance en personne d'autre qu'elle. Il lui laissait en garde quelques reliques sans autre valeur que de lui avoir appartenu, ainsi que quelques-uns de ses livres les plus chers et deux coffres contenant ses archives personnelles. La veille, pendant le bref adieu formel, il lui avait dit : « Je t'aime beaucoup, mais je t'aimerai plus encore si dorénavant tu as plus de jugement que jamais. » Elle l'avait compris comme un hommage de plus parmi tous ceux qu'il lui avait rendus en huit ans d'amours ardentes. De tous ses proches, elle était la seule qui le croyait : cette fois il partait pour de bon. Mais elle était aussi la seule qui avait au moins une solide raison d'espérer qu'il reviendrait.

Ils ne pensaient pas se revoir avant le départ. Toutefois, la maîtresse de maison voulut leur offrir en cadeau un ultime adieu furtif, et elle fit entrer Manuela en tenue de cavalière par la porte des écuries, raillant ainsi les préjugés de la dévote communauté locale. Non qu'ils fussent des amants clandestins, car ils s'aimaient au grand jour et au grand scandale de tous, mais afin de préserver coûte que coûte la bonne réputation de sa maison. Le général fut plus timoré encore car il donna l'ordre à José Palacios de laisser ouverte la porte de la salle contiguë, lieu de passage obligatoire des domestiques, où les aides de camp qui montaient la garde continuèrent à jouer aux cartes bien après la fin de la visite.

Manuela lui fit la lecture pendant deux heures. Elle avait été jeune encore peu de temps auparavant, jusqu'au moment où sa chair avait commencé à l'emporter sur son âge. Elle fumait une pipe de marin, se parfumait à l'eau de verveine, une lotion pour militaires, s'habillait en homme et déambulait entre la soldatesque, mais sa voix aphone était encore propice aux pénombres de l'amour. Elle lisait à la pâle lumière de la chandelle, assise dans un fauteuil portant encore les armes du dernier vice-roi, et il l'écoutait de son lit, allongé sur le dos, revêtu de la tenue civile qu'il passait pour rester chez lui, avec pour couverture le poncho en alpaga. Seul le rythme de sa respiration indiquait qu'il ne dormait pas. Le livre, œuvre du Péruvien Noé Calzadillas, s'intitulait *Leçon des nouvelles et des rumeurs qui courent dans Lima en l'an de grâce 1826*, et elle le lisait avec une emphase théâtrale qui convenait à merveille au style de l'auteur.

Pendant l'heure suivante, on n'entendit que sa voix dans la maison endormie. Mais après la dernière ronde, le rire unanime d'un grand nombre d'hommes éclata soudain, mettant en émoi les chiens de tout le pâté de maisons. Il ouvrit les yeux, moins inquiet qu'intrigué, et elle ferma le livre sur ses genoux, en marquant la page avec son pouce.

« Ce sont vos amis, lui dit-elle.

– Je n'ai pas d'amis, répondit-il. Et s'il m'en reste encore quelques-uns, c'est pour peu de temps.

– Pourtant ils sont dehors et montent la garde pour qu'on ne vous tue pas », dit-elle.

C'est ainsi que le général apprit ce que la ville tout entière savait déjà : non pas un mais plusieurs attentats se tramaient contre sa personne, et ses derniers partisans veillaient dans la maison pour tenter de les déjouer. Le vestibule et les corridors autour du jardin intérieur étaient occupés par les hussards et les grenadiers, tous des Vénézuéliens qui l'accompagneraient jusqu'au port de Carthagène des Indes, où il devait s'embarquer pour l'Europe sur un voilier. Deux d'entre eux avaient étendu leur natte pour se coucher devant la porte principale de la chambre, et les aides de camp s'apprêtaient à reprendre leur jeu dans la salle avoisinante dès que Manuela aurait fini sa lecture, car les temps ne permettaient d'être sûr de rien au milieu de toute cette troupe d'origine incertaine et d'acabits divers. Sans se troubler de ces mauvaises nouvelles, d'un geste de la main il ordonna à Manuela de poursuivre sa lecture.

15

Il avait toujours considéré la mort comme un risque professionnel inévitable. Il avait fait toutes ses guerres en première ligne, sans recevoir une seule égratignure, et il circulait au milieu du feu ennemi avec une sérénité à ce point insensée que même ses officiers s'en tenaient à l'explication facile de son invulnérabilité. Il était sorti indemne de tous les attentats ourdis contre lui, et lors de plusieurs d'entre eux il n'avait eu la vie sauve que parce qu'il dormait ailleurs que dans son lit. Il se déplaçait sans escorte, mangeait et buvait sans prendre aucune des précautions qu'on lui offrait partout où il allait. Seule Manuela savait que son manque d'intérêt n'était ni de l'inconscience ni du fatalisme, mais la certitude mélancolique qu'il mourrait dans son lit, pauvre et nu, sans la consolation de la reconnaissance publique.

Le seul changement notable qu'il opéra dans les rites de ses insomnies en cette nuit de veille fut de ne pas prendre son bain chaud avant de se mettre au lit. José Palacios le lui avait préparé très tôt avec de l'eau de feuilles médicinales pour revigorer le corps et faciliter l'expectoration, et le maintenait à bonne température afin qu'il pût le prendre quand il le désirerait. Mais il ne le désira pas. Il prit deux comprimés laxatifs pour sa constipation chronique et se prépara à dormir, bercé par le chuchotement des rumeurs galantes de Lima. Soudain, sans cause manifeste, il fut pris d'une quinte de toux qui fit trembler les fondations de la maison. Les officiers qui jouaient dans la salle voisine s'arrêtèrent soudain. L'un d'eux, l'Irlandais Belford Hinton Wilson, entra dans la chambre pour voir si l'on avait besoin de lui, et vit le général couché sur le ventre en travers du lit, essayant de vomir ses entrailles. Manuela lui tenait la tête au-dessus de la cuvette. José Palacios, seul autorisé à entrer dans la chambre sans frapper, resta près du lit, en état d'alerte, jusqu'à ce que la crise fût passée. Alors, le général respira à fond, les yeux pleins de larmes, et désigna la table de toilette.

« C'est à cause de ces fleurs de cimetière », dit-il.

Comme toujours, car toujours il trouvait un coupable imprévu à ses malheurs. Manuela, qui le connaissait mieux que personne, fit signe à José Palacios d'emporter le vase avec les tubéreuses fanées du matin. Le général se recoucha sur le lit, les yeux fermés, et elle reprit sa lecture sur le même ton qu'auparavant. Lorsqu'elle le crut endormi, elle laissa le livre sur la table de chevet, déposa un baiser sur son front brûlant de fièvre et murmura à José Palacios qu'à partir de six heures du matin elle se tiendrait pour un dernier adieu aux Quatre Coins, là où s'ouvrait la grande-route de Honda. Puis elle jeta sur ses épaules une cape militaire, la releva pour cacher le bas de son visage et sortit de la chambre sur la pointe des pieds. Alors, le général ouvrit les yeux et dit d'une voix ténue à José Palacios :

« Dis à Wilson de la raccompagner jusque chez elle. »

L'ordre fut accompli contre la volonté de Manuela, qui se croyait en meilleure compagnie avec elle-même qu'avec un piquet de lanciers. José Palacios la précéda jusqu'aux écuries un chandelier à la main, en contournant le jardin intérieur orné d'un puits en pierre, où commençaient à fleurir les premières tubéreuses de l'aube. Il cessa un moment de pleuvoir et le vent s'arrêta de siffler entre les arbres, mais il n'y avait pas une étoile dans le ciel glacé. Le colonel Belford Wilson répéta le mot de passe de la nuit pour tranquilliser les sentinelles couchées sur les nattes du couloir. En passant devant la fenêtre de la grande salle, José Palacios vit le maître de maison qui servait le café au groupe d'amis, militaires et civils, qui se préparaient à veiller jusqu'au moment du départ.

Lorsqu'il revint dans la chambre, il trouva le général au bord du délire. Il l'entendit prononcer des phrases décousues qui tenaient en une seule : « Personne n'a rien compris. » Son corps brûlait sur le bûcher de la fièvre, et il avait des flatulences fétides et en cascade. Le lendemain matin, lui-même ne saurait dire s'il avait parlé en dormant ou déliré éveillé, ni ne pourrait s'en souvenir. C'était ce qu'il appelait « ma crise de démence ». Elle n'alarmait plus personne car il y avait plus de quatre ans qu'il en souffrait sans qu'aucun médecin se fût risqué à tenter une explication scientifique. Le jour suivant, on le voyait renaître de ses cendres, la raison intacte. José Palacios l'enveloppa dans une couverture, posa le chandelier sur le marbre de la table de toilette et sortit de la chambre sans fermer la porte afin de continuer à veiller dans la pièce voisine. Il savait qu'il se rétablirait à une heure quelconque de l'aube et plongerait dans les eaux glacées de la baignoire pour tenter de récupérer ses forces dévastées par l'horreur des cauchemars.

C'était la fin d'une journée tumultueuse. Une garnison de sept cent quatre-vingt-neuf hussards et grenadiers s'était soulevée sous le prétexte de réclamer trois mois de solde en retard. La véritable raison était autre : la plupart d'entre eux étaient vénézuéliens et avaient fait les guerres de libération de quatre nations, mais ces dernières semaines ils avaient été les victimes de tant d'invectives et de si nombreuses provocations de rue qu'ils avaient des raisons de craindre pour leur sort après que le général aurait quitté le pays. Le conflit se régla au moyen du paiement des viatiques et de mille pesos-or, à la place des soixante-dix mille que les insurgés réclamaient, et à la fin de l'après-midi ceux-ci partirent en rangs serrés vers leur terre d'origine, suivis par une foule de cantinières flanquées de leurs enfants et de leurs animaux domestiques. Le tonnerre des cuivres martiaux et des tambours ne parvint pas à faire taire les cris de la foule qui lançait des chiens à leurs trousses et faisait éclater des ribambelles de pétards pour gêner leur marche, comme on ne l'avait jamais fait avec aucune armée ennemie. Onze ans auparavant, au bout de trois siècles de domination espagnole, le féroce vice-roi don Juan Sámano avait pris la fuite par ces mêmes rues, déguisé en pèlerin, ses malles remplies d'idoles d'or, d'émeraudes brutes, de toucans sacrés, de boîtes radieuses pleines de papillons de Muzo, et il y en avait eu plus d'un pour le pleurer du haut des balcons, lui lancer une fleur et lui souhaiter de tout cœur une mer tranquille et un heureux voyage.

Le général avait participé en secret au règlement du conflit, sans quitter la maison où il était hébergé, qui était celle du ministre de la Guerre et de la Marine, et à la fin il avait envoyé avec les troupes rebelles le général José Laurencio Silva, son neveu par alliance et homme de confiance, comme garantie qu'il n'y aurait pas de nouveaux troubles jusqu'à la frontière du Venezuela. Il ne vit pas le défilé sous son balcon, mais il avait entendu les clairons et les tambours, et le branle-bas des gens entassés dans la rue dont il n'avait pu comprendre les cris. Il leur donna si peu d'importance que, dans le même temps, il examina avec ses secrétaires la correspondance en retard et dicta une lettre pour le Grand Maréchal don Andrés de Santa Cruz, président de la Bolivie, dans laquelle il lui annonçait qu'il se retirait du pouvoir mais ne disait pas avec certitude s'il se rendrait à l'étranger. « Je n'écrirai plus jamais une seule lettre de ma vie », dit-il en l'achevant. Plus tard, tandis qu'il suait la fièvre de la sieste, s'immiscèrent dans ses rêves des clameurs de tumultes lointains, et il se réveilla en sursaut à cause d'une traînée de pétards qui pouvaient être aussi bien l'œuvre des insurgés que celle des artificiers. Quand il s'en enquit, on lui répondit que c'était la fête. Comme ça, tout de go : « C'est la fête, mon général. » Sans que personne, pas même José Palacios, osât lui expliquer de quelle fête il s'agissait.

Ce n'est que lorsque Manuela le lui raconta au cours de sa visite du soir qu'il sut que c'était les partisans de ses ennemis politiques, ceux du parti démagogue ainsi qu'il les appelait, qui déambulaient dans les rues en ameutant contre lui les corporations d'artisans, avec la complaisance de la force publique. On était vendredi, jour de marché, ce qui rendait plus facile le désordre sur la grand-place. Une pluie plus vigoureuse que de coutume, avec des éclairs et des coups de tonnerre, dispersa les révoltés dans la soirée. Mais le mal était fait. Les étudiants du collège de San Bartolomé avaient pris d'assaut les bureaux du palais de justice pour exiger que le général soit jugé publiquement, et ils avaient déchiré à la baïonnette et défenestré un de ses portraits à l'huile grandeur nature, œuvre d'un ancien porte-drapeau de l'armée libératrice. La foule, enivrée de *chicha*, avait pillé les magasins de la rue Royale et les tavernes des faubourgs qui n'avaient pas fermé à temps, et fusillé sur la grand-place un général de paille qui n'avait pas besoin de porter une casaque bleue avec des boutons dorés pour que tout le monde le reconnût. On l'accusait d'être le promoteur occulte de la désobéissance militaire, en un essai tardif pour reprendre le pouvoir que le Congrès lui avait ôté par un vote unanime au bout de douze ans d'exercice sans trêve. On l'accusait de vouloir la présidence à vie pour léguer sa place à un prince d'Europe. On l'accusait de feindre un voyage à l'étranger alors qu'en réalité il partait pour la frontière du Venezuela afin de s'emparer du pouvoir à la tête de troupes insurgées. Les murs étaient recouverts de *papeluchas*, nom populaire désignant les pamphlets injurieux imprimés contre lui, et ses partisans les plus notoires demeurèrent cachés dans des maisons prêtées jusqu'à ce que les esprits se fussent calmés. La presse liée au général Francisco de Paula Santander, son principal ennemi, avait repris à son compte la rumeur selon laquelle sa maladie incertaine, clamée à voix haute, et les commérages rabâchant qu'il partait n'étaient que de simples artifices politiques pour qu'on le supplie de rester. Cette nuit-là, tandis que Manuela Sáenz lui racontait les détails d'une journée orageuse, les soldats du président par intérim s'efforçaient d'effacer sur le mur de l'archevêché une inscription au charbon : « Il ne part ni ne meurt. » Le général soupira.

« Les choses doivent aller très mal, dit-il, et moi pire que les choses, pour que tout cela ait eu lieu à cent mètres d'ici et que l'on m'ait fait croire que c'était une fête. »

En vérité, même ses amis les plus intimes ne croyaient ni à son départ du pays ni à son abandon du pouvoir. La ville était trop petite et ses gens trop jocrisses pour ne pas être au courant des deux grands obstacles à son voyage incertain : il ne disposait pas de sommes suffisantes pour se rendre où que ce fût avec une suite aussi nombreuse et, ayant été président de la République, il ne pouvait quitter le pays avant un an sans un permis du gouvernement qu'il n'avait pas même eu la malice de solliciter. L'ordre de préparer les bagages, qu'il avait donné d'une façon ostensible afin que l'entendît qui le voulait bien, ne fut pas même interprété comme une preuve décisive par José Palacios, car en d'autres occasions il était allé jusqu'à démanteler une maison pour feindre des départs qui avaient toujours été une habile manœuvre politique. Ses aides militaires sentaient que cette année les symptômes du désenchantement avaient été trop évidents. Pourtant, ce n'était pas la première fois, et au jour le moins attendu on le voyait s'éveiller avec l'esprit rénové et reprendre le cours de la vie avec plus de fougue qu'auparavant. José Palacios, qui avait toujours suivi de près ces changements imprévisibles, le disait à sa manière : « Ce que pense mon maître, seul mon maître le sait. »

Ses démissions successives étaient incorporées aux refrains populaires, depuis la plus ancienne qu'il avait annoncée par une phrase ambiguë lors de son discours d'investiture à la présidence : « Mon premier jour de paix sera mon dernier jour au pouvoir. » Les années suivantes, il avait tant de fois présenté sa démission et dans des circonstances si diverses qu'on ne savait plus où était la vérité. La plus bruyante de toutes avait eu lieu deux ans auparavant, la nuit du 25 septembre, lorsqu'il avait réchappé sain et sauf d'une tentative d'assassinat à l'intérieur de la chambre à coucher de la résidence présidentielle. La commission du Congrès qui lui avait rendu visite à l'aube, après qu'il eut passé six heures sans vêtements sous un pont, le trouva enveloppé dans une couverture de laine et les pieds dans une bassine d'eau chaude, mais moins prostré par la fièvre que par la déception. Il lui déclara qu'aucune enquête ne serait ouverte, que personne ne serait jugé et que la réunion du Congrès prévue pour le nouvel an aurait lieu tout de suite afin d'élire un autre président de la République.

« Après quoi, conclut-il, j'abandonnerai la Colombie pour toujours. »

Cependant l'enquête eut lieu, on jugea les coupables avec une main de fer, et quatorze d'entre eux furent fusillés sur la grand-place. Le Congrès constituant du 2 janvier ne se réunit que seize mois plus tard, et personne ne reparla de démission. Mais à cette époque il n'y eut nul visiteur étranger, nul invité d'occasion, nul ami de passage à qui il ne commentât :

« Je pars là où l'on m'aime. »

Les rumeurs sur sa maladie mortelle n'étaient pas, elles non plus, prises comme un indice de son départ. Nul ne doutait de ses maux. Au contraire, lors de son dernier retour des guerres du Sud, tous ceux qui l'avaient vu passer sous les arcades fleuries avaient eu la conviction qu'il n'était rentré que pour mourir. Au lieu de Palomo Blanco, son cheval historique, il montait une mule pelée ayant pour tapis de selle une natte informe. Ses cheveux avaient blanchi, son front était creusé de nuages errants, et sa casaque souillée avait une manche décousue. La gloire s'en était allée de son corps. Au cours de la veillée taciturne qu'on lui offrit ce soir-là dans la maison du gouvernement, il resta cuirassé en lui-même et on ne sut jamais si ce fut par perversité politique ou par simple distraction qu'il salua un de ses ministres en l'appelant par le nom d'un autre.

Son air abattu ne suffisait pas à faire croire qu'il partait, car cela faisait six ans qu'il se disait mourant et conservait cependant sa capacité de commandement. Le premier bruit, c'était un officier de la marine britannique qui l'avait colporté après l'avoir vu par hasard dans le désert de Pativilca, au nord de Lima, en pleine guerre de libération du Sud. Il l'avait trouvé allongé sur le sol d'une misérable cabane improvisée en quartier général, enveloppé dans une capote de bouracan, avec un chiffon noué autour de la tête parce qu'il ne supportait pas le froid des os dans l'enfer de la mi-journée, et sans même assez de forces pour chasser les poules qui picoraient autour de lui. Après une conversation difficile, traversée par des rafales de démence, il avait renvoyé le visiteur sur un ton dramatique et déchirant :

« Allez et racontez au monde comment vous m'avez vu mourir, couvert de fiente de poule sur ce plateau inhospitalier. »

On raconta que son mal était un coup de chaud provoqué par les soleils mercuriels du désert. On dit ensuite qu'il agonisait à Guayaquil, et plus tard à Quito, d'une fièvre gastrique dont le signe le plus inquiétant était un manque d'intérêt pour le monde et une absolue tranquillité d'esprit. Personne ne connaissait les fondements scientifiques de ces rumeurs car il s'était toujours opposé à la science des médecins et établissait ses diagnostics et ses ordonnances lui-même à partir de *la Médecine à votre manière*, de Donostierre, un manuel français de remèdes de bonne femme que José Palacios emportait partout comme un oracle pour comprendre et soigner n'importe quel trouble du corps ou de l'âme.

En tout cas, jamais une agonie ne fut plus fructueuse que la sienne. Car, alors qu'on l'imaginait moribond à Pativilca, il traversait une fois de plus les sommets andins, remportait la victoire à Junín, complétait la libération de toute l'Amérique espagnole par la victoire finale d'Ayacucho, créait la république de Bolivie et trouvait encore le temps, dans l'ivresse de la gloire, d'être heureux à Lima comme il ne l'avait jamais été et ne le serait plus jamais. De sorte que l'annonce répétée de son abandon du pays et du pouvoir pour cause de maladie, ainsi que les manifestations officielles qui paraissaient la confirmer, n'étaient que les réitérations vicieuses d'un drame trop vu pour être cru.

Peu après son retour, à la fin d'un conseil du gouvernement plutôt aigre, il prit le maréchal Antonio José de Sucre par le bras. « Restez avec moi », lui dit-il. Il le conduisit dans son bureau privé où il ne recevait que quelques élus, et l'obligea presque à s'asseoir sur son fauteuil personnel.

« Cette place est déjà plus vôtre que mienne », lui dit-il.

Le Grand Maréchal d'Ayacucho, son ami très cher, connaissait à fond l'état du pays, mais le général lui en dressa un rapport détaillé avant d'arriver à ses fins. Dans quelques jours le Congrès constituant devait se réunir pour élire le président de la République et voter une nouvelle Constitution, en une démarche tardive pour sauver le rêve doré de l'intégrité continentale. Le Pérou, aux mains d'une aristocratie rétrograde, semblait irrécupérable. Le général Andrés de Santa Cruz menait la Bolivie par le licou sur une route personnelle. Le Venezuela, sous l'empire du général José Antonio Páez, venait de proclamer son autonomie. Le général Juan José Flores, préfet général du Sud, avait réuni Guayaquil et Quito pour créer la république indépendante de l'Équateur. La république de Colombie, premier embryon d'une patrie immense et unanime, était réduite à l'ancienne vice-royauté de la Nouvelle-Grenade. Seize millions d'Américains à peine initiés à une vie libre demeuraient à la merci de leurs caudillos locaux.

« En somme, conclut le général, tout ce que nous avons bâti de nos mains, les autres le démolissent de leurs pieds.
– C'est une dérision du destin, dit le maréchal Sucre. C'est comme si nous avions semé à une telle profondeur l'idéal de l'indépendance que ces peuples tentent maintenant de devenir indépendants les uns des autres. »

Le général réagit avec une grande vivacité.

« Ne répétez pas les canailleries de l'ennemi, dit-il, même si elles sont aussi vraies que celle-ci. »

Le maréchal Sucre lui fit ses excuses. Il était intelligent, ordonné, timide et superstitieux, et il avait dans le visage une douceur que les vieilles cicatrices de la variole n'avaient pas réussi à atténuer. Le général, qui l'aimait tant, avait dit qu'il feignait d'être modeste sans l'être. Il s'était conduit en héros à Pichincha, à Tumusla, à Tarqui, et à vingt-neuf ans à peine révolus il avait commandé la glorieuse bataille d'Ayacucho qui avait anéanti le dernier réduit espagnol en Amérique du Sud. Mais, plus que pour ses mérites, on l'aimait pour sa générosité dans la victoire et pour ses talents d'homme d'État. Il avait renoncé à toutes ses fonctions et se promenait sans aucune de ses décorations militaires, vêtu d'un simple pardessus de drap noir tombant jusqu'aux chevilles, dont il relevait toujours le col afin de mieux se protéger des vents glacials des collines avoisinantes, aussi tranchants que des poignards. Selon ses désirs, son unique et ultime engagement au service de la nation était sa participation au Congrès constituant comme député de Quito. Il avait trente-cinq ans et une santé de fer, et il était fou d'amour pour dona Mariana Carcelén, marquise de Solanda, une Quitègne espiègle et belle, presque adolescente, qu'il avait épousée par procuration deux ans auparavant et avec qui il avait une petite fille de six mois.

Le général ne pouvait imaginer personne mieux qualifiée pour lui succéder à la présidence de la République. Il savait qu'il lui manquait encore cinq ans pour avoir l'âge réglementaire, à cause d'une interdiction constitutionnelle imposée par le général Rafael Urdaneta pour lui barrer la route. Cependant, le général menait des démarches confidentielles pour amender l'amendement.

« Acceptez, lui dit-il, je resterai généralissime et tournerai autour du gouvernement comme un taureau autour d'un troupeau de vaches.

Il semblait défaillir mais sa détermination était convaincante. Cependant, le maréchal savait depuis longtemps que le fauteuil où il était assis ne serait jamais sien. Peu auparavant, lorsqu'on lui avait pour la première fois offert la possibilité d'être président, il avait dit qu'il ne gouvernerait jamais une nation dont le système et l'avenir étaient de jour en jour plus hasardeux. Selon lui, le premier pas vers la purification était l'éviction des militaires du pouvoir, et il voulait proposer au Congrès qu'aucun général ne pût être président au cours des quatre prochaines années, sans doute dans le but de barrer le chemin à Urdaneta. Mais les opposants les plus virulents à cet amendement devaient être les plus forts : les généraux eux-mêmes.

« Je suis trop fatigué pour travailler sans boussole, dit Sucre. De plus, Votre Excellence sait aussi bien que moi qu'ici ce n'est pas d'un président que l'on aura besoin mais d'un dompteur d'insurrections. » Il assisterait au Congrès constituant, bien sûr, et il accepterait l'honneur de le présider si la demande lui en était faite. Mais rien de plus. Quatorze années de guerre lui avaient enseigné qu'il n'y avait pas de plus grande victoire que celle d'être vivant. La présidence de la Bolivie, ce pays inconnu et vaste qu'il avait fondé et gouverné avec une main de sage, lui avait révélé les vicissitudes du pouvoir. L'intelligence de son cœur lui avait appris l'inutilité de la gloire. « De sorte que non, Excellence », conclut-il. Le 13 juin, fête de san Antonio, il devait être à Quito auprès de sa femme et de sa fille, afin de célébrer avec elles cette journée et toutes celles que lui offrirait l'avenir. Car sa décision de vivre pour elles, rien que pour elles dans les joies de l'amour, était prise depuis le dernier Noël.

« C'est tout ce que je demande à la vie », dit-il.

Le général était livide. « Je croyais que je ne pouvais plus m'étonner de rien », dit-il. Il le regarda dans les yeux :

« C'est votre dernier mot ?

– L'avant-dernier, dit Sucre. Le dernier est ma gratitude éternelle pour les bontés de Votre Excellence. »

Le général se donna une claque sur la cuisse, comme pour s'évader d'un rêve irrémédiable.

« Bon, dit-il. Vous venez de prendre pour moi la décision finale de ma vie. »

Ce même soir, il rédigea sa démission sous l'effet démoralisant d'un vomitif que lui avait prescrit un médecin de passage pour tenter de calmer sa bile. Le 20 janvier, il inaugura le Congrès constituant par un discours d'adieu dans lequel il fit l'éloge de son président, le maréchal Sucre, comme du plus digne des généraux. L'éloge fut suivi d'une ovation du Congrès, mais un député assis près d'Urdaneta lui murmura à l'oreille : « Cela veut dire qu'il y a un général plus digne que vous. » La phrase du général et la perversité du député demeurèrent comme deux clous chauffés à blanc dans le cœur du général Rafael Urdaneta.

C'était juste. Bien qu'Urdaneta ne possédât pas les immenses mérites militaires de Sucre ni son grand pouvoir de séduction, il n'y avait aucune raison de penser qu'il était moins digne que lui. Sa sérénité et sa constance avaient été exaltées par le général lui-même, sa fidélité et son affection à son endroit étaient plus que prouvées, et il était l'un des rares hommes de ce monde qui osait lui lancer à la figure les vérités qu'il craignait d'entendre. Conscient de sa bévue, le général tenta de l'amender sur les épreuves d'imprimerie et à la place de « le plus digne des généraux », il corrigea de sa main : « l'un des plus dignes ». La correction n'atténua pas la rancœur.

Quelques jours plus tard, au cours d'une réunion du général avec des députés amis, Urdaneta l'accusa de feindre de partir alors qu'il essayait en secret de se faire réélire. Trois ans plus tôt, le général José Antonio Páez avait pris le pouvoir par la force dans le département du Venezuela, en une première tentative pour le séparer de la Colombie. Le général s'était alors rendu à Caracas, s'était réconcilié avec Páez lors d'une accolade publique au milieu de chants de jubilation et d'une volée de carillons, et lui avait fabriqué sur mesure un régime d'exception qui lui permettait de commander selon son bon vouloir. « C'est là que le désastre a commencé », dit Urdaneta. Car si cette complaisance avait fini d'empoisonner les relations avec les Grenadins, elle leur avait aussi donné le virus du séparatisme. Maintenant, conclut Urdaneta, le meilleur service que le général pouvait rendre à la patrie était de renoncer sans autre forme de procès au vice du commandement et d'abandonner le pays. Le général répliqua avec une égale véhémence. Mais Urdaneta était un homme intègre, au verbe facile et ardent, et tout le monde eut le sentiment d'avoir assisté à la ruine d'une grande et vieille amitié.

Le général réitéra sa démission et désigna don Domingo Caycedo président intérimaire, en attendant que le Congrès élise le titulaire. Le 1er mars, il abandonna le palais présidentiel par la porte de service afin de ne pas rencontrer les invités qui fêtaient son successeur par une coupe de champagne, et il partit dans une voiture prêtée pour la propriété de Fucha, un lieu de repos idyllique proche de la ville, que le président provisoire avait mis à sa disposition. La certitude de n'être plus qu'un citoyen comme un autre aggrava à elle seule les désastres du vomitif. Au cours d'un rêve éveillé, il demanda à José Palacios de lui procurer les fournitures nécessaires pour commencer à écrire ses Mémoires. José Palacios lui apporta de l'encre et une quantité de papier qui eût servi à quarante ans de souvenirs, et le général pria Fernando, son neveu et secrétaire, de lui prêter ses bons offices à partir du lundi suivant à quatre heures du matin, son heure la plus propice pour penser avec la rancœur à fleur de peau. Ainsi qu'il l'avait signifié à plusieurs reprises à son neveu, il voulait commencer par son plus ancien souvenir, un rêve qu'il avait fait à l'hacienda de San Mateo, au Venezuela, alors qu'il avait tout juste trois ans. Il avait rêvé qu'une mule noire à denture d'or était entrée dans la maison et l'avait parcourue depuis le salon principal jusqu'aux dépendances,

29

mangeant sans hâte tout ce qui se trouvait sur son passage tandis que la famille et les esclaves faisaient la sieste, et qu'elle avait fini par avaler les rideaux, les tapis, les lampes, les vases, la vaisselle et les couverts de la salle à manger, les saints des autels, les armoires et les coffres avec tout ce qu'il y avait dedans, les marmites dans les cuisines, les portes et les fenêtres avec leurs gonds et leurs heurtoirs, depuis le portique jusqu'aux chambres, et la seule chose qu'elle avait laissée intacte, flottant dans l'air, était l'ovale du miroir de la table de toilette de sa mère.

Mais il se sentit si bien dans la maison de Fucha, et l'air était si doux sous le ciel aux nuages véloces, qu'il ne reparla plus de ses Mémoires, et il profita de l'aube pour se promener le long des sentiers parfumés de la savane. Ceux qui lui rendirent visite les jours suivants eurent l'impression qu'il allait mieux. Surtout les militaires, ses amis les plus fidèles, qui le priaient de conserver la présidence au prix, s'il le fallait, d'une révolution de caserne. Il les découragea en arguant que prendre le pouvoir par la force était indigne de sa gloire, mais il ne semblait pas abandonner l'espoir d'être confirmé par une décision légitime du Congrès. José Palacios répétait: « Ce que mon maître pense, seul mon maître le sait. »

Manuela continuait d'habiter à quelques pas du palais de San Carlos, la résidence des présidents, l'oreille attentive aux rumeurs de la rue. Elle allait à Fucha deux ou trois fois par semaine, ou plus s'il y avait quelque chose d'urgent, chargée de massepains, de friandises chaudes confectionnées dans les couvents, et de tablettes de chocolat à la cannelle pour le goûter de quatre heures. Il était rare qu'elle apportât les journaux car le général était devenu à ce point susceptible à la critique que n'importe quelle remarque banale pouvait le mettre hors lui. En revanche elle lui racontait par le menu la politique, les perfidies de salon, les conjectures et les commérages, et il devait les écouter les boyaux noués, même s'ils lui étaient adverses, car elle était la seule personne autorisée à lui dire la vérité. Lorsqu'ils n'avaient pas grand-chose à se dire, ils révisaient la correspondance, ou elle lui faisait la lecture, ou ils jouaient aux cartes avec les aides de camp, mais ils déjeunaient toujours seuls.

Ils s'étaient connus à Quito huit ans plus tôt, lors d'un gala pour célébrer la Libération, alors qu'elle était encore l'épouse du docteur James Thorne, un gentleman anglais qui s'était implanté dans l'aristocratie de Lima au cours de la dernière période de la vice-royauté. Elle était la dernière femme avec qui il avait nourri un amour sans faille depuis la mort de son épouse, vingt-sept ans plus tôt, mais elle était surtout sa confidente, la gardienne de ses archives, sa lectrice la plus émouvante, et elle faisait partie de son état-major avec le grade de colonelle. Les temps étaient loin où elle avait été sur le point de lui mutiler une oreille d'un coup de dents au cours d'une crise de jalousie, mais leurs dialogues les plus triviaux culminaient encore souvent par les éclats de haine et les tendres capitulations des grandes amours. Manuela ne restait pas dormir. Elle partait avec assez d'avance pour que la nuit ne la surprît pas en chemin, surtout en cette saison de fugaces couchers de soleil.

À l'encontre de ce qui s'était passé à Lima dans la propriété de La Magdalena, où il devait inventer des prétextes pour l'éloigner tandis qu'il batifolait avec des dames de haut lignage et d'autres de moins haut, à Fucha il donnait des signes de ne pouvoir vivre sans elle. Il demeurait à contempler le chemin par lequel elle devait arriver, exaspérait José Palacios en lui demandant l'heure à tout instant, en le priant de changer le fauteuil de place, d'attiser le feu dans la cheminée, de l'éteindre, de le rallumer, impatient et de mauvaise humeur, jusqu'à ce que la voiture apparût derrière les collines et que la vie s'illuminât soudain. Mais il faisait preuve d'une anxiété comparable lorsque la visite se prolongeait plus que prévu. À l'heure de la sieste ils se mettaient au lit, sans se déshabiller et sans dormir, et ils commirent plus d'une fois l'erreur de tenter un dernier amour, car il refusait d'admettre que son corps était devenu insuffisant pour satisfaire son âme.

À cette même époque, ses insomnies tenaces donnèrent des signes de désordre. Il s'endormait à n'importe quelle heure au milieu d'une phrase tandis qu'il dictait du courrier, ou en pleine partie de cartes, et lui-même ne savait pas très bien si c'étaient des rafales de rêve ou des évanouissements éphémères, mais à peine était-il couché qu'il se sentait ébloui par une crise de lucidité. C'est tout juste s'il parvenait à trouver un demi-sommeil fangeux jusqu'à ce que vînt le réveiller le vent de la paix entre les arbres. Alors, il ne résistait pas à la tentation de remettre au lendemain matin la dictée de ses Mémoires pour faire une promenade solitaire qui se prolongeait parfois jusqu'à l'heure du déjeuner.

Il partait sous escorte, sans les deux chiens fidèles qui l'avaient accompagné quelquefois jusque sur les champs de bataille, sans ses chevaux épiques que l'on avait vendus au bataillon des hussards pour arrondir les frais du voyage. Il allait jusqu'au fleuve proche en foulant l'édredon de feuilles pourries des interminables allées, protégé des vents glacés de la savane par le poncho d'alpaga, des bottes fourrées de laine vivante, et son bonnet de soie verte qu'autrefois il ne portait que pour dormir. Il s'asseyait un long moment pour méditer devant le petit pont aux planches disloquées, à l'ombre des saules inconsolables, absorbé par les courants de l'eau qu'un jour il avait comparés au destin des hommes, en une similitude rhétorique propre au précepteur de sa jeunesse, don Simón Rodríguez. Une de ses escortes le suivait sans se faire voir jusqu'à ce qu'il rentrât, trempé de rosée, et le souffle si court que c'est à peine s'il pouvait monter les marches du perron, hâve et grisé, mais avec des yeux de dément heureux. Il se sentait si bien lors de ces promenades d'évasion que les gardes cachés l'entendaient chanter entre les arbres des chansons de corps de garde comme au cours de ses années de gloire légendaire et de défaites homériques. Ceux qui le connaissaient mieux s'interrogeaient sur les raisons de cette bonne humeur puisque Manuela elle-même doutait qu'il fût une fois de plus confirmé à la présidence de la République par un Congrès constituant qu'il avait en personne qualifié d'« admirable ».

Le jour de l'élection, au cours de sa promenade matinale, il vit un lévrier sans maître qui batifolait entre les haies avec les cailles. Il le siffla à la manière d'un ruffian, et l'animal s'arrêta net, le chercha les oreilles dressées, et le découvrit avec son bonnet de pape florentin et son poncho traînant presque à terre, abandonné à la volonté de Dieu entre les nuages fougueux et la plaine immense. Le chien le renifla tant qu'il le put tandis que le général lui caressait le poil du bout des doigts, mais il s'écarta soudain, le regarda dans les yeux avec ses yeux d'or, émit un grognement de méfiance et s'enfuit épouvanté. En le poursuivant par un sentier inconnu, le général se perdit dans un faubourg de petites rues bourbeuses et de maisons de torchis aux toits rouges, dont les cours fumaient dans la vapeur du lait que l'on venait de traire. Soudain, on entendit un cri :

« Saucisson ! »

Il n'eut pas le temps d'esquiver une bouse de vache qu'on lui jeta depuis une étable et qui s'écrasa au milieu de sa poitrine, éclaboussant son visage. Mais ce fut le cri, plus que l'explosion de la bouse, qui le réveilla de la stupeur dans laquelle il était plongé depuis qu'il avait quitté la maison présidentielle. Il connaissait le sobriquet que lui avaient donné les Grenadins, le même que celui d'un vagabond fou et célèbre pour ses uniformes de pacotille. Un sénateur, de ceux que l'on disait libéraux, l'avait en son absence appelé ainsi au Congrès, et seuls deux de ses collègues s'étaient levés pour protester. Mais le surnom ne l'avait jamais frappé de plein fouet. Il commença à s'essuyer le visage au bord de son poncho, et il n'avait pas terminé que le garde qui le suivait à son insu surgit d'entre les arbres, l'épée dégainée pour châtier l'affront. Il le foudroya d'un regard courroucé.

«Et vous, que diantre foutez-vous ici?» lui demanda-t-il.

L'officier se mit au garde-à-vous.

«J'accomplis un ordre, Excellence.

– Je ne suis pas votre excellence», répliqua-t-il.

Il le dépouilla de ses fonctions et de ses titres avec tant de rage que l'officier s'estima heureux qu'il n'eût plus assez de pouvoir pour exercer des représailles plus sévères. Même José Palacios, qui le comprenait si bien, eut du mal à concevoir son intransigeance.

Ce fut une mauvaise journée. Il passa la matinée à tourner en rond avec la même anxiété que lorsqu'il attendait Manuela, mais cette fois nul n'ignorait qu'il n'agonisait pas pour elle mais pour les nouvelles du Congrès. Il tentait de calculer à la minute près les détails de la séance. Lorsque José Palacios lui répondit qu'il était dix heures, il dit : «Malgré l'envie que les démagogues doivent avoir de braire, le vote a dû commencer.» Puis, à la fin d'une longue réflexion, il s'interrogea à voix haute : «Qui peut savoir ce que pense un homme comme Urdaneta?» José Palacios savait que le général le savait, parce que Urdaneta n'avait pas cessé de crier à la cantonade les raisons et la grandeur de son ressentiment. Au moment où José Palacios passa de nouveau près de lui, le général lui demanda comme si de rien n'était : « Pour qui crois-tu que votera Sucre ? » José Palacios savait aussi bien que lui que le maréchal Sucre ne pouvait pas voter parce qu'il était parti pour le Venezuela avec l'évêque de Santa Marta, Mgr José María Estévez, en mission du Congrès pour négocier les termes de la séparation. Il n'hésita donc pas à répondre : « Vous le savez mieux que personne, monsieur. » Le général sourit pour la première fois depuis son retour de l'abominable promenade.

En dépit de son appétit erratique, il s'asseyait presque toujours à table avant onze heures pour manger un œuf tiède accompagné d'un verre de porto, ou pour grignoter une croûte de fromage, mais ce jour-là il demeura sur la terrasse afin de surveiller la route tandis que les autres déjeunaient, et il était si absorbé que pas même José Palacios n'osa l'importuner. À trois heures passées il se leva d'un bond en entendant le trot des mules, alors que la voiture de Manuela n'était pas encore apparue en haut des collines. Il courut l'accueillir, ouvrit la portière pour l'aider à descendre, et à l'instant où il vit son visage il sut la nouvelle. Don Joaquín Mosquera, fils aîné d'une illustre maison de Popayán, avait été élu président de la République par un vote unanime.

Sa réaction ne fut ni de rage ni de déconvenue mais d'étonnement car il avait lui-même suggéré au Congrès le nom de don Joaquín Mosquera, certain que celui-ci n'accepterait pas. Il plongea dans une réflexion profonde et ne dit pas un mot jusqu'au goûter. « Pas une seule voix pour moi ? » demanda-t-il. Pas une seule. Toutefois, la délégation officielle qui lui rendit visite plus tard, formée de députés amis, lui expliqua que ses partisans s'étaient mis d'accord pour que le vote fût à l'unanimité afin qu'il n'apparût pas comme le perdant d'une querelle houleuse. Il était à ce point contrarié qu'il ne sembla pas apprécier la subtilité de cette manœuvre élégante. Il pensait, en revanche, qu'il eût été plus digne de sa gloire que l'on ait accepté sa démission la première fois qu'il l'avait présentée.

« En résumé, soupira-t-il, les démagogues ont de nouveau gagné et remporté la belle. »

Cependant, jusqu'au moment où la délégation officielle lui fit ses adieux sous le portique, il se garda bien de montrer l'état de commotion dans lequel il se trouvait. Mais les voitures à peine disparues de sa vue, il tomba foudroyé par une quinte de toux qui tint la maison en état d'alerte jusqu'au soir. Un des membres de la délégation avait dit que par la prudence de sa décision, le Congrès avait sauvé la république. Il avait fait semblant de ne pas l'entendre. Mais ce même soir, tandis que Manuela l'obligeait à prendre une tasse de bouillon, il lui dit : « Aucun congrès n'a jamais sauvé de république. » Avant de se coucher, il réunit ses aides de camp et les gens à son service et leur annonça avec la solennité habituelle dont il usait pour ses démissions suspectes :

« Dès demain j'abandonne le pays. »

Ce ne fut pas le lendemain mais quatre jours plus tard. Tandis qu'il recouvrait son sang-froid, il dicta une proclamation d'adieu où il ne laissait pas transparaître les blessures de son cœur et retourna en ville pour commencer les préparatifs du voyage. Le général Pedro Alcántara Herrán, ministre de la Guerre et de la Marine du nouveau gouvernement, l'emmena dans sa maison de la rue de la Enseñanza, non pas tant pour lui donner l'hospitalité que pour le protéger des menaces de mort qui se faisaient de plus en plus redoutables.

Avant de partir de Santa Fe il vendit aux enchères le peu de biens qui lui restaient afin d'améliorer son ordinaire. Outre les chevaux, il céda une vaisselle d'argent des temps prodigues de Potosí, que l'hôtel de la Monnaie avait estimée à sa simple valeur métallique sans tenir compte de la beauté de son orfèvrerie ni de ses mérites historiques : deux mille cinq cents pesos. Les comptes faits, il emportait en argent liquide dix-sept mille six cents pesos et soixante centimes, un bon de paiement de huit mille pesos-or sur le Trésor public de Carthagène, une pension à vie que lui avait accordée le Congrès, et un peu plus de six cents onces d'or réparties dans plusieurs malles. C'étaient les restes pitoyables d'une fortune personnelle qu'au jour de sa naissance on tenait pour l'une des plus prospères des Amériques.

Dans ses bagages, que José Palacios prépara sans hâte le matin même du voyage tandis que le général finissait de s'habiller, il n'y avait que deux sous-vêtements de rechange usagés, deux chemises de tous les jours, sa casaque de guerre avec la double rangée de boutons qui, à ce qu'on disait, avaient été confectionnés avec l'or d'Atahualpa, son bonnet de soie pour la nuit et une cape rouge que le maréchal Sucre lui avait rapportée de Bolivie. Pour se chausser il ne possédait que ses pantoufles et les bottes vernies qu'il avait aux pieds. Dans les malles personnelles de José Palacios, avec la trousse à pharmacie et quelques objets de valeur, il y avait *Le Contrat social* de Rousseau et *L'Art militaire* du général italien Raimondo Montecuccoli, deux joyaux de bibliothèque qui avaient appartenu à Napoléon Bonaparte et lui avaient été offerts par sir Robert Wilson, père de son aide de camp. Le reste était si peu de chose que tout tenait dans une musette de soldat. Lorsqu'il la vit, alors qu'il s'apprêtait à entrer dans la salle où l'attendait la délégation officielle, il dit :

« Nous n'aurions jamais cru, mon cher José, que tant de gloire tiendrait dans une chaussure. »

Sur les sept mules de charge, cependant, il y avait

d'autres caisses avec des médailles et des couverts en or et de multiples objets d'une certaine valeur, dix malles de documents privés, deux de livres déjà lus et au moins cinq de vêtements, et plusieurs caisses contenant toutes sortes de bonnes et mauvaises choses que personne n'avait eu la patience d'inventorier. Tout compte fait, ce n'était pas même l'ombre des bagages avec lesquels il était rentré de Lima trois ans auparavant, investi du triple pouvoir de président de Bolivie et de Colombie et de dictateur du Pérou : un train de bêtes portant soixante-douze malles et plus de quatre cents caisses pleines d'innombrables choses dont on ne put établir la valeur. À cette occasion, il avait laissé à Quito plus de six cents livres qu'il ne tenta jamais de récupérer.

Il était presque six heures. La bruine millénaire avait fait une pause, mais le monde était toujours trouble et froid, et la maison occupée par la troupe commençait à exhaler un remugle de caserne. Hussards et grenadiers se levèrent comme un seul homme lorsqu'ils virent approcher, au fond du corridor, le général taciturne, entouré de ses aides de camp, vert dans la splendeur de l'aube, avec son poncho jeté sur l'épaule et un chapeau à larges bords qui épaississait plus encore les ombres de son visage. Il avait devant la bouche un mouchoir imbibé d'eau de Cologne pour se protéger, selon une vieille superstition andine, des vents mauvais de cette brusque exposition à l'intempérie. Il ne portait aucun insigne de son rang ni ne lui restait le moindre indice de son immense autorité d'autrefois, mais le halo magique du pouvoir le rendait différent au milieu de la suite bruyante des officiers. Il se dirigea vers le salon de réception, en marchant à pas lents dans le corridor tapissé de nattes qui longeait le jardin intérieur, indifférent aux soldats qui se mettaient au garde-à-vous sur son passage. Avant de pénétrer dans le salon il glissa son mouchoir dans la manche de sa veste, comme ne le faisaient plus que les hommes du clergé, et tendit à l'un de ses aides de camp le chapeau qu'il portait.

Outre ceux qui l'avaient veillé dans la maison, civils et militaires n'avaient cessé d'arriver depuis l'aube. Ils buvaient du café en petits groupes dispersés, et leurs vêtements sombres ainsi que leurs voix sourdes conféraient à l'atmosphère une solennité lugubre. La voix aiguë d'un diplomate se fit soudain entendre par-dessus les murmures :

« On dirait des funérailles. »

Il n'avait pas achevé sa phrase qu'il sentit dans son dos le parfum d'eau de Cologne qui saturait la salle. Alors il se retourna, tenant sa tasse de café fumante entre le pouce et l'index, et s'inquiéta de ce que le fantôme qui venait d'entrer ait pu entendre son impertinence. Mais non : bien que le dernier voyage du général en Europe remontât à vingt-quatre ans en arrière, alors qu'il était très jeune, les nostalgies européennes étaient plus incisives que les rancœurs. De sorte que le diplomate fut la première personne à qui il s'adressa avec la courtoisie extrême que lui inspiraient les Anglais.

« J'espère que cet automne il n'y aura pas trop de brouillard sur Hyde Park », lui dit-il.

Le diplomate eut un instant d'hésitation car ces derniers jours il avait entendu dire que le général partait pour trois endroits différents dont aucun n'était Londres. Mais il se reprit aussitôt :

« Nous tenterons d'avoir pour Votre Excellence du soleil jour et nuit. »

Le nouveau président n'était pas là, car le Congrès l'avait élu en son absence et il lui fallait plus d'un mois pour rentrer de Popayán. En son nom et à sa place se trouvait le général Domingo Caycedo, vice-président élu, dont on disait que n'importe quelle fonction au service de la république lui était trop étroite car il avait le port et la prestance d'un roi. Le général le salua avec une grande déférence et lui dit d'un ton moqueur :

« Savez-vous que je n'ai pas de permis pour quitter le pays ? »

La phrase fut reçue par un éclat de rire général, bien que tout le monde sût que ce n'était pas une plaisanterie. Le général Caycedo promit de lui envoyer un passeport en règle par le prochain courrier partant pour Honda.

La délégation officielle était composée de l'archevêque de la ville, de notables et de fonctionnaires de haut rang accompagnés de leurs épouses. Les civils portaient des manteaux en laine d'agneau et les militaires des bottes de cheval, car ils s'apprêtaient à accompagner l'illustre proscrit pendant plusieurs lieues. Le général baisa l'anneau de l'archevêque et les mains des dames, et serra sans effusion celles des messieurs, maître absolu de ce cérémonial onctueux mais tout à fait étranger au caractère de cette ville équivoque dont il avait dit à plusieurs reprises : « Ce n'est pas mon théâtre. » Il salua tout le monde au fur et à mesure de son passage dans la salle et il eut pour chacun une phrase apprise en toute conscience dans les manuels d'urbanité, mais il ne regarda personne dans les yeux. Sa voix était métallique, avec des pointes de fièvre, et son accent caribéen, que tant d'années de voyages et de guerres en tous lieux n'avaient pas réussi à apprivoiser, semblait plus cru encore devant la diction vicieuse des Andins.

Lorsqu'il eut terminé de saluer, il reçut du président par intérim un pli signé de nombreux notables grenadins qui lui exprimaient la reconnaissance du pays pour ses longues années de service. Il feignit de le lire dans le silence de l'assemblée, comme un tribut additionnel au formalisme local, car sans ses lunettes il n'aurait pas même pu déchiffrer une calligraphie plus grande. Cependant, lorsqu'il fit semblant d'avoir terminé, il adressa à la délégation de brèves paroles de gratitude, à ce point pertinentes étant donné les circonstances que nul n'aurait pu dire qu'il n'avait pas lu le document. À la fin, il parcourut le salon du regard et demanda, sans dissimuler une certaine anxiété :

« Urdaneta n'est pas venu ? »

Le président par intérim l'informa que le général Rafael Urdaneta était parti derrière les troupes rebelles pour appuyer la mission préventive du général José Laurencio Silva. On entendit alors, par-dessus les autres voix, quelqu'un dire :

« Sucre n'est pas là non plus. »

Il ne pouvait laisser passer la malveillance de cette information qu'il n'avait pas sollicitée. Ses yeux, éteints et fuyants jusqu'alors, brillèrent d'une fulgurance fébrile et il répliqua sans savoir à qui :

« Nous n'avons pas informé le Grand Maréchal d'Ayacucho de l'heure de notre départ afin de ne pas l'importuner. »

Il semblait ignorer que le maréchal Sucre était rentré deux jours plus tôt du Venezuela où sa mission avait échoué car on lui avait interdit l'entrée dans son propre pays. Nul ne l'avait informé que le général partait, peut-être parce qu'il n'était venu à personne l'idée qu'il ne fût pas le premier à le savoir. José Palacios le sut à un mauvais moment, puis l'oublia dans le tumulte des dernières heures. Il n'écarta pas l'idée maligne, bien sûr, que le maréchal Sucre se fût vexé de ne pas avoir été prévenu.

Dans la salle à manger contiguë, un splendide petit déjeuner créole était servi : friands de maïs enveloppés dans leur feuille, boudins de riz, œufs brouillés en cocotte, une superbe variété de petits pains posés sur des napperons de dentelle, et des marmites de chocolat bouillant et dense comme de la colle parfumée. Les maîtres de maison avaient retardé le petit déjeuner au cas où le général eût accepté de le présider, bien qu'ils sussent que le matin il ne prenait qu'une infusion de coquelicots sucrée à la gomme arabique. De toute façon, la maîtresse de maison l'invita à s'asseoir sur le fauteuil qu'on lui avait réservé en bout de table, mais il refusa cet honneur et s'adressa à tout le monde avec un sourire poli :

« Ma route sera longue, dit-il. Bon appétit. »

Il se redressa pour dire adieu au président par intérim, et celui-ci lui répondit par une vigoureuse accolade qui permit à tout le monde de constater combien le corps du général était chétif, et combien il était désemparé et désarmé à l'heure des adieux. Puis il serra de nouveau la main de tous et baisa une fois encore celle des dames. Quelqu'un lui suggéra d'attendre une éclaircie, bien que tout le monde sût aussi bien que lui qu'il n'y aurait aucune embellie avant la fin du siècle. Au demeurant, son désir de partir au plus tôt était si évident que vouloir le retenir semblait une impertinence. Le maître de maison le conduisit jusqu'aux écuries sous la bruine invisible du jardin. Il tenta de l'aider en le tenant par le bras du bout des doigts, comme s'il était en verre, et il fut surpris par l'énergie en tension qui circulait sous sa peau, tel un torrent secret sans relation aucune avec l'indigence de son corps. Des délégués du gouvernement, des services diplomatiques et des forces militaires, embourbés jusqu'aux chevilles et leurs capes trempées de pluie, l'attendaient pour l'escorter dans sa première journée de voyage. Cependant, nul ne savait en toute certitude qui l'accompagnait par amitié, qui pour le protéger, qui pour être sûr que cette fois il partait pour de bon.

La mule qu'on lui avait réservée était la meilleure d'un troupeau de cent bêtes qu'un commerçant espagnol avait offert au gouvernement en échange de l'annulation de son procès de voleur de bétail. Le général avait déjà une botte à l'étrier que lui tendait le palefrenier lorsque le ministre de la Guerre et de la Marine l'appela : « Excellence ! » Il resta immobile, le pied à l'étrier, tenant la selle des deux mains.

« Restez, lui dit le ministre, et accomplissez un ultime sacrifice pour sauver la patrie.

– Non, Herrán, lui répondit-il, je n'ai plus de patrie pour laquelle me sacrifier. »

C'était la fin. Le général Simón José Antonio de la Santísima Trinidad Bolívar y Palacios partait pour toujours. Il avait arraché à la domination espagnole un empire cinq fois plus vaste que l'Europe, dirigé vingt années de guerres pour le conserver libre et uni, et l'avait gouverné d'une main ferme jusqu'à la semaine précédente. Mais à l'heure du départ il n'emportait pas même avec lui la consolation d'être cru. Le seul qui fût assez lucide pour savoir qu'en réalité il partait et où il partait fut le diplomate anglais qui envoya un rapport officiel à son gouvernement : « Le temps qui lui reste lui suffira à peine pour atteindre sa tombe. »

La première journée fut la plus ingrate, et elle l'eût été même pour quelqu'un de moins malade que lui, car son humeur était pervertie par l'hostilité larvée qu'il avait sentie dans les rues de Santa Fe le matin du départ. Le jour commençait à peine à se lever sous la bruine et il n'avait rencontré sur son passage que quelques vaches égarées, mais on sentait dans l'air l'animosité de ses ennemis. En dépit de la prévoyance du gouvernement, qui avait donné l'ordre de le conduire par les rues les moins fréquentées, le général parvint à voir quelques-unes des injures peintes sur les murs des couvents.

José Palacios chevauchait à son côté, vêtu comme toujours et même au plus fort de la bataille de sa queue-de-pie sacramentelle, avec l'épingle en topaze piquée à sa cravate de soie, ses gants de chevreau et son gilet de brocart où étaient croisées les léontines de ses deux identiques montres de gousset. Les harnais de sa monture étaient en argent de Potosí et ses éperons en or, raison pour laquelle dans plus d'un village des Andes on l'avait souvent confondu avec le président. Cependant, la diligence avec laquelle il satisfaisait les moindres désirs de son maître rendait toute méprise impensable. Il le connaissait et l'aimait tant qu'il souffrait dans sa propre chair de cet adieu de fugitif à la ville

45

qui avait eu l'habitude de transformer en fête nationale la simple annonce de son arrivée. À peine trois ans auparavant, lorsqu'il était rentré des guerres arides du Sud, écrasé par la plus grande quantité de gloire jamais méritée par aucun Américain mort ou vivant, il avait été l'objet d'une réception spontanée qui était restée dans les annales. C'était encore l'époque où les gens se pendaient au mors de son cheval et l'arrêtaient dans la rue pour se plaindre des services publics ou des impôts, pour solliciter des faveurs, ou dans le seul but d'approcher la magnificence de sa grandeur. Il accordait autant d'attention à ces plaintes de la rue qu'aux affaires les plus graves du gouvernement, et il avait une connaissance surprenante des problèmes domestiques de chacun, ou de l'état de ses affaires, ou des risques de sa santé, et quiconque parlait avec lui avait l'impression d'avoir partagé un instant les délices du pouvoir.

Pour personne il n'était le même qu'alors, pas plus que ne l'était cette ville taciturne qu'il abandonnait pour toujours avec des précautions de proscrit. Nulle part il ne s'était senti aussi étranger que dans ces ruelles froides, flanquées de maisons identiques aux toits bruns et aux jardins intimes sentant bon les fleurs, où grandissait de jour en jour une communauté villageoise dont les manières affectées et le dialecte castillan servaient plus à occulter les choses qu'à les dire. Cependant, bien que cela lui parût une facétie de l'imagination, c'était cette même ville aux brumes et aux vents glacials qu'il avait choisie avant même de la connaître pour bâtir sa gloire, qu'il avait aimée plus qu'aucune autre et idéalisée comme le centre et la raison de sa vie et comme la capitale de la moitié du monde.

À l'heure de régler les comptes, il semblait être le premier surpris de sa disgrâce. Le gouvernement avait posté des gardes invisibles jusque dans les endroits les moins dangereux, ce qui empêcha que ne fissent irruption devant lui les bandes déchaînées qui la veille l'avaient exécuté en effigie, mais pendant tout le trajet on entendit un seul et même cri distant : « Saucissooon ! » La seule âme qui eut pitié de lui fut une femme des rues qui lui dit sur son passage :

« Que Dieu te garde, fantôme ! »

Nul ne sembla l'avoir entendue. Le général plongea dans de sombres réflexions et continua de chevaucher, étranger au monde, jusqu'à ce qu'ils eussent quitté la savane resplendissante. Aux Quatre Coins, là où s'ouvrait la route pavée, seule et montée sur son cheval, Manuela Sáenz attendait le passage de la délégation, et de loin elle adressa au général un dernier adieu de la main. Il lui répondit de même et poursuivit sa route. Ils ne devaient plus se revoir.

La bruine cessa peu après, le ciel devint d'un bleu éclatant, et deux volcans enneigés demeurèrent immobiles à l'horizon le reste de la journée. Mais cette fois-ci il ne laissa pas transparaître sa passion pour la nature et ne fixa son attention ni sur les villages qu'ils traversaient au petit trot, ni sur les signes d'adieu qu'on leur adressait au passage sans les reconnaître.

Pourtant ce qui sembla le plus insolite à ses compagnons de route fut qu'il n'eut pas même un regard de tendresse pour les magnifiques chevaux des nombreux élevages de la savane, qui, ainsi qu'il l'avait dit tant de fois, étaient l'image qu'il aimait le plus au monde.

Au village de Facatativá, où ils passèrent la première nuit, le général prit congé de son escorte volontaire et continua le voyage avec sa suite. Elle était composée de cinq hommes, en plus de José Palacios : le général José María Carreño, qui avait eu le bras droit sectionné à la suite d'une blessure de guerre ; son aide de camp irlandais, le colonel Belford Hinton Wilson, fils de sir Robert

Wilson, un général vétéran de presque toutes les guerres d'Europe ; Fernando, son neveu, aide de camp et secrétaire, qui avait le grade de lieutenant, fils de son frère aîné mort lors d'un naufrage pendant la première République ; le capitaine Andrés Ibarra, son parent et aide de camp qui, deux ans auparavant, lors de l'assaut du 25 septembre, avait eu le bras droit coupé par un coup de sabre, et le colonel José de la Cruz Paredes, qui avait fait ses preuves dans les nombreuses campagnes de l'Indépendance. La garde d'honneur était composée de cent hussards et grenadiers choisis parmi les meilleurs du contingent vénézuélien.

José Palacios portait un soin particulier aux deux chiens qui avaient été pris comme butin lors de la guerre dans le Haut-Pérou. Ils étaient beaux et vaillants, et avaient été les gardiens nocturnes du palais présidentiel de Santa Fe jusqu'à la nuit de l'attentat où deux de leurs compagnons avaient été tués à coups de couteau. Pendant les interminables voyages de Lima à Quito, de Quito à Santa Fe, de Santa Fe à Caracas, et sur le chemin du retour à Quito et à Guayaquil, les deux chiens avaient surveillé le chargement en marchant à côté du train des bêtes. Lors du dernier voyage de Santa Fe à Carthagène, ils firent de même, bien qu'en cette occasion la charge fût moins importante et gardée par la troupe.

À Facatativá, le général s'était réveillé d'humeur maussade, mais il se reprit à mesure qu'ils descendaient du plateau par un sentier de collines ondulantes, que le climat s'adoucissait et que la lumière se faisait moins vive. Inquiète de l'état de son corps, sa suite l'invita plusieurs fois à prendre du repos, mais il préféra poursuivre sans déjeuner la route vers les terres chaudes. Il avait coutume de dire que le pas de son cheval l'invitait à penser, et il avait voyagé des jours et des nuits en changeant souvent de monture afin de ne pas les épuiser. Il avait les genoux cagneux des vieux cavaliers et la façon de marcher de ceux qui dorment avec leurs éperons, et il s'était formé autour de son fondement une callosité scabreuse semblable à du cuir à rasoir qui lui avait valu le surnom de Cul-de-Fer. Depuis qu'avaient commencé les guerres d'Indépendance, il avait chevauché dix-huit mille lieues : plus de deux fois le tour du monde. Nul ne démentit jamais la légende voulant qu'il dormît à cheval.

Passé midi, alors que l'on commençait déjà à sentir la vapeur chaude qui montait des ravins, ils s'accordèrent une pause afin de se détendre dans le cloître d'une mission. La mère supérieure en personne les accueillit, et un groupe de novices indigènes leur distribua des massepains tout juste sortis du four ainsi qu'une boisson de maïs granuleuse sur le point de fermenter. En voyant l'avancée des soldats couverts de sueur et habillés sans aucun ordre, la supérieure dut penser que le colonel Wilson était l'officier de plus haut grade, peut-être parce qu'il était blond et gracieux et qu'il portait un uniforme mieux passementé, et elle ne s'occupa que de lui avec une déférence très féminine qui provoqua des commentaires malicieux.

José Palacios profita de l'équivoque pour faire prendre à son maître un peu de repos à l'ombre des ceibas du cloître, et il l'enveloppa dans une couverture de laine afin qu'il suât sa fièvre. Le général demeura sans manger et sans dormir, écoutant dans la brume les chansons d'amour du répertoire créole que les novices chantaient, accompagnées à la harpe par une sœur plus âgée. À la fin, l'une d'elles fit le tour du cloître un chapeau à la main, quêtant pour la mission. La sœur à la harpe lui dit au passage : « Ne demande rien au malade. » Mais la novice ne l'écouta pas. Le général, sans même la regarder, lui dit avec un sourire amer : « C'est moi qui devrais demander l'aumône, ma fille. » Wilson lui tendit une obole de sa bourse personnelle, avec une prodigalité qui lui valut une plaisanterie cordiale de son chef : « Vous voyez ce que coûte la gloire, colonel. » Wilson manifesta plus tard sa surprise de ce que personne à la mission ni sur le reste du chemin n'eût reconnu l'homme le plus célèbre des nouvelles républiques. Ce fut aussi sans aucun doute pour ce dernier une étrange leçon :

« Je ne suis plus moi », dit-il.

Ils passèrent la deuxième nuit dans une ancienne factorerie de tabac transformée en auberge pour voyageurs, près du village de Guaduas, où on les attendait pour une manifestation de dédommagement qu'il ne voulut pas subir. La maison était immense et ténébreuse, et les parages eux-mêmes suscitaient une étrange anxiété, à cause de la végétation brutale et du fleuve aux eaux noires et tumultueuses qui se précipitaient vers les bananeraies des terres chaudes dans un fracas de démolition. Le général connaissait l'endroit et la première fois qu'il y était passé il avait dit : « Si je devais tendre à quelqu'un une embuscade madrée, je choisirais ces lieux. » Il les avait esquivés en d'autres occasions, parce qu'ils lui rappelaient Berruecos, un col sinistre sur la route de Quito que même les voyageurs les plus téméraires préféraient éviter. Un jour, il avait campé à deux lieues d'ici contre l'avis de tous, parce qu'il ne se croyait pas capable de supporter tant de tristesse. Mais cette fois, en dépit de la fatigue et de la fièvre, l'endroit lui sembla de toute façon plus tolérable que les agapes de condoléances avec lesquelles l'attendaient ses funestes amis de Guaduas.

En le voyant arriver dans cet état lamentable, le propriétaire de l'hôtellerie lui suggéra de faire appeler un Indien d'un hameau voisin qui soignait en reniflant une simple chemise trempée de la sueur du malade, à n'importe quelle distance et même s'il ne l'avait jamais vu. Le général se moqua de sa crédulité et interdit que quiconque des siens entrât en relation avec l'Indien thaumaturge. S'il ne croyait pas les médecins, qu'il tenait pour des trafiquants de la douleur d'autrui, on pouvait encore moins espérer qu'il confiât son sort à un spiritiste de hameau. À la fin, comme pour affirmer plus encore son dédain de la science médicale, il refusa la chambre confortable qu'on lui avait préparée et qui convenait le mieux à son état de santé, et il ordonna de suspendre son hamac sous la grande galerie découverte qui donnait sur le ravin, où il passerait la nuit exposé aux rigueurs du serein.

De toute la journée, il n'avait pris que son infusion matinale, et il ne s'assit à table que par courtoisie envers ses officiers. Bien qu'il se conformât mieux que personne aux rigueurs de la vie en campagne et qu'il fût presque un ascète pour manger et boire, il aimait et connaissait les arts de la cave et de la cuisine comme un Européen raffiné, et depuis son premier voyage il avait appris des Français la coutume de parler de nourriture en mangeant. Ce soir-là, il but un demi-verre de vin rouge et goûta par curiosité le ragoût de gibier, afin de constater si ce que disaient ses officiers et le maître de maison était exact : à savoir que la viande phosphorescente avait un goût de jasmin. Il ne prononça que deux phrases au cours du dîner, et ne les dit pas avec plus d'ardeur que celles, peu nombreuses, qu'il avait prononcées pendant le voyage, mais tous apprécièrent son effort pour adoucir avec une petite cuillerée de bonnes manières le vinaigre de ses disgrâces publiques et de sa mauvaise santé. Il n'avait pas reparlé de politique ni évoqué aucun des incidents du samedi, en homme qui, des années après l'outrage, ne parvient pas à surmonter le prurit de l'animosité.

Avant même qu'ils eussent fini de manger il demanda l'autorisation de se lever de table, enfila sa chemise de nuit, coiffa son bonnet et, tremblant de fièvre, s'écroula dans son hamac. La nuit était fraîche et une énorme lune orangée commençait à s'élever entre les collines, mais il n'avait pas l'humeur de la contempler. À quelques pas de la galerie, les soldats de son escorte se mirent à chanter en chœur des chansons populaires à la mode. Sur son ordre, fort ancien déjà, ils campaient toujours à proximité de sa chambre, comme les légions de Jules César, afin qu'il pût connaître leurs pensées et leur état d'esprit grâce à leurs conversations nocturnes. Ses promenades d'insomniaque l'avaient conduit bien souvent jusqu'aux dortoirs de campagne, et de nombreuses fois il avait vu le jour se lever en chantant avec les soldats des chansons de corps de garde aux strophes élogieuses ou moqueuses, improvisées dans la chaleur de la fête. Mais cette nuit-là, il ne put supporter les chants et donna l'ordre de les faire cesser. Le fracas éternel du fleuve entre les rochers, amplifié par la fièvre, s'incorpora à son délire :

« Foutre bleu ! s'écria-t-il. Si au moins on pouvait l'interrompre une minute ! »

Mais non : il ne pouvait plus arrêter le cours des fleuves. José Palacios voulut le calmer en lui faisant prendre un des nombreux palliatifs qu'ils avaient emportés dans la trousse à pharmacie, mais il le refusa. Ce fut la première fois qu'il entendit le général dire sa phrase légendaire : « Je viens de renoncer au pouvoir à cause d'un vomitif mal prescrit et je ne suis pas disposé à renoncer aussi à la vie. » Des années auparavant, il avait dit la même chose lorsqu'un autre médecin l'avait guéri de fièvres quartes avec un breuvage arsenical qui faillit le tuer d'une crise de dysenterie. Depuis lors, les seuls médicaments qu'il acceptait étaient les pilules purgatives qu'il prenait sans réticence plusieurs fois par semaine pour soigner sa constipation obstinée, et un lavement au séné pour les retards les plus critiques.

Peu après minuit, épuisé par un délire qui n'était pas le sien, José Palacios s'étendit sur le sol en brique nue et s'endormit. Lorsqu'il se réveilla, le général n'était plus dans le hamac et avait laissé par terre sa chemise de nuit trempée de sueur. Cela n'avait rien d'étrange. Il avait coutume d'abandonner son lit et de déambuler nu jusqu'au petit matin pour meubler ses insomnies lorsqu'il n'y avait personne dans la maison. Mais cette nuit-là, trop de raisons incitaient à craindre pour son sort, car il avait passé une mauvaise journée, et le temps froid et humide n'était pas ce qu'il y avait de meilleur pour se promener à l'intempérie. José Palacios prit une couverture et partit à sa recherche dans la maison illuminée par l'éclat verdâtre de la lune, et le trouva couché sur un banc de pierre du corridor, tel un gisant sur un tumulus funéraire. Le général tourna vers lui un regard lucide où ne demeurait plus un seul vestige de fièvre.

« C'est de nouveau comme la nuit de San Juan de Payara, dit-il. Hélas, sans Reina María Luisa. »

José Palacios ne connaissait que trop cette évocation. Elle se rapportait à une nuit de janvier 1820, dans une localité vénézuélienne perdue au milieu des hautes plaines de l'Apure, où le général était arrivé avec deux mille hommes de troupe. À cette époque il avait déjà libéré du joug espagnol dix-huit provinces. À partir des anciens territoires de la vice-royauté de la Nouvelle-Grenade, de la région militaire du Venezuela et de la présidence de Quito, il avait fondé la république de Colombie et il était alors son premier président et le général en chef de ses armées. Son ultime ambition était d'étendre la guerre vers le Sud, pour réaliser le rêve fantastique de créer la nation la plus grande du monde : un seul pays, libre et uni, du Mexique au cap Horn.

Toutefois, cette nuit-là sa situation militaire n'était pas la plus propice au rêve. Une épidémie subite qui foudroyait les bêtes en pleine marche avait laissé dans les plaines une traînée pestilentielle de quatorze lieues de chevaux morts. De nombreux officiers, démoralisés, se consolaient en pratiquant la rapine et se complaisaient dans la désobéissance, et certains allaient même jusqu'à rire de la menace qu'il avait proférée de faire fusiller les coupables. Deux mille soldats en guenilles et nu-pieds, sans armes, sans nourriture, sans couvertures pour se protéger de la rigueur des plateaux, fatigués des guerres et, pour la plupart, malades, avaient commencé à déserter en masse. À défaut d'une solution rationnelle, il avait donné l'ordre d'offrir une récompense de dix pesos aux patrouilles qui attraperaient et livreraient un de leurs camarades déserteurs, et de fusiller ce dernier sans tenir compte de ses raisons.

La vie lui avait déjà donné des motifs suffisants pour savoir qu'aucune défaite n'est la dernière. À peine deux ans auparavant, perdu avec son armée dans les forêts de l'Orénoque, tout près de là, il avait dû ordonner de manger les chevaux par crainte que les soldats ne se dévorassent les uns les autres. À cette époque, d'après le témoignage d'un officier de la Légion britannique, il avait la physionomie extravagante d'un guérillero de tréteaux. Il portait un casque de dragon russe, des espadrilles de muletier, une casaque bleue avec des brandebourgs rouges et des boutons dorés, et brandissait, hissée au bout d'une lance des plaines, une banderole noire de corsaire avec la tête de mort et les tibias croisés sur une devise en lettres de sang : « La liberté ou la mort. »

La nuit de la San Juan de Payara, ses vêtements étaient moins déguenillés mais sa situation n'était guère meilleure. Il était l'image même de l'état précaire de ses troupes et du drame tout entier de l'armée libératrice, qui avait de nombreuses fois resurgi agrandie des pires défaites et cependant était sur le point de succomber sous le poids de tant de victoires. En revanche, le général espagnol don Pablo Morillo, utilisant toutes sortes de recours pour soumettre les patriotes et restaurer l'ordre colonial, dominait encore de vastes secteurs de l'ouest du Venezuela et avait accru ses forces dans les montagnes.

Face à cet état du monde, le général ruminait ses insomnies en marchant tout nu dans les chambres désertes de la vieille demeure de l'hacienda, transfiguré par la splendeur lunaire. La plupart des chevaux morts la veille avaient été incinérés loin de la maison, mais l'odeur de pourriture persistait, insupportable. Les troupes n'avaient pas chanté depuis les journées mortelles de la semaine précédente, et lui-même ne se sentait pas capable d'empêcher les sentinelles de s'endormir de faim. Soudain, au bout d'une galerie ouverte sur les vastes plaines bleues, il vit Reina María Luisa assise sur le perron. C'était une belle mulâtresse au profil d'idole et dans la fleur de l'âge, qui fumait un cigare de cinq pouces, enveloppée jusqu'aux pieds dans un châle brodé de fleurs. Elle prit peur en le voyant et lui fit face en croisant ses deux index.

« De la part de Dieu ou du diable, dit-elle, que veux-tu ?

– Toi », répliqua-t-il.

Elle sourit et il devait se souvenir de l'éclat de ses dents dans la lumière de la lune. Il l'étreignit de toutes ses forces, l'empêchant de faire un geste tandis qu'il la couvrait de baisers tendres sur le front, les yeux, les joues, dans le cou, jusqu'à ce qu'il parvînt à l'amadouer. Alors il lui ôta son châle et en eut le souffle coupé. Elle aussi était nue, car sa grand-mère, qui dormait dans la même chambre qu'elle, lui dérobait ses vêtements afin qu'elle ne se lève pas pour fumer, sans savoir qu'au petit matin elle s'échappait enveloppée dans le châle. Le général la porta dans ses bras jusqu'au hamac, sans interrompre ses baisers bienfaisants, et elle ne se donna à lui ni par désir ni par amour mais par peur. Elle était vierge. Ce n'est que lorsqu'elle retrouva la maîtrise de son cœur qu'elle lui dit :

« Je suis une esclave, monsieur.

– Plus maintenant, dit-il. L'amour t'a rendue libre. »

Au matin il l'acheta au propriétaire de l'hacienda avec cent pesos de sa bourse appauvrie, et la libéra sans conditions. Avant de partir, il ne résista pas à la tentation de lui poser un dilemme en public. Il était dans l'arrière-cour de la maison, avec un groupe d'officiers montés n'importe comment sur des bêtes de somme, uniques survivantes de l'épidémie. Un autre corps d'armée, aux ordres du général de division José Antonio Páez, arrivé la veille, s'était réuni pour leur faire ses adieux.

Le général prit congé par une brève harangue dans laquelle il tempéra le côté dramatique de la situation, et il s'apprêtait à partir lorsqu'il vit Reina María Luisa dans son nouvel état de femme libre et bien servie. Belle et radieuse sous le ciel de la Plaine, elle venait de prendre un bain et était toute vêtue de blanc avec les jupons de dentelle amidonnée et le corsage serré des esclaves. Il lui demanda de bonne grâce :

« Tu restes ou tu pars avec nous ? »

Elle lui répondit avec un rire enchanteur :

« Je reste, monsieur. »

La réponse fut accueillie par un éclat de rire unanime. Alors, le maître de maison, un Espagnol rallié dès la première heure à la cause de l'indépendance et vieille connaissance du général, lui lança en se tordant de rire la petite bourse de cuir avec les cent pesos. Il l'attrapa au vol :

« Gardez-les pour la cause, Excellence, lui dit l'homme. La belle de toute façon est libre. »

Le général José Antonio Páez, dont l'expression de faune s'accordait avec sa chemise rapiécée de toutes les couleurs, partit d'un bruyant éclat de rire.

« Vous voyez, général, dit-il, voilà ce que c'est que de jouer les libérateurs. »

Il approuva et dit adieu à tous d'un large cercle de la main. Enfin, il adressa à Reina María Luisa un adieu de bon perdant et ne sut plus jamais rien d'elle. Du plus loin que portaient les souvenirs de José Palacios, il ne s'écoulait jamais une année de pleines lunes sans qu'il lui déclarât avoir revécu cette nuit, hélas sans l'apparition prodigieuse de Reina María Luisa. Et c'était toujours une nuit de défaite.

À cinq heures, lorsque José Palacios lui porta la première tisane, il le trouva qui dormait les yeux ouverts. Le général tenta de se lever avec une telle fougue qu'il faillit tomber à la renverse et souffrit un fort accès de toux. Il resta assis dans son hamac, se tenant la tête à deux mains tandis qu'il toussait, jusqu'à ce que la crise fût passée. Alors il commença à boire l'infusion fumante et dès la première gorgée son humeur s'améliora.

« Toute la nuit j'ai rêvé de Cassandre », dit-il.

C'était le nom par lequel il désignait en secret le général grenadin Francisco de Paula Santander, son grand ami d'autrefois et son plus grand contradicteur de tous les temps, chef de son état-major depuis le début de la guerre et président de la Colombie pendant les dures campagnes de libération de Quito et du Pérou, et lors de la fondation de la Bolivie. C'était, plus par nécessité historique que par vocation, un militaire efficace et vaillant, avec un rare penchant pour la cruauté, mais ce furent ses vertus civiles et son excellente formation académique qui étayèrent sa gloire. Il fut sans aucun doute le deuxième homme de l'indépendance et le premier dans la mise en ordre juridique de la république, à laquelle il insuffla pour toujours son esprit formaliste et conservateur.

Une des nombreuses fois où le général avait pensé démissionner, il avait dit à Santander qu'il abandonnait la présidence en toute tranquillité parce que « je vous y laisse vous, qui êtes un autre moi, et peut-être même meilleur que moi ». En aucun homme il n'avait déposé, par la raison ou par la force des choses, plus de confiance qu'en lui. Il l'honora du titre d' « Homme des Lois ». Cependant, celui qui avait mérité de tout était depuis deux ans exilé à Paris à cause de sa complicité jamais prouvée dans une conjuration pour l'assassiner.

Les choses s'étaient passées ainsi. Le 25 septembre 1828, vers minuit, douze civils et vingt-six militaires forcèrent le portail du palais présidentiel de Santa Fe, tranchèrent la gorge à deux des limiers du président, blessèrent plusieurs sentinelles, firent une grave blessure au bras du capitaine Andrés Ibarra, tuèrent d'un coup de pistolet le colonel écossais William Ferguson, membre de la Légion britannique et aide de camp du président, dont ce dernier avait dit qu'il était vaillant comme un César, et montèrent jusque dans la chambre présidentielle en criant des vivats à la liberté et mort au tyran.

Les factieux devaient justifier l'attentat par les pouvoirs extraordinaires d'une claire inspiration dictatoriale que le général avait assumés trois mois auparavant pour contrecarrer la victoire des santandéristes à la convention d'Ocaña. Les fonctions de vice-président de la République, que Santander avait exercées pendant sept ans, furent supprimées. Santander le fit savoir à un ami par une phrase caractéristique de son style personnel : « J'ai eu le plaisir d'être enfoui sous les ruines de la Constitution de 1821. » Il avait alors trente-six ans. Nommé ministre plénipotentiaire à Washington, il avait repoussé son voyage à trois reprises, espérant peut-être que triomphât le complot.

Le général et Manuela Sáenz inauguraient à peine une nuit de réconciliation. Ils avaient passé la fin de la semaine au village de Soacha, à deux lieues et demie de là, et étaient revenus le lundi dans des voitures séparées après une querelle d'amour plus virulente que les autres, car il était sourd aux avertissements d'une conspiration d'assassinat dont tout le monde parlait et en laquelle lui seul ne croyait pas. Chez elle, elle avait résisté jusqu'à neuf heures du soir aux messages insistants qu'il lui envoyait du palais de San Carlos, sur le trottoir d'en face, lorsque, après trois messages plus pressants que les autres, elle avait chaussé des pantoufles imperméables par-dessus ses bottes, couvert sa tête d'un foulard et traversé la rue inondée par la pluie. Elle l'avait trouvé qui flottait sur le dos dans les eaux parfumées de la baignoire, sans l'assistance de José Palacios, et si elle ne le crut pas mort ce fut parce qu'elle l'avait souvent vu en train de méditer dans cet état de grâce. Il la reconnut à son pas et lui parla sans ouvrir les yeux.

« Il va y avoir une insurrection », dit-il.

L'ironie ne put dissimuler sa rancœur : « Félicitations. Il pourrait même y en avoir dix car vous écoutez fort bien les avertissements.

– Je ne crois qu'aux présages », répondit-il.

Il s'autorisait ce jeu parce que le chef de son état-major, qui avait déjà transmis aux conjurés le mot de passe de la nuit afin qu'ils pussent leurrer la garde du palais, lui avait juré sur l'honneur que le complot avait échoué. Il sortit de la baignoire le cœur content.

« Ne faites pas attention, dit-il, il paraît que ces capons ont les foies blancs. »

Ils commençaient au lit les ébats de l'amour, lui tout nu, elle à moitié dévêtue, lorsqu'ils entendirent les premiers cris, les premiers coups de feu, et le tonnerre des canons contre une caserne loyale. Manuela l'aida à s'habiller en toute hâte, lui passa les pantoufles imperméables qu'elle avait chaussées par-dessus ses chaussures car le général avait donné à cirer son unique paire de bottes, et elle l'aida à s'enfuir par le balcon avec un sabre et un pistolet, mais sans aucune protection contre la pluie éternelle. Dès qu'il se retrouva dans la rue il pointa son pistolet armé sur une ombre qui s'approchait: « Qui vive ? » C'était son maître d'hôtel qui rentrait à la maison, effondré parce qu'il avait appris qu'on avait tué le général. Il décida de partager son sort jusqu'au bout et se cacha avec lui dans les buissons du pont du Carmen, sur les rives du San Agustín, jusqu'à ce que les troupes loyales en eussent fini avec l'émeute.

Avec une astuce et un courage dont elle avait déjà fait preuve en d'autres nécessités historiques, Manuela Sáenz reçut les assaillants qui avaient forcé la porte de la chambre. Ils demandèrent le président et elle leur répondit qu'il était dans la salle du conseil. Ils lui demandèrent pourquoi la fenêtre du balcon était ouverte en cette nuit d'hiver et elle répondit qu'elle l'avait ouverte pour savoir quels étaient les bruits que l'on entendait dans la rue. Ils lui demandèrent pourquoi le lit était tiède et elle leur dit qu'elle s'était couchée sans se dévêtir en attendant le président. Tandis qu'elle gagnait du temps en économisant ses réponses, elle fumait à grandes bouffées un cigare de charretier des plus ordinaires afin de dissimuler l'odeur fraîche d'eau de Cologne qui imprégnait encore la pièce.

Un tribunal présidé par le général Rafael Urdaneta avait conclu que le général Santander était l'auteur secret de la conspiration et le condamna à mort. Ses ennemis devaient dire que cette sentence était plus que méritée, non tant à cause de la culpabilité de Santander dans l'attentat que du cynisme avec lequel il était apparu le premier sur la grand-place pour donner au président une accolade de félicitations. Celui-ci était à cheval sous la pluie, sans chemise, sa casaque déchirée et trempée, au milieu des ovations de la troupe et du petit peuple accouru en masse depuis les faubourgs pour réclamer la mise à mort des assassins. « Tous les complices seront plus ou moins châtiés, écrivit le général dans une lettre au maréchal Sucre. Santander est le principal, mais c'est le plus fortuné parce que ma générosité le protège. » En effet, usant de ses attributions absolues, il commua la peine de mort en bannissement à Paris. En revanche, on fusilla sans preuves suffisantes l'amiral José Prudencio Padilla qui était en prison à Santa Fe pour avoir participé à une rébellion manquée à Carthagène des Indes.

Lorsque son maître rêvait du général Santander, José Palacios ignorait quand ses rêves étaient vrais et quand ils étaient imaginaires. Un jour, à Guayaquil, il raconta avoir rêvé d'un livre ouvert sur son ventre rond mais qu'au lieu de le lire il en arrachait les pages et les mangeait une à une, se complaisant à les mastiquer en faisant un bruit de chèvre. Une autre fois, à Cúcuta, il rêva qu'il l'avait vu couvert de cafards des pieds à la tête. Une autre nuit, dans la propriété champêtre de Monserrate, à Santa Fe, il se réveilla en poussant des cris, car il avait rêvé que le général Santander, avec qui il déjeunait en tête à tête, avait ôté ses yeux de leurs orbites et les avait posés sur la table parce qu'ils le gênaient pour manger. De sorte qu'au petit matin, près de Guaduas, lorsque le général déclara avoir rêvé une fois de plus de Santander, José Palacios ne lui demanda même pas quel avait été le sujet du rêve mais tenta de le consoler avec la réalité.

« Entre lui et nous, il y a toute la mer », dit-il.

Il l'arrêta net d'un regard brillant.

« Non, dit-il. Je suis sûr que ce crétin de Joaquín Mosquera le laissera rentrer. »

Cette idée le tourmentait depuis son dernier retour au pays, lorsqu'il avait considéré l'abandon du pouvoir comme une affaire d'honneur. « Je préfère l'exil ou la mort au déshonneur de laisser ma gloire entre les mains du collège de San Bartolomé », avait-il dit à José Palacios. Cependant, l'antidote portait en lui son propre poison, car à mesure qu'il approchait de la décision finale, il était de plus en plus certain qu'à peine parti on rappellerait d'exil le général Santander, le gradé le plus éminent de ce repaire d'avocaillons.

« C'est bel et bien une crapule », dit-il.

La fièvre avait tout à fait disparu et il se sentait si bien qu'il demanda une plume et du papier à José Palacios, chaussa ses lunettes et écrivit de sa propre main un billet de six lignes à Manuela Sáenz. Comportement qui devait paraître étrange même à quelqu'un aussi habitué que José Palacios à ses actes impulsifs, et qui ne pouvait être compris que comme un présage ou une inspiration soudaine et insupportable. Car il contredisait sa détermination du vendredi précédent de ne plus écrire une seule lettre de sa vie, et contrarierait l'habitude de réveiller ses secrétaires à n'importe quelle heure pour expédier le courrier en retard, ou dicter une proclamation, ou mettre en ordre les idées qui lui venaient pêle-mêle lors de ses réflexions nocturnes. Cela devait sembler plus étrange encore car la lettre n'était pas d'une urgence évidente et n'ajoutait à son conseil, au moment des adieux, qu'une phrase plutôt mystérieuse : « Fais attention à ce que tu fais car sinon, en te perdant toi, tu nous perds tous les deux. » Il l'écrivit à toute vitesse, comme s'il n'y réfléchissait pas, et à la fin, il continua de se balancer dans le hamac, l'air absorbé, la lettre à la main.

« Le grand pouvoir réside dans la force irrésistible de l'amour, soupira-t-il soudain. Qui a dit cela ?
– Personne », répondit José Palacios.

Il ne savait ni lire ni écrire et avait refusé d'apprendre, en avançant l'argument très simple qu'il n'y avait de plus grande sagesse que celle des ânes. Mais en revanche il était capable de se souvenir de n'importe quelle phrase entendue au hasard, et il ne se rappelait pas celle-ci.

« Alors c'est moi qui le dis, déclara le général, mais nous dirons que c'est le maréchal Sucre. »

Nul n'était plus opportun que Fernando dans ces moments de crise. Il était le plus serviable et le plus patient des nombreux secrétaires du général, quoiqu'il ne fût pas le plus brillant, et il supportait avec un stoïcisme à toute épreuve le despotisme des horaires ou l'exaspération des insomnies. Le général le réveillait à n'importe quelle heure pour lui faire lire un livre sans intérêt, ou pour prendre des notes improvisées et urgentes qui le lendemain matin étaient jetées au panier. Il n'avait pas eu d'enfants de ses innombrables nuits d'amour (bien qu'il affirmât posséder la preuve de ne pas être stérile) et à la mort de son frère il s'était chargé de Fernando. Il l'avait envoyé avec des lettres de recommandation à l'académie militaire de Georgetown, où le général La Fayette lui avait exprimé les sentiments d'admiration et de respect que son oncle lui inspirait. Fernando avait ensuite séjourné au collège de Charlotteville et à l'université de Virginie. Il ne fut pas le successeur dont le général avait tant rêvé, car les études académiques l'ennuyaient et il les troquait, enchanté, contre la vie au grand air et les arts sédentaires du jardinage. Le général le fit venir à Santa Fe dès la fin de ses études et découvrit sur-le-champ ses vertus de secrétaire, d'une part à cause de sa belle écriture et de sa maîtrise de l'anglais parlé et écrit, d'autre part parce qu'il était le seul à pouvoir inventer des procédés de feuilletoniste qui tenaient le lecteur en haleine, et que lorsqu'il lisait à voix haute il improvisait au vol des épisodes audacieux pour pimenter les paragraphes ennuyeux. Comme tous ceux qui étaient au service du général, Fernando eut son heure de disgrâce lorsqu'il attribua à Cicéron une phrase de Démosthène que son oncle cita par la suite dans un discours. Pour être qui il était, le général fut beaucoup plus sévère avec lui qu'avec les autres, mais il lui pardonna avant la fin de la punition.

Le général Joaquín Posada Gutiérrez, gouverneur de la province, avait précédé la délégation de deux jours afin de prévenir de son arrivée là où elle devait passer la nuit, et d'avertir les autorités du grave état de santé du général. Mais ceux qui le virent arriver à Guaduas dans l'après-midi du lundi confirmèrent la rumeur obstinée voulant que les mauvaises nouvelles du gouverneur et le voyage lui-même ne fussent qu'une ruse politique.

Le général fut une fois de plus invincible. Il entra par la rue principale, dépoitraillé et un foulard de gitan autour de la tête pour éponger sa sueur, saluant avec son chapeau au milieu des vivats, des pétards et des carillons de l'église qui ne permettaient pas d'entendre la musique, et monté sur une mule au trot allègre qui ôtait au défilé toute prétention de solennité. La seule maison dont les persiennes restèrent fermées fut le collège des bonnes sœurs, et ce même après-midi la rumeur devait courir qu'on avait interdit aux élèves de participer à la réception, mais il conseilla à ceux qui le lui racontèrent de ne pas croire les commérages de couvent.

La veille, José Palacios avait donné à laver la chemise dans laquelle le général avait transpiré de fièvre. Une ordonnance l'avait confiée aux soldats qui étaient descendus à l'aube la laver dans le fleuve, mais à l'heure du départ, personne n'avait pu la trouver. Pendant le voyage à Guaduas, et plus tard pendant la fête, José Palacios parvint à établir que le propriétaire de l'auberge avait emporté la chemise sale pour que l'Indien thaumaturge fît une démonstration de ses pouvoirs. De sorte que lorsque le général rentra, José Palacios l'informa de l'abus de l'aubergiste, en lui précisant qu'il ne lui restait d'autre chemise que celle qu'il portait sur lui. Le général prit la chose avec une certaine soumission philosophique.

« Les superstitions sont plus têtues que l'amour, dit-il.

– Ce qui est bizarre, c'est que depuis hier soir nous n'avons plus de fièvre, dit José Palacios. Et si ce guérisseur était un vrai magicien ? »

Le général ne trouva pas de réplique immédiate et se laissa aller à une réflexion profonde, tout en se berçant dans le hamac au rythme de ses pensées. « C'est vrai que je n'ai plus mal à la tête, dit-il. Je n'ai pas la bouche amère ni l'impression que je vais tomber du haut d'une tour. » Mais à la fin il se donna une claque sur les genoux et se leva avec une impulsion résolue.

« Ne m'embrouille plus la tête », dit-il.

Deux domestiques apportèrent dans la chambre une grande marmite d'eau bouillante pleine de feuilles aromatiques, et José Palacios prépara le bain du soir croyant que le général allait se coucher tôt à cause de la fatigue de la journée. Mais le bain refroidit tandis qu'il dictait une lettre à Gabriel Camacho, le mari de sa nièce Valentina Palacios et son fondé de pouvoir à Caracas chargé de la vente des mines d'Aroa, un gisement de cuivre qu'il avait hérité de ses aïeux. Il ne semblait pas avoir une idée très claire de son avenir, car dans une ligne il disait qu'il se rendrait à Curaçao tandis que Camacho mènerait l'entreprise à bon terme, et dans une autre il lui demandait de lui écrire à Londres aux bons soins de sir Robert Wilson et d'envoyer copie de la lettre à l'adresse de M. Maxwell Hyslop à la Jamaïque, afin d'être sûr d'en recevoir une si l'autre se perdait.

Pour beaucoup, et plus encore pour ses secrétaires, les mines d'Aroa étaient un égarement de ses accès de fièvre. Il leur avait accordé si peu d'intérêt que durant des années elles étaient restées entre les mains d'exploitants d'occasion. Il se souvint d'elles à la fin de ses jours, lorsqu'il commença à manquer d'argent, mais il ne parvint pas à les vendre à une compagnie anglaise car les titres de propriété étaient confus. Ce fut le début d'un imbroglio judiciaire légendaire qui se prolongea jusque deux ans après sa mort. Au milieu des guerres, des querelles politiques, des haines personnelles, nul ne se méprenait lorsque le général disait « mon procès ». Car pour lui il n'y en avait pas d'autre que celui des mines d'Aroa. La lettre qu'il dicta à Guaduas pour don Gabriel Camacho donna à son neveu l'impression équivoque qu'ils ne partiraient pas pour l'Europe tant que le procès ne serait pas réglé, et Fernando en fit plus tard le commentaire tandis qu'il jouait aux cartes avec d'autres officiers.

« Alors nous ne partirons jamais, dit le colonel Wilson. Mon père en est arrivé à se demander si ce cuivre en réalité existe.

– Que personne ne les ait vues ne signifie pas que les mines n'existent pas, répliqua le capitaine Andrés Ibarra.

– Elles existent, dit le général Carreño. Dans le département du Venezuela. »

Wilson répliqua, irrité :

« Moi, je me demande même si le Venezuela existe. »

Il ne pouvait dissimuler sa contrariété. Wilson en était arrivé à croire que le général ne l'aimait pas et qu'il ne le conservait dans sa suite que par considération envers son père qu'il ne remercierait jamais assez pour avoir défendu l'émancipation américaine au Parlement anglais. Par une indiscrétion d'un ancien aide de camp français, il savait que le général avait dit : « Wilson aurait besoin de se frotter quelque temps à l'école des difficultés, et même de l'adversité et de la misère. » Le colonel Wilson n'avait pu vérifier si en vérité il l'avait dit mais de toute façon il considérait qu'une seule de ses batailles lui aurait suffi pour se sentir diplômé de ces trois écoles-là. Il avait vingt-six ans et il y avait huit ans que son père l'avait envoyé au service du général, une fois ses études à Westminster et à Sandhurst terminées. Il avait été l'aide de camp du général à la bataille de Junín et c'est lui qui avait porté depuis Chuquisaca le brouillon de la Constitution bolivienne, à dos de mule, par une corniche de trois cent soixante lieues. En prenant congé de lui, le général lui avait dit qu'il devait être à La Paz au plus tard dans vingt et un jours. Wilson s'était mis au garde-à-vous. « J'y serai en vingt jours, Excellence. » Il y fut en dix-neuf.

Il avait décidé de rentrer en Europe avec le général, mais chaque jour augmentait sa conviction que celui-ci trouverait toujours une raison différente pour retarder son voyage. Le fait qu'il eût une nouvelle fois parlé des mines d'Aroa, qui ne lui avaient plus servi de prétexte à rien depuis au moins deux ans, était pour Wilson un indice décourageant.

José Palacios avait réchauffé l'eau après la dictée de la lettre, mais le général ne prit pas son bain et continua de tourner en rond en récitant en entier d'une voix qui résonnait dans toute la maison des poèmes de sa composition que seul José Palacios connaissait, puis traversa plusieurs fois la galerie où ses officiers jouaient à la *ropilla*, nom créole du quadrille galicien, à laquelle il avait lui aussi joué autrefois. Il s'arrêtait un moment pour regarder le jeu par-dessus l'épaule de chacun, tirait ses propres conclusions sur l'état de la partie et poursuivait sa promenade.

« Je ne sais pas comment vous pouvez perdre du temps à un jeu aussi ennuyeux », disait-il.

Cependant, au bout de multiples allées et venues, il ne put résister à la tentation de prier le capitaine Ibarra de lui céder sa place à la table de jeu. Agressif et mauvais perdant, il n'avait pas la patience des bons joueurs, mais il était astucieux et rapide et savait se mettre à la portée de ses subalternes. Avec le général Carreño pour partenaire, il joua six parties et les perdit toutes. Il jeta les cartes sur la table.

« C'est un jeu de merde, dit-il. Voyons qui ose tenter une partie de *tresillo*. »

Ils osèrent. Il gagna trois parties de suite, son humeur fut plus allègre, et il tenta de ridiculiser la façon de jouer du colonel Wilson. Wilson le prit bien, mais profita de l'enthousiasme du général pour le battre et ne perdit plus. Le général devint tendu, ses lèvres pâlirent et se durcirent, et ses yeux se creusèrent sous les sourcils en broussaille, retrouvant l'éclat sauvage d'autrefois. Il ne dit plus un mot, et une toux pernicieuse l'empêcha de se concentrer. Passé minuit, il fit arrêter le jeu.

« Toute la nuit le vent m'a été contraire », dit-il.

Ils déplacèrent la table vers un endroit plus abrité mais il continua de perdre. Il demanda que l'on fît taire les fifres d'une fête dispersée que l'on entendait tout près de là, mais les fifres continuèrent par-dessus le scandale des grillons. Il changea de place, demanda que l'on posât un coussin sur sa chaise pour se sentir plus haut et plus à l'aise, but une infusion de fleurs de tilleul qui soulagea sa toux, joua plusieurs parties en marchant d'un bout à l'autre de la galerie, mais il ne cessa pas de perdre. Wilson fixait sur lui ses yeux limpides mais acharnés et il ne daigna pas l'affronter du regard

« Ce jeu est truqué, dit-il.

– C'est le vôtre, mon général », dit Wilson.

C'était en effet un de ses jeux, mais il l'examina tout de même carte par carte, et à la fin demanda d'en changer. Wilson ne le laissa pas souffler. Les grillons se turent, et un long silence s'installa, perturbé par une brise humide qui apporta jusqu'à la galerie les premières odeurs des vallées ardentes, puis un coq chanta trois fois. « Ce coq est fou, dit Ibarra. Il n'est pas plus de deux heures. » Sans quitter les cartes du regard, le général ordonna d'un ton âpre :

« Que personne ne bouge, nom de Dieu. »

Personne ne respira. Le général Carreño, qui suivait le jeu avec plus d'anxiété que d'intérêt, se souvint de la nuit la plus longue de sa vie, deux ans auparavant, alors qu'ils attendaient à Bucaramanga les résultats de la convention d'Ocaña. Ils avaient commencé à jouer à neuf heures du soir et terminé à onze heures le lendemain matin, parce que les partenaires du général s'étaient concertés pour le laisser gagner trois parties de suite. À Guaduas, craignant une nouvelle épreuve de force, le général Carreño fit un signe au colonel Wilson pour qu'il commençât à perdre. Wilson n'obéit pas. Plus tard, lorsque celui-ci demanda une pause de cinq minutes, il le suivit sur la terrasse et le trouva en train de déverser ses rancœurs ammoniacales sur les massifs de géraniums.

« Colonel Wilson, intima le général Carreño. Garde à vous ! »

Wilson répliqua sans se retourner :

« Attendez que j'aie terminé. »

Il termina, sans perdre son calme, et se retourna en ajustant ses culottes.

« Commencez à perdre, lui dit le général Carreño. Même si ce n'est qu'un acte de considération envers un ami malheureux.

– Je refuse de faire à quiconque un tel affront, dit Wilson avec une pointe d'ironie.

– C'est un ordre ! » dit Carreño.

Wilson, au garde-à-vous, le regarda de toute sa hauteur avec un mépris impérial. Puis il retourna à la table et commença à perdre. Le général s'en aperçut.

« Il n'est pas nécessaire que vous le fassiez aussi mal, mon cher Wilson, dit-il. Tout compte fait, il est juste que nous allions dormir. »

Il se retira en donnant à chacun une vigoureuse poignée de main, ainsi qu'il le faisait toujours en quittant la table pour indiquer que le jeu n'avait pas froissé les sentiments, et retourna dans sa chambre. José Palacios s'était endormi par terre, mais il se leva en le voyant entrer. Le général se déshabilla en toute hâte et commença à se balancer, nu dans son hamac, l'esprit révolté, et plus il pensait plus sa respiration devenait bruyante et âpre. Lorsqu'il plongea dans la baignoire, il tremblait jusqu'à la moelle, mais cette fois ce n'était ni de fièvre ni de froid, mais de rage.

« Wilson est une crapule », dit-il.

Il passa une de ses pires nuits. Contrariant ses ordres, José Palacios prévint les officiers au cas où il serait nécessaire de faire appeler un médecin, et l'enveloppa dans un drap pour qu'il y suât sa fièvre. Il en trempa plusieurs, avec des accalmies momentanées qui le précipitaient ensuite dans des crises d'hallucinations. Il s'écria à plusieurs reprises : « Faites taire ces fifres, nom de Dieu ! » Mais cette fois-ci personne ne put lui venir en aide car les fifres s'étaient tus depuis minuit. Plus tard il trouva un coupable à sa fatigue :

« Je me sentais très bien, dit-il, jusqu'à ce qu'on ait réussi à m'impressionner avec ce fumier d'Indien à la chemise. »

La dernière étape vers Honda fut franchie sur une corniche épouvantable, dans une atmosphère de verre liquide que seule une résistance physique et une volonté comme les siennes pouvaient supporter après une nuit d'agonie. Dès les premières lieues il abandonna sa position habituelle pour chevaucher aux côtés du colonel Wilson. Ce dernier sut interpréter le geste comme une invitation à oublier les offenses de la table de jeu, et il lui offrit son bras en position de fauconnier afin qu'il y posât sa main. Ils entreprirent ainsi la descente, le colonel Wilson ému par sa déférence, et lui respirant mal, à bout de force mais invaincu sur sa monture. Lorsqu'ils eurent franchi le passage le plus abrupt, il demanda d'une voix d'outre-tombe :

« Comment doit être Londres ? »

Le colonel Wilson regarda le soleil, presque au centre du ciel, et dit :

« Mal en point, mon général. »

Ce dernier n'en fut pas surpris mais redemanda de la même voix :

« Et pourquoi ? »

– Parce que là-bas il est six heures du soir, l'heure la plus mauvaise de Londres, dit Wilson. De plus, il doit tomber une pluie sale et morte, comme de l'eau de crapauds, parce que le printemps est chez nous une saison sinistre.

– Ne me dites pas que vous avez vaincu la nostalgie, dit le général.

– Au contraire : c'est la nostalgie qui m'a vaincu, dit Wilson. Je ne lui oppose plus la moindre résistance.

– Alors, vous voulez ou vous ne voulez pas rentrer ?

– Je ne sais pas, mon général, dit Wilson. Je suis à la merci d'un destin qui n'est pas le mien. »

Le général le regarda droit dans les yeux et répliqua, étonné :

« C'est moi qui devrais dire cela. »

Lorsqu'il parla de nouveau, sa voix et son état d'esprit avaient changé. « Ne vous inquiétez pas, dit-il. Quoi qu'il arrive nous irons en Europe, ne serait-ce que pour ne pas priver votre père du plaisir de vous revoir. » Puis, au bout d'une lente réflexion, il conclut :

« Et permettez-moi de vous dire une dernière chose, mon cher Wilson : on peut dire n'importe quoi de vous sauf que vous êtes une crapule. »

Le colonel Wilson capitula une fois de plus, habitué à ses punitions élégantes, surtout après une partie de cartes orageuse ou une bataille victorieuse. Il continua d'avancer au pas, la main fébrile du malade le plus glorieux des Amériques accrochée à son avant-bras comme un faucon dressé, tandis que l'air commençait à bouillir et qu'ils devaient chasser, comme on chasse les mouches, des oiseaux funèbres qui voletaient au-dessus de leurs têtes.

Au plus abrupt de la pente, ils croisèrent une bande d'Indiens qui conduisaient un groupe de voyageurs européens sur des chaises accrochées dans leurs dos. Soudain, peu avant que ne se termine la descente, un cavalier passa comme un fou au grand galop dans la même direction qu'eux. Il portait une capuche rouge qui lui recouvrait presque le visage, et le désordre de sa hâte était tel que la mule du capitaine Ibarra fut sur le point de rouler d'épouvante dans le précipice. Le général parvint à lui crier : « Faites attention où vous allez, nom de Dieu ! » Il le suivit jusqu'à le perdre de vue dans la première courbe, et ne le quitta pas des yeux chaque fois qu'il réapparaissait dans les virages en bas de la corniche.

À deux heures de l'après-midi ils franchirent le sommet de la dernière colline et l'horizon s'ouvrit sur une plaine fulgurante au bout de laquelle gisait, dans la torpeur, la très célèbre ville de Honda, avec son pont de pierres castillanes au-dessus du grand fleuve boueux, ses murailles en ruine et la tour de son église décapitée par un tremblement de terre. Le général contempla la vallée brûlante, mais ne laissa transparaître aucune émotion, sauf en voyant le cavalier à la capuche rouge qui, en ce même instant, traversait le pont au galop interminable de son cheval. Alors, l'illumination du rêve lui revint à l'esprit.

« Dieu des pauvres, dit-il. La seule explication à une telle hâte est qu'il porte à Cassandre une lettre lui annonçant que nous sommes partis. »

En dépit de la recommandation de ne pas organiser de manifestations publiques pour son arrivée, une allègre chevauchée s'était dirigée vers le port pour le recevoir, et Posada Gutiérrez, le gouverneur, avait réuni la fanfare et une quantité de poudre qui eût servi à tirer des feux d'artifice pendant trois jours. Mais la pluie gâcha la fête avant même que la suite n'atteignît les rues commerçantes. Ce fut une averse prématurée d'une violence dévastatrice, qui dépava les rues et fit déborder les eaux dans les quartiers pauvres. Cependant, la chaleur demeurait, imperturbable. Dans la confusion des accolades quelqu'un prononça l'éternelle ineptie : « Ici il fait si chaud que les poules pondent des œufs à la coque. » Ce cataclysme habituel se renouvela sans variation aucune trois jours de suite. Dans la léthargie de la sieste, un nuage noir qui descendait de la cordillère se posait au-dessus de la ville et s'éventrait en un déluge instantané. Puis le soleil brillait de nouveau dans le ciel diaphane avec la même inclémence qu'auparavant, tandis que les brigades civiques nettoyaient les rues des gravats charriés par les crues, et que commençait à se concentrer au-dessus des collines le nuage noir du lendemain. À n'importe quelle heure du jour ou de la nuit, dans les maisons comme au-dehors, on entendait la chaleur souffler.

Prostré par la fièvre, le général supporta à grand-peine la bienvenue officielle. Dans le salon de la mairie, l'air bouillonnait mais il se tira d'affaire en prononçant d'une voix traînante un lent discours d'évêque échaudé, sans se lever de son fauteuil. Une petite fille de dix ans, avec des ailes d'ange et une robe à volants d'organdi, récita par cœur, en s'étouffant dans sa hâte, une ode à la gloire du général. Mais elle se trompa, recommença au mauvais endroit, s'embrouilla tout à fait et sans savoir quoi faire fixa sur lui ses petits yeux paniqués. Le général lui adressa un sourire de complicité et lui souffla les vers à voix basse :

L'éclat de son épée
est le vif reflet de sa gloire.

Pendant les premières années du pouvoir, le général ne perdait jamais une occasion d'organiser des banquets gigantesques et splendides, et il incitait ses invités à manger et à boire jusqu'à l'ivresse. De ce passé heureux il ne lui restait que les couverts gravés à ses initiales, que José Palacios emportait pour les festins. À la réception de Honda il accepta de présider la table mais il ne but qu'un verre de porto et c'est à peine s'il goûta à la soupe de tortue d'eau douce qui lui laissa un arrière-goût fâcheux.

Il se retira tôt au sanctuaire que le colonel Posada Gutiérrez lui avait préparé dans sa propre demeure, mais lorsqu'il apprit que le lendemain matin on attendait le courrier de Santa Fe, le peu de sommeil qui lui restait s'évapora. En proie à l'anxiété après cette trêve de trois jours, il se remit à penser à ses malheurs et recommença à tourmenter José Palacios par des questions vicieuses. Il voulait savoir ce qui s'était passé depuis qu'il était parti, comment était la ville avec un gouvernement autre que le sien, comment était la vie sans lui. Un jour de tristesse, il avait dit : « L'Amérique est la moitié d'un globe qui est devenu fou. » En cette première nuit à Honda, il aurait eu plus de raisons encore de le croire.

Il ne ferma pas l'œil, martyrisé par les moustiques car il refusait de dormir avec une moustiquaire. Tantôt il marchait de long en large en parlant tout seul dans la chambre, tantôt il se berçait à grandes embardées dans son hamac, tantôt il s'enveloppait dans la couverture et succombait à la fièvre, délirant presque à grands cris dans une mare de sueur. José Palacios veilla avec lui, répondant à ses questions, lui donnant à tout instant l'heure et les minutes exactes sans avoir besoin de consulter les deux montres de gousset accrochées à la poche de son gilet. Il le berça dans le hamac lorsque le général n'eut plus la force de le faire tout seul, et chassa les moustiques avec un chiffon jusqu'à ce qu'il parvînt à le faire dormir plus d'une heure. Mais le général se réveilla en sursaut peu avant l'aube, en entendant des bruits de bêtes et des voix d'hommes dans le jardin, et il sortit en chemise de nuit pour recevoir le courrier.

Dans le même convoi se trouvait le jeune capitaine Agustín de Iturbide, son aide de camp mexicain, qui avait été retardé à Santa Fe par un empêchement de dernière minute. Il apportait une lettre du maréchal Sucre qui était une lamentation douloureuse pour n'avoir pu arriver à temps au moment des adieux. Au courrier il y avait aussi une lettre écrite deux jours auparavant par le président Caycedo. Le gouverneur Posada Gutiérrez entra peu après dans la chambre avec les coupures des journaux du dimanche, et le général lui demanda de lui lire les lettres car la lumière était encore trop faible pour ses yeux.

Les nouvelles disaient que le dimanche précédent il avait fait beau à Santa Fe et que de nombreuses familles avaient envahi les pâturages avec des paniers remplis de cochons de lait grillés, de rôtis de bœuf, de boudins de riz, de pommes de terre au fromage fondu, et déjeuné sur l'herbe par un soleil radieux comme on n'en avait pas vu au-dessus de la ville depuis les temps du bruit. Ce miracle de mai avait dissipé la nervosité du samedi. Les étudiants du collège de San Bartolomé s'étaient à nouveau égaillés dans la rue en jouant la scène déjà trop vue des exécutions allégoriques, mais ils n'y avaient trouvé aucun écho. Ne sachant plus quoi faire, ils s'étaient dispersés avant la nuit, et le dimanche ils avaient troqué leurs fusils contre des guitares et on les avait vus chanter des *bambucos* au milieu des gens qui se doraient au soleil dans les prairies, puis, sans que rien ne l'annonçât, à cinq heures du soir il avait recommencé à pleuvoir, et la fête en était restée là.

Posada Gutiérrez interrompit sa lecture.

« Plus rien au monde ne peut éclabousser votre gloire, dit-il au général. On peut bien dire ce qu'on voudra, Votre Excellence restera jusqu'aux confins de la planète le plus grand des Colombiens.

– Je n'en doute pas, dit le général, s'il a suffi que je m'en aille pour que le soleil se mette à briller. »

La seule chose qui, dans la lettre, l'indigna fut que le président de la République en personne eût commis l'abus d'appeler libéraux les partisans de Santander, comme s'il s'agissait d'un terme officiel. « Je ne sais d'où les démagogues se sont arrogé le droit de s'appeler libéraux, dit-il. Ils ont volé le mot, ni plus ni moins, comme ils volent tout ce qui leur tombe entre les mains. » Il sauta de son hamac et continua de s'épancher devant le gouverneur tandis qu'il arpentait la chambre de ses enjambées de soldat.

« La vérité c'est qu'ici il n'y a d'autres partis que ceux qui sont avec moi et ceux qui sont contre moi, et vous le savez mieux que personne, conclut-il. Et, bien qu'on ne le croie pas, nul n'est plus libéral que moi. »

Un émissaire personnel du gouverneur apporta plus tard de vive voix le message que Manuela Sáenz n'avait pu lui écrire car les courriers avaient des instructions draconiennes de ne pas accepter ses lettres. Manuela avait dépêché elle-même le messager et le même jour avait adressé au président par intérim une lettre pour protester contre la prohibition, la première d'une série de provocations mutuelles qui devait s'achever pour elle par l'exil et l'oubli. Toutefois, à l'encontre de ce qu'attendait Posada Gutiérrez qui connaissait de près les écueils de cet amour tourmenté, la mauvaise nouvelle fit sourire le général.

« Ces conflits font partie de la nature de ma douce folle », dit-il.

José Palacios ne cacha pas son mécontentement devant le manque de considération avec lequel les trois journées de Honda avaient été organisées. L'invitation la plus surprenante fut une promenade jusqu'aux mines d'argent de Santa Ana, à six lieues de là, mais plus surprenant encore fut l'assentiment du général, et beaucoup plus surprenant qu'il descendît dans une galerie souterraine. Mais il y eut pire : sur le chemin du retour, en dépit d'une forte fièvre, et la tête sur le point d'éclater à cause d'une migraine, il nagea dans une nappe d'eau calme du fleuve. Les jours étaient loin où il pariait de pouvoir traverser un torrent de la Plaine une main attachée, et distancer ainsi le nageur de plus agile. De toute façon, il nagea sans fatigue pendant une demi-heure, mais ceux qui virent ses côtes décharnées et ses jambes rachitiques ne comprirent pas comment il pouvait être toujours vivant avec si peu de corps.

La dernière nuit, la municipalité offrit en son honneur un bal auquel il s'excusa de ne pouvoir assister à cause de la fatigue de la promenade. Reclus dans sa chambre depuis cinq heures du soir, il dicta à Fernando la réponse au général Domingo Caycedo et se fit lire plusieurs autres pages des aventures galantes de Lima, dont, pour certaines, il avait été le protagoniste. Puis il prit son bain tiède et resta immobile dans son hamac, écoutant dans la brise les rafales de la musique du bal donné en son honneur. José Palacios le croyait endormi lorsqu'il l'entendit dire :

« Tu te souviens de cette valse ? »

Il siffla plusieurs mesures pour faire revivre la musique dans la mémoire du majordome, mais celui-ci ne la reconnut pas. « C'est la valse qu'on a le plus jouée le soir où nous sommes arrivés à Lima en provenance de Chuquisaca », dit le général. José Palacios n'en avait pas souvenance mais il ne devait jamais oublier la nuit de gloire du 8 février 1826. Lima leur avait offert ce matin-là une réception impériale au cours de laquelle le général avait prononcé une phrase qu'il répétait sans faute à chaque vin d'honneur : « Sur la vaste étendue du Pérou il n'y a plus un seul Espagnol. » Ce jour-là fut scellée l'indépendance de l'immense continent qu'il se proposait de transformer, selon ses propres paroles, en la ligue de nations la plus vaste, ou la plus extraordinaire, ou la plus forte ayant jamais existé à ce jour sur la terre. Les émotions de la fête s'associèrent dans son souvenir à la valse qu'il avait fait jouer autant de fois que nécessaire, afin qu'il n'y eût pas une seule dame de Lima qui n'eût dansé avec lui. Ses officiers, vêtus des uniformes les plus éclatants jamais vus dans la ville, suivirent son exemple jusqu'où leurs forces le leur permirent, car ils étaient tous des valseurs admirables dont le souvenir resta dans le cœur de leurs partenaires bien plus longtemps que les gloires de la guerre.

La dernière nuit, à Honda, on ouvrit la fête avec la valse de la victoire, et il attendit dans le hamac qu'on la répétât. Mais comme on ne la rejouait pas, il se leva soudain, enfila la même tenue de cheval qu'il avait portée pour l'excursion aux mines de Santa Ana et se présenta au bal sans qu'on l'eût annoncé. Il dansa presque trois heures, faisant répéter le morceau chaque fois qu'il changeait de danseuse, essayant peut-être de reconstruire la splendeur d'antan avec les cendres de sa nostalgie. Les années de rêve où tout le monde déclarait forfait et où lui seul continuait de danser jusqu'à l'aube avec la dernière femme dans le salon désert étaient à jamais derrière lui. Car la danse était pour lui une passion à ce point dominante qu'il dansait sans partenaire quand il n'en avait pas, ou dansait tout seul sur la musique qu'il sifflait lui-même, et exprimait ses grandes joies en dansant sur la table de la salle à manger. En cette dernière nuit à Honda, ses forces étaient si diminuées qu'il devait se reposer pendant les intervalles en aspirant les vapeurs du mouchoir imbibé d'eau de Cologne, mais il dansa avec tant d'enthousiasme et avec une maîtrise si juvénile que, sans l'avoir voulu, il mit fin aux rumeurs selon lesquelles il était atteint d'une maladie mortelle.

Peu après minuit, lorsqu'il rentra à la maison, on lui annonça qu'une femme l'attendait dans le salon. Elle était élégante et altière et exhalait une fragrance printanière. Elle était vêtue de velours avec des manches jusqu'aux poignets, portait des bottes de cheval faites du cuir de Cordoue le plus délicat, et un chapeau de dame médiévale avec une voilette de soie. Le général lui adressa une révérence polie, intrigué par l'heure et la modalité de la visite. Sans dire un mot, elle haussa jusqu'à ses yeux un reliquaire qui pendait à son cou au bout d'une longue chaîne et il le reconnut, ébahi.

« Miranda Lyndsay, dit-il.
– C'est moi, dit-elle, bien que je ne sois plus la même. »
La voix grave et chaude, semblable à la musique

d'un violoncelle, à peine perturbée par une légère trace de son anglais maternel, dut raviver en lui des souvenirs incomparables. D'un geste de la main il renvoya la sentinelle de service qui montait la garde devant la porte, s'assit en face d'elle, si près que leurs genoux se touchèrent presque, et lui prit les mains.

Ils s'étaient connus quinze ans auparavant à Kingston, où il passait son deuxième exil, pendant un déjeuner impromptu chez un commerçant anglais, Maxwell Hyslop. Elle était la fille unique de sir London Lyndsay, un diplomate anglais qui s'était retiré dans une sucrerie de la Jamaïque pour écrire des Mémoires en six tomes que personne ne devait jamais lire. En dépit de la beauté indiscutable de Miranda et du cœur facile du jeune proscrit, celui-ci était alors trop plongé dans ses rêves et trop dépendant d'une autre femme pour que quelqu'un pût retenir son attention.

Elle devait toujours se souvenir de lui comme d'un homme osseux et pâle, qui semblait beaucoup plus âgé que ses trente-deux ans, avec des rouflaquettes et des moustaches rêches de mulâtre, et des cheveux longs jusqu'aux épaules. Il était habillé à l'anglaise, comme les jeunes gens de l'aristocratie créole, avec une cravate blanche et une casaque trop épaisse pour le climat, et il portait à la boutonnière le gardénia des romantiques. En 1810, ainsi vêtu au cours d'une nuit libertine, une pute galante l'avait confondu avec un pédéraste grec d'un bordel de Londres.

Ce dont Miranda Lyndsay se souvenait le plus, en bien ou en mal, était de son regard halluciné, de ses paroles inépuisables et épuisantes et de sa voix crispée d'oiseau de proie. Le plus étrange était qu'il gardait les yeux baissés et retenait l'attention des convives sans les regarder en face. Il parlait avec la cadence et la diction des îles Canaries et le style cultivé du dialecte de Madrid, qu'il alternait ce jour-là avec un anglais primaire mais compréhensible en l'honneur de deux invités qui n'entendaient pas le castillan.

Pendant le déjeuner il ne fit attention à rien d'autre qu'à ses propres fantasmes. Il parla sans répit, dans un style docte et déclamatoire, lançant des phrases prophétiques qui manquaient encore de piquant et dont la plupart devaient figurer dans une proclamation épique publiée quelques jours plus tard dans un journal de Kingston et que l'histoire consacra comme « Lettre de la Jamaïque ». « Ce ne sont pas les Espagnols mais notre propre manque d'union qui nous a conduits de nouveau à l'esclavage », dit-il. En parlant de la grandeur, des ressources et des talents de l'Amérique, il répéta plusieurs fois : « Nous sommes un genre humain en miniature. » Le père de Miranda demanda à sa fille, lorsqu'elle revint chez elle, comment était ce conspirateur qui inquiétait tant les agents espagnols de l'île, et elle le réduisit à une phrase : *He feels he's Bonaparte.*

Quelques jours plus tard, il reçut un message insolite, avec des instructions minutieuses pour la rejoindre le samedi suivant à neuf heures du soir, seul et à pied, dans un lieu inhabité. Ce défi mettait en jeu et sa vie et le sort des Amériques, car il était le dernier recours d'une insurrection qui avait été écrasée. Après cinq ans d'indépendance hasardeuse, les territoires de la vice-royauté de la Nouvelle-Grenade et de la circonscription générale du Venezuela n'avaient pu résister aux attaques féroces du général Pablo Morillo, dit le Pacificateur, et avaient été reconquis par l'Espagne. Le commandement suprême des patriotes avait été éliminé grâce à la formule très simple de pendre tous ceux qui savaient lire et écrire.

Parmi la génération de créoles éclairés qui avaient semé la graine de l'indépendance depuis le Mexique jusqu'au Río de la Plata, il était le plus convaincu, le plus tenace, le plus clairvoyant et celui qui conciliait le mieux le génie politique et l'intuition de la guerre. Il avait loué une maison de deux pièces où il vivait avec ses aides militaires, deux anciens esclaves adolescents restés à son service après avoir été affranchis, et José Palacios. S'échapper à pied pour un rendez-vous incertain, de nuit et sans escorte, était, plus qu'un risque inutile, une aberration historique. Pourtant, en dépit de son amour pour sa vie et sa cause, rien ne l'attirait plus que l'énigm d'une jolie femme.

Miranda l'attendait à cheval à l'endroit prévu, seule elle aussi, et elle le conduisit en croupe sur un sentier invisible. Il menaçait de pleuvoir, et sur la mer il y avait des éclairs et des coups de tonnerre lointains. Une bande de chiens obscurs s'empêtraient dans les jambes du cheval, aboyant dans les ténèbres, mais elle les tenait à distance en leur murmurant des mots tendres en anglais. Ils passèrent tout près de la sucrerie où sir London Lyndsay écrivait les Mémoires dont personne d'autre que lui ne se souviendrait, traversèrent le gué d'une rivière de pierres, et de l'autre côté pénétrèrent dans un bois de pins au fond duquel se trouvait un ermitage abandonné. Ils descendirent de cheval et elle le conduisit par la main à travers l'oratoire obscur jusqu'à la sacristie en ruine, à peine éclairée par une torche clouée au mur, et sans autres meubles que deux troncs sculptés à coups de hache. Ce n'est qu'alors qu'ils virent leurs visages. Il était en manches de chemise, avait les cheveux attachés sur la nuque par un ruban, comme une queue de cheval, et Miranda le trouva plus juvénile et plus séduisant qu'au déjeuner.

Il ne prit aucune initiative car sa méthode de séduction n'obéissait à aucune norme, chaque cas, et surtout le premier pas, étant différent. « Dans les préambules de l'amour aucune erreur n'est corrigible », avait-il dit. Cette fois, il devait admettre que tous les obstacles avaient été franchis d'avance car c'était à elle qu'avait appartenu la décision.

Il se trompait. Outre sa beauté, Miranda possédait une dignité difficile à éluder, et un certain temps passa avant qu'il comprît qu'il devait, cette fois aussi, prendre les devants. Elle l'avait invité à s'asseoir, et ils le firent comme ils devaient le faire quinze ans plus tard à Honda, l'un en face de l'autre, sur des troncs taillés, et si proches que leurs genoux se touchaient presque. Il lui prit les mains, l'attira vers lui et tenta de l'embrasser. Elle le laissa s'approcher jusqu'à sentir la chaleur de son haleine, puis écarta son visage.

« Chaque chose en son temps », dit-elle.

La même phrase mit fin aux tentatives répétées qu'il entreprit ensuite. Vers minuit, lorsque la pluie commença à s'infiltrer entre les lucarnes du toit, ils étaient toujours assis l'un en face de l'autre, se tenant par la main, tandis qu'il récitait un des poèmes qu'il avait composé de mémoire ces jours derniers. C'étaient de vrais octosyllabes bien mesurés et bien rimés, où se mêlaient compliments galants et rodomontades de guerre. Elle fut émue et cita trois noms, pour tenter d'en deviner l'auteur.

« C'est d'un militaire, dit-il.

– Militaire de guerre ou militaire de salon ? demanda-t-elle.

– Les deux, dit-il. Le plus grand et le plus solitaire qui ait jamais existé. »

Elle se souvint de ce qu'elle avait dit à son père après le déjeuner chez M. Hyslop.

« Ce ne peut être que de Bonaparte, dit-elle.

– Presque, dit le général, mais la différence morale est énorme parce que l'auteur du poème n'a pas permis qu'on le couronnât. »

85

Avec les ans, à mesure que lui parvenaient de ses nouvelles, elle se demandait avec toujours plus d'étonnement s'il avait eu conscience que cette boutade avait été la préfiguration de son destin. Mais cette nuit-là elle ne le soupçonne même pas, s'efforçant d'accomplir sa promesse presque impossible de le retenir sans le blesser et sans capituler devant ses assauts, plus pressants à mesure que l'aube approchait. Elle lui permit quelques baisers au hasard mais rien de plus.

« Chaque chose en son temps, lui disait-elle.
– À trois heures de l'après-midi je pars pour toujours sur le paquebot d'Haïti », dit-il.

Elle démantela l'astuce d'un rire enchanteur.

« En premier lieu, le paquebot ne part pas avant vendredi, dit-elle. Et de plus, vous avez commandé hier à Mme Turner un gâteau pour le dîner que vous aurez ce soir avec la femme qui me hait le plus en ce monde. »

La femme qui la haïssait le plus en ce monde s'appelait Julia Cobier. C'était une Dominicaine belle et riche, exilée elle aussi en Jamaïque, chez qui, à ce qu'on disait, il était plus d'une fois resté dormir. Ce soir, ils allaient célébrer en tête en tête son anniversaire.

« Vous êtes mieux informée que mes espions, dit-il.
– Et pourquoi ne pas penser plutôt que je suis une de vos espionnes ? »

Il ne comprit la phrase qu'à six heures du matin, lorsqu'il revint chez lui et trouva son ami Felix Amestoy mort et exsangue dans le hamac où il aurait dû dormir n'eût été ce faux rendez-vous d'amour. Felix Amestoy avait été terrassé par le sommeil tandis qu'il attendait son retour pour lui communiquer un message urgent, et l'un des domestiques affranchis, payé par les Espagnols, l'avait tué de onze coups de poignard croyant qu'il s'agissait de son maître. Miranda connaissait les plans de l'attentat et elle n'avait rien trouvé de plus discret pour les déjouer. Il tenta de la remercier en personne mais elle ne répondit pas à ses messages. Avant de partir pour Port-au-Prince sur une goélette de corsaires, il lui fit envoyer par José Palacios le superbe reliquaire qu'il avait hérité de sa mère, avec un billet d'une seule ligne :

« Je suis condamné à un destin de théâtre. »

Miranda n'oublia jamais, pas plus qu'elle ne la comprit, la phrase hermétique du jeune soldat qui, au cours des années suivantes, revint dans son pays grâce à l'aide du président de la république libre d'Haïti, le général Alexandre Pétion, traversa les Andes avec une troupe de va-nu-pieds des Plaines, battit les armées royalistes sur le pont de Boyacá et libéra pour la deuxième fois et pour toujours la Nouvelle-Grenade, puis le Venezuela, sa terre natale, et enfin les abrupts territoires du Sud jusqu'aux limites de l'Empire brésilien. Elle suivait ses traces, surtout grâce aux récits des voyageurs qui ne se fatiguaient jamais de raconter ses exploits. L'indépendance des anciennes colonies espagnoles proclamée, Miranda épousa un arpenteur anglais qui changea de métier et s'installa en Nouvelle-Grenade pour planter dans la vallée de Honda des pieds de canne à sucre de la Jamaïque. Elle s'y trouvait la veille lorsqu'elle apprit que son ancienne connaissance, le proscrit de Kingston, n'était qu'à trois lieues de sa maison. Mais elle arriva aux mines alors que le général avait déjà entrepris le chemin du retour vers Honda et elle dut chevaucher une demi-journée de plus pour le rattraper.

Dans la rue elle ne l'eût pas reconnu, sans ses rouflaquettes ni sa moustache juvénile, avec ses cheveux blanchis et rares et cette allure de désordre final qui lui causa l'impression terrifiante de s'adresser à un mort. Miranda avait pensé ôter sa voilette pour lui parler, une fois le risque passé d'être reconnue dans la rue, mais l'horreur que lui aussi découvre sur son visage les ravages du temps l'en empêcha. Les formalités initiales à peine terminées, elle alla droit au but :

« Je viens vous demander une faveur.

– Je suis tout à vous, dit-il.

– Le père de mes cinq enfants accomplit une longue peine pour avoir tué un homme, dit-elle.

– Dans l'honneur ?

– En duel franc, dit-elle, ajoutant tout de suite après : Par jalousie.

– Non fondée, bien sûr, dit-il.

– Fondée », répondit-elle.

Mais tout appartenait au passé, de même que lui, et la seule chose qu'elle lui demandait par charité était qu'il usât de son pouvoir pour mettre fin à la captivité de son époux. Il ne parvint qu'à dire la vérité :

« Je suis malade et en disgrâce, comme vous pouvez le voir, mais il n'y a rien au monde dont je ne sois capable pour vous satisfaire. »

Il fit entrer le capitaine Ibarra afin qu'il prît note du cas et promit tout ce qui était à la portée de son pouvoir déchu pour obtenir une remise de peine. Ce même soir il échangea quelques idées avec le général Posada Gutiérrez, sous une réserve absolue et sans laisser de traces écrites, mais tout resta en suspens car il fallait attendre de connaître la nature du nouveau gouvernement. Il raccompagna Miranda jusqu'au portique de la maison où l'attendait une escorte de six esclaves affranchis, et lui dit adieu en lui baisant la main.

« Ce fut une nuit de bonheur », dit-elle.

Il ne résista pas à la tentation.

« Celle-ci ou l'autre ?

– Les deux », dit-elle.

Elle monta sur un cheval de rechange, de belle allure et harnaché comme celui d'un vice-roi, et partit au grand galop sans se retourner pour le regarder. Il attendit devant le portail jusqu'à cesser de la voir, mais il l'apercevait encore en rêve lorsque José Palacios le réveilla au petit matin pour entreprendre le voyage sur le fleuve.

Sept ans auparavant, il avait accordé un privilège spécial au commodore Juan B. Elbers pour inaugurer la navigation à vapeur. Lui-même, en route vers Ocaña, avait navigué sur l'un de ses bateaux entre Barranca Nueva et Puerto Real, et il avait convenu que c'était-là une façon de voyager pratique et sûre. Toutefois, le commodore Elbers considérait que l'affaire ne valait pas la peine si elle ne jouissait pas du soutien d'un privilège exclusif, et le général Santander le lui avait accordé sans conditions lorsqu'il avait assumé les fonctions de président. Deux ans plus tard, investi des pouvoirs absolus par le Congrès national, le général avait annulé l'accord par une de ses phrases prophétiques : « Si on laisse le monopole aux Allemands, ils finiront par le passer aux États-Unis. » Plus tard, il décréta la libre navigation fluviale dans tout le pays. De sorte que lorsqu'il voulut obtenir un bateau à vapeur pour le cas où il prendrait la décision de partir, il se heurta à des atermoiements et à des détours qui ne ressemblaient que trop à une vengeance, et à l'heure du départ il dut se contenter des sampans habituels.

Le port regorgeait de monde depuis cinq heures du matin, avec des gens à pied et à cheval recrutés en toute hâte par le gouverneur dans les hameaux voisins pour feindre des adieux comme ceux d'autrefois. De nombreux canots rôdaient autour de l'embarcadère, chargés de femmes joyeuses qui provoquaient à grands cris les soldats de la garde, lesquels leur répondaient par des compliments obscènes. Le général arriva à six heures avec la délégation officielle. Il était venu à pied de la maison du gouverneur, à pas lents et la bouche couverte d'un mouchoir imbibé d'eau de Cologne.

La journée s'annonçait nuageuse. Les échoppes de la

rue du Commerce étaient ouvertes depuis le matin et certaines vendaient leurs marchandises presque à l'intempérie entre les débris des maisons encore en ruine à cause d'un tremblement de terre qui avait eu lieu vingt ans auparavant. Le général répondait avec son mouchoir à ceux qui le saluaient depuis les fenêtres, mais ils étaient les moins nombreux parce que les autres le regardaient passer en silence, surpris par sa mauvaise mine. Il était en manches de chemise, chaussé de son unique paire de bottes Wellington, et coiffé d'un chapeau de paille blanc. Sur le parvis de l'église, le curé, monté sur une chaise, s'apprêtait à lui lancer une harangue, mais le général Carreño l'en empêcha. Le général s'approcha et lui serra la main.

En tournant le coin de la rue, un seul coup d'œil lui suffit pour se rendre compte qu'il ne pourrait pas grimper la pente, mais il commença à la gravir au bras du général Carreño, jusqu'à ce qu'il parût évident qu'il n'en pouvait plus. Ils tentèrent alors de le convaincre d'utiliser une chaise à porteur que Posada Gutiérrez avait fait préparer en cas de besoin.

« Non, général, je vous en supplie, dit-il, saisi d'effroi. Évitez-moi cette humiliation. »

Il arriva au sommet, grâce à la force de sa volonté plus qu'à celle de son corps, et il eut encore le courage de descendre sans aide jusqu'à l'embarcadère. Là, il dit adieu aux membres de la délégation officielle avec une phrase aimable pour chacun. Son sourire était feint pour que l'on ne remarquât pas qu'en ce 15 mai de roses inéluctables il entreprenait le voyage de retour vers le néant. Il offrit en souvenir au général Posada Gutiérrez une médaille d'or gravée à son effigie, le remercia de ses bontés d'une voix assez forte pour être entendue de tous, et l'embrassa avec une émotion authentique. Puis il apparut à la poupe du sampan, agitant son chapeau en guise d'adieu, sans regarder personne parmi les groupes qui lui disaient au revoir depuis la rive, sans voir le désordre des canots autour des sampans ni les enfants nus qui nageaient sous l'eau comme des aloses. Il continua d'agiter son chapeau vers un même endroit avec une expression détachée, jusqu'à ce que l'on ne vît plus que le moignon du clocher de l'église au-dessus des murailles effondrées. Alors il se glissa sous l'auvent du sampan, s'assit dans le hamac et étira les jambes afin que José Palacios l'aidât à ôter ses bottes.

« On va bien voir si maintenant oui ou non ils croient que nous sommes partis », dit-il.

La flotte était composée de huit sampans de tailles différentes, et d'un spécial pour lui et sa suite, avec un barreur en poupe et huit rameurs qui le faisaient avancer au moyen de leviers en bois de gaïac. À la différence des sampans habituels qui avaient en leur centre un habitacle de feuilles de palmier amer pour le chargement, celui-ci avait une bâche en drap à l'ombre de laquelle on pouvait accrocher un hamac. L'intérieur était recouvert d'indienne et tapissé de nattes, et l'on avait percé quatre fenêtres pour accroître la ventilation et la lumière. On lui avait installé une petite table pour écrire ou jouer aux cartes, une étagère pour ses livres et une jarre à eau avec un filtre en pierre. Le responsable de la flotte, choisi parmi les meilleurs du fleuve, s'appelait Casildo Santos. Ancien capitaine du bataillon des tireurs de la garde, il avait une voix tonitruante, un bandeau de pirate sur l'œil gauche et une notion plutôt intrépide du commandement.

Mai était le premier des mois favorables pour les navires du commodore Elbers, mais les mois favorables n'étaient pas les meilleurs pour les sampans. La chaleur mortelle, les tempêtes bibliques, les courants traîtres, la menace des fauves et des animaux nuisibles durant la nuit, tout semblait conspirer contre le bien-être des passagers.

La puanteur des morceaux de viande salée et des ablettes fumées qui pendaient par erreur aux avant-toits du sampan présidentiel étaient un tourment supplémentaire pour toute personne qu'une mauvaise santé rendait plus sensible, et le général ordonna de les décrocher à peine les aperçut-il en embarquant. Lorsqu'il apprit qu'il ne pourrait pas même résister à l'odeur de la nourriture, le capitaine Santos fit placer à l'autre extrémité de la flotte le sampan de ravitaillement sur lequel il y avait des poulaillers et des cochons vivants. Cependant, dès le premier jour de navigation, après avoir mangé avec délices deux plats consécutifs de bouillie de maïs tendre, il décréta qu'il ne mangerait rien d'autre pendant le reste du voyage.

« Cela semble confectionné par la main magique de Fernanda Séptima », dit-il.

C'était exact. Sa cuisinière personnelle de ces dernières années, la Quitègne Fernanda Barriga, qu'il appelait Fernanda Séptima, se trouvait à bord sans qu'il le sût. C'était une Indienne tranquille et grosse, à la langue bien pendue, dont le plus grand talent n'était pas ses assaisonnements culinaires mais son instinct pour satisfaire à table le général. Il avait décidé qu'elle resterait à Santa Fe avec Manuela Sáenz qui l'avait prise à son service, mais le général Carreño la fit appeler d'urgence de Guaduas, après que José Palacios lui eut annoncé, alarmé, que le général n'avait pas pris un seul repas complet depuis la veille du départ. Elle était arrivée à Honda au petit matin et on l'avait embarquée en cachette sur le sampan des victuailles dans l'attente d'une occasion propice. Celle-ci se présenta plus tôt que prévu à cause du plaisir qu'il éprouva en mangeant la bouillie de maïs tendre, son plat préféré depuis que sa santé avait commencé à décliner.

Le premier jour de navigation aurait pu être le

dernier. À deux heures de l'après-midi la nuit tomba soudain, les eaux se mirent à moutonner, les coups de tonnerre et les éclairs firent trembler la terre, et les rameurs semblaient incapables d'empêcher les embarcations de s'écraser contre les falaises. Sous l'auvent, le général observa la manœuvre de sauvetage dirigée à grands cris par le capitaine Santos, dont le génie naval semblait insuffisant pour une telle perturbation. Il l'observa d'abord avec curiosité puis avec une anxiété insurmontable, et au moment critique il se rendit compte que le capitaine avait donné un ordre erroné. Alors il se laissa emporter par l'instinct, se fraya un passage dans le vent et la pluie et, au bord de l'abîme, contraria l'ordre du capitaine.

« Par là, non, cria-t-il. À droite, à droite, nom de Dieu ! »

Les rameurs réagirent à la voix éraillée mais encore pleine d'une autorité irrésistible, et il prit le commandement sans s'en rendre compte, jusqu'à ce que le danger fût passé. José Palacios s'empressa de lui jeter une couverture sur les épaules. Wilson et Ibarra le maintinrent là où il se trouvait. Le capitaine Santos s'écarta, conscient d'avoir une fois de plus confondu bâbord et tribord, et attendit avec une humilité de soldat que le général le cherchât et le trouvât, le regard tremblant.

« Pardonnez-moi, capitaine », dit-il.

Mais le général ne resta pas en paix avec lui-même. Le même soir, autour des feux que l'on alluma sur la plage où ils avaient accosté pour passer la première nuit, il raconta des histoires de sauvetages navals inoubliables. Il raconta comment son frère, Juan Vicente, le père de Fernando, était mort noyé au cours d'un naufrage alors qu'il revenait de Washington où il avait acheté un chargement d'armes et de munitions pour la première République. Il raconta qu'il avait été sur le point de subir le même sort pendant qu'ils traversaient l'Arauca en crue car son cheval était mort entre ses jambes et, sa botte s'étant prise dans l'étrier, l'avait entraîné en tournoyant sous l'eau, jusqu'à ce que son guide parvînt à couper la courroie. Il raconta que sur la route d'Angostura, peu après l'indépendance de la Nouvelle-Grenade, il avait vu une barque se renverser dans les rapides de l'Orénoque et un officier inconnu nager vers la rive. On lui avait dit que c'était le général Sucre. Il avait répliqué indigné : « Il n'y a aucun général Sucre. » Mais c'était bien Antonio José de Sucre, en effet, qui avait été promu peu de temps auparavant au grade de général de l'armée libératrice et avec qui il entretint par la suite une amitié très chère.

« J'avais ouï dire de cette rencontre, dit le général Carreño, mais j'ignorais le détail du naufrage.

– Il se peut que vous le confondiez avec le premier naufrage de Sucre lorsqu'il s'est enfui de Carthagène poursuivi par Morillo, et est resté dans l'eau presque vingt-quatre heures, dit-il. Et il ajouta, un peu à la dérive : J'aimerais que le capitaine Santos comprenne d'une certaine façon mon impertinence de cet après-midi. »

Au petit matin, alors qu'ils dormaient, la forêt tout entière frissonna au son d'une chanson a capella qui ne pouvait provenir que d'une âme. Le général sursauta dans son hamac ; « C'est Iturbide », murmura José Palacios dans la pénombre. À peine avait-il prononcé ces mots qu'une voix de commandement brutale interrompit la chanson.

Agustín de Iturbide était le fils aîné d'un général mexicain de la guerre d'Indépendance qui s'était proclamé empereur mais n'avait pas réussi à le demeurer plus d'un an. Le général éprouvait à son endroit une affection différente depuis le premier instant où il l'avait vu, au garde-à-vous, frissonnant et sans pouvoir dominer le tremblement de ses mains parce qu'il se trouvait devant l'idole de son enfance. Il avait alors vingt-deux ans. Il n'en avait pas dix-sept lorsque son père avait été fusillé dans un village poussiéreux et brûlant de la province mexicaine, quelques heures après être rentré d'exil sans savoir qu'il avait été jugé par contumace et condamné à mort pour haute trahison.

Trois choses émurent le général dès les premiers jours. L'une fut qu'Agustín avait la montre en or et en pierres précieuses que son père lui avait fait envoyer depuis le mur de l'exécution, et qu'il la portait accrochée autour de son cou afin que nul ne doutât qu'elle l'honorait beaucoup. L'autre était la candeur avec laquelle il lui avait raconté que son père, habillé en pauvre pour ne pas être reconnu par la garde du port, avait été dénoncé par l'élégance avec laquelle il montait à cheval. La troisième fut sa façon de chanter.

Le gouvernement mexicain avait interposé toutes sortes d'obstacles à son entrée au service de l'armée de Colombie, convaincu que sa préparation aux arts de la guerre faisait partie d'une conjuration monarchique soutenue par le général pour le faire couronner empereur du Mexique avec le droit prétendu de prince héritier. Le général courut le risque d'un incident diplomatique grave, d'abord parce qu'il admit le jeune Agustín avec ses titres militaires, ensuite parce qu'il en fit son aide de camp. Agustín fut digne de sa confiance, bien qu'il ne connût pas une seule journée de bonheur, et seule son habitude de chanter lui permettait de survivre à l'incertitude.

De sorte que lorsque quelqu'un le fit taire dans la forêt du Magdalena, le général se leva de son hamac, enveloppé dans une couverture, traversa le campement éclairé par les feux de la garde et alla le rejoindre. Il le trouva assis sur la rive, contemplant le fleuve.

« Continuez de chanter, capitaine », lui dit-il.

Il s'assit à côté de lui et, lorsqu'il connaissait les paroles de la chanson, il l'accompagnait de sa voix affaiblie. Il n'avait jamais entendu quelqu'un chanter avec autant d'amour, ni ne se souvenait de personne aussi triste et qui cependant transmettait autant de bonheur autour de lui. Avec Fernando et Andrés, anciens camarades d'études à l'école de Georgetown, Iturbide avait formé un trio qui avait introduit une brise juvénile dans l'entourage du général, appauvri par l'aridité propre aux casernes.

Agustín et le général continuèrent de chanter jusqu'à ce que le scandale des animaux de la forêt chassât les crocodiles endormis sur la rive, et que les entrailles des eaux se précipitassent comme un cataclysme. Le général demeura assis par terre, abasourdi par le terrible réveil de la nature tout entière, jusqu'à ce qu'apparût une frange orangée à l'horizon et que le jour se levât. Alors, il prit appui sur l'épaule d'Iturbide pour se mettre debout.

« Merci, capitaine, lui dit-il. Avec dix hommes chantant comme vous, nous aurions sauvé le monde.

– Ah, mon général, soupira Iturbide. Que ne donnerais-je pour que ma mère vous entende. »

Le deuxième jour de navigation, ils virent des propriétés bien entretenues dans des prairies bleues où de superbes chevaux couraient en liberté, mais peu après ils approchèrent de la forêt et tout devint immédiat et identique. Un peu plus tôt, ils avaient laissé derrière eux des radeaux faits d'énormes troncs d'arbres que les bûcherons de la rive allaient vendre à Carthagène des Indes. Ils étaient si lents qu'ils semblaient immobiles au milieu du courant, et ils transportaient des familles entières avec enfants et animaux, à peine protégés du soleil par de maigres auvents en feuilles de palmier. Dans quelques recoins de la forêt, on remarquait déjà les premiers ravages commis par les équipages des navires à vapeur pour alimenter les chaudières.

« Les poissons devront apprendre à marcher sur la terre quand il n'y aura plus d'eau », dit-il.

Pendant la journée, la chaleur se faisait insupportable et le scandale des singes et des oiseaux était à devenir fou, mais les nuits étaient secrètes et fraîches. Les caïmans restaient immobiles durant des heures sur les bancs de sable, les mâchoires ouvertes pour attraper des papillons. Près des hameaux déserts on voyait des champs ensemencés de maïs et des chiens n'ayant que la peau sur les os qui aboyaient au passage des embarcations, et bien que sur les terres inhabitées il y eût des pièges à tapirs et des filets de pêcheurs séchant au soleil, on n'apercevait pas un seul être humain.

Au bout de tant d'années de guerres, de gouvernements amers, d'amours insipides, l'oisiveté était comme une douleur. Le général méditait dans son hamac le peu de vie avec laquelle il s'éveillait le matin. Sa correspondance était à jour avec la réponse immédiate au président Caycedo, mais il passait son temps à dicter des lettres de loisir. Les premiers jours, Fernando acheva de lui lire les chroniques cancanières de Lima et ne parvint pas à l'intéresser à autre chose.

Ce fut le dernier livre qu'il lut en entier. Il avait été un lecteur d'une voracité imperturbable, pendant les trêves des batailles de même que pendant les repos de l'amour, mais sans ordre ni méthode. Il lisait à toute heure, quelle que fût la lumière, tantôt en se promenant sous les arbres, tantôt à cheval sous les soleils équatoriaux, tantôt dans la pénombre des voitures trépidant sur les chausées pierreuses, tantôt en se balançant dans son hamac en même temps qu'il dictait une lettre. Un libraire de Lima avait été surpris de l'abondance et de la variété des œuvres qu'il avait sélectionnées sur un catalogue général qui allait des philosophes grecs à un traité de chiromancie. Dans sa jeunesse, sous l'influence de son maître Simón Rodríguez, il avait lu les romantiques, et il avait continué à les dévorer comme s'il se lisait lui-même, emporté par son tempérament idéaliste et exalté. Ce furent des lectures passionnées qui le marquèrent pour le restant de sa vie. À la fin, il avait lu tout ce qui était tombé entre ses mains, et n'avait jamais eu un auteur favori mais plusieurs et à des époques différentes. Les étagères des diverses maisons où il avait vécu étaient toujours pleines à craquer tandis que les chambres et les corridors finissaient pas être transformés en défilés de livres empilés les uns sur les autres, et en montagnes de documents errants qui proliféraient sur son passage et le poursuivaient sans miséricorde, cherchant la paix des archives. Il ne parvint jamais à les lire tous. Lorsqu'il changeait de ville il les abandonnait aux soins d'amis de grande confiance, même s'il n'entendait plus jamais parler d'eux, et sa vie de guerrier l'obligea à laisser derrière lui un sillon de plus de quatre cents lieues de livres et de papiers, depuis la Bolivie jusqu'au Venezuela.

Avant que sa vue ne baissât il demandait déjà à ses secrétaires de lui faire la lecture et finit par ne plus lire que de cette façon car il était gêné par les lunettes. Mais dans le même temps son intérêt pour ce qu'il lisait diminua peu à peu et il l'attribua, comme toujours, à une cause étrangère à sa volonté.

« Ce qu'il y a, c'est qu'on trouve de moins en moins de bons livres », disait-il.

José Palacios était le seul qui ne donnait aucun signe d'ennui dans la torpeur du voyage, et ni la chaleur ni le manque de confort n'affectaient ses bonnes manières et son élégance, pas plus qu'ils ne diminuaient la qualité de son service. Il avait six ans de moins que le général, chez qui il était né esclave à cause d'un faux pas d'une Africaine et d'un Espagnol dont il avait hérité les cheveux couleur de carotte, les taches de rousseur sur le visage et les mains, et les yeux bleu clair. À l'encontre de sa sobriété naturelle, il avait la garde-robe la plus fournie et la plus coûteuse de la suite. Il avait passé toute sa vie aux côtés du général, avait connu ses deux exils, toutes ses campagnes et toutes ses batailles en première ligne, toujours vêtu en civil car il ne se considéra jamais en droit de revêtir la tenue militaire.

Le pire du voyage était l'immobilité forcée. Un après-midi, le général était à ce point désespéré de tourner en rond sous l'étroite bâche de toile qu'il fit arrêter le bateau pour aller marcher. Sur la boue durcie ils virent les traces de ce qui semblait être un oiseau aussi grand qu'une autruche et au moins aussi lourd qu'un bœuf, mais les rameurs ne s'en étonnèrent pas car selon eux rôdaient dans les parages des hommes ayant la corpulence d'un ceiba, avec une crête et des pattes de coq. Il rit de cette légende de même qu'il riait de tout ce qui avait une teinte surnaturelle, mais il prolongea sa promenade plus que prévu et à la fin ils durent dresser le camp, contre l'avis du capitaine et même de ses aides militaires qui considéraient l'endroit dangereux et malsain. Il resta éveillé toute la nuit, torturé par la chaleur et par les rafales de moustiques qui semblaient passer au travers de la moustiquaire suffocante, et demeura à l'affût du rugissement saisissant des pumas qui les tint toute la nuit en état d'alerte. Vers deux heures du matin il alla bavarder avec les groupes qui montaient la garde autour des feux. Ce n'est qu'à l'aube, tandis qu'il contemplait les vastes marais dorés par les premiers soleils, qu'il renonça à la chimère qui l'avait tenu en éveil.

« Bon, dit-il, nous devrons partir sans avoir fait la connaissance de nos amis aux pattes de coq. »

Au moment où ils levaient l'ancre, un chien noir, galeux et maigre, avec une patte pétrifiée, sauta dans le sampan. Les deux chiens du général se précipitèrent sur lui, mais l'invalide se défendit avec une férocité suicidaire telle que même couvert de sang et le cou déchiqueté il ne se rendit pas. Le général donna l'ordre de le garder et José Palacios s'occupa de lui, comme il l'avait fait tant de fois avec tant de chiens des rues.

Le même jour, ils recueillirent un Allemand que l'on avait abandonné sur une île sablonneuse pour avoir frappé à coups de bâton l'un de ses rameurs. À peine monté à bord, il se présenta comme astronome et botaniste, mais au cours de la conversation il apparut clairement qu'il ignorait tout de ces deux sciences. En revanche il avait vu de ses propres yeux les hommes à pattes de coq et il était décidé à en capturer un vivant pour l'exhiber en Europe dans une cage, comme un phénomène qui ne pouvait se comparer qu'à la femme-araignée des Amériques qui avait fait tant de bruit dans les ports d'Andalousie un siècle auparavant.

« Emmenez-moi, lui dit le général je suis sûr que vous gagnerez plus d'argent en me montrant dans une cage comme la plus grande tête de mule de l'histoire. »

Au début, il l'avait pris pour un farceur sympathique mais il changea d'avis lorsque l'Allemand commença à raconter des histoires indécentes sur la pédérastie honteuse du baron Alexander von Humboldt. « Nous aurions dû le redéposer sur son île », dit-il à José Palacios. Le soir, ils croisèrent le canot du courrier, qui remontait le fleuve, et le général fit appel à tout son art de séduction pour que l'agent ouvrît les sacs de la correspondance officielle et lui remît les lettres qui lui étaient destinées. Enfin, il le pria de bien vouloir emmener l'Allemand jusqu'au port de Nare et l'agent accepta, bien que le canot fût surchargé. Ce même soir, tandis que Fernando lui lisait le courrier, le général grommela :

« Ce jean-foutre n'est pas même digne d'un seul cheveu de la tête de Humboldt. »

Il avait pensé au baron bien avant que l'Allemand ne montât sur le bateau car il ne pouvait imaginer comment il avait pu survivre au milieu de cette nature indomptée. Il avait connu Humboldt à Paris alors que celui-ci revenait d'un voyage dans les pays équinoxiaux, et son intelligence et sa culture le surprirent autant que la splendeur d'une beauté qu'il n'avait jamais vue chez aucune femme. En revanche, ce qui le convainquit le moins fut sa certitude que les colonies espagnoles de l'Amérique étaient mûres pour l'indépendance. Il l'avait dit ainsi, sans un tremblement dans la voix, alors que lui-même n'y avait jamais songé, pas même comme une fantaisie du dimanche.

« Il ne manque qu'un homme », lui avait dit Humboldt.

Bien des années plus tard, dans le Cuzco, le général raconta l'épisode à José Palacios, peut-être parce qu'il se voyait lui-même au-dessus du monde et que l'histoire venait de démontrer que l'homme c'était lui. Il ne le répéta à personne d'autre, mais chaque fois que l'on mentionnait le baron, il en profitait pour rendre hommage à sa clairvoyance :

« Humboldt m'a ouvert les yeux. »

C'était la quatrième fois qu'il voyageait sur le Magdalena et il ne put éviter l'impression de revenir sur les pas de sa propre vie. Il l'avait navigué pour la première fois en 1813, alors qu'il était un colonel de milices vaincu dans son propre pays, et il était arrivé à Carthagène des Indes depuis son exil de Curaçao, à la recherche de moyens pour continuer la guerre. La Nouvelle-Grenade était divisée en fractions autonomes, la cause de l'indépendance s'essoufflait sous le poids de la répression féroce des Espagnols, et la victoire finale semblait de moins en moins certaine. Pendant son troisième voyage, à bord de la barque à vapeur, ainsi qu'il l'appelait, l'œuvre de l'émancipation était achevée, mais son rêve presque maniaque de l'intégration continentale commençait à voler en éclats. Lors de cette ultime descente, le rêve était anéanti mais survivait néanmoins dans cette seule phrase qu'il répétait à n'en plus finir : « Nos ennemis auront tous les avantages tant que nous n'unifierons pas le gouvernement de l'Amérique. »

Parmi les nombreux souvenirs partagés avec José Palacios, un des plus émouvants était son premier voyage, lorsqu'ils avaient entrepris la guerre de libération du fleuve. En vingt jours et à la tête de deux cents hommes armés de bric et de broc, ils n'avaient pas laissé dans le bassin du Magdalena un seul Espagnol monarchiste. José Palacios comprit à quel point les choses avaient changé lorsqu'au quatrième jour ils aperçurent en bordure des villages des rangées de femmes qui attendaient le passage des sampans. « Ce sont les veuves », dit-il. Le général se pencha et les vit, vêtues de noir, alignées sur la rive comme des corbeaux pensifs sous le soleil brûlant, espérant ne fût-ce qu'un salut charitable. Le général Diego Ibarra, frère d'Andrés, avait coutume de dire que si le général n'avait jamais eu un seul enfant, il était en revanche le père et la mère de toutes les veuves de la nation. Elles le suivaient partout, et il les maintenait en vie par des mots émouvants qui étaient de véritables harangues de consolation. Toutefois, ses pensées se tournèrent vers lui-même plus que vers les veuves lorsqu'il vit cet alignement de femmes funèbres dans les villages du fleuve.

« Maintenant, les veuves, c'est nous, dit-il. Nous sommes les orphelins, les invalides, les parias de l'indépendance. »

Ils ne firent halte dans aucun village avant Mompox, sauf à Puerto Real d'où partait la route reliant Ocaña au Magdalena. Là les attendait le général vénézuélien José Laurencio Silva, qui avait accompli la mission d'accompagner les grenadiers rebelles jusqu'à la frontière, et venait se joindre à la suite.

Le général resta à bord jusqu'au soir, puis débarqua pour dormir dans un campement improvisé. En attendant, il reçut sur le sampan les veuves, les invalides, les désemparés de toutes les guerres qui voulaient le voir. Il se souvenait presque de chacun avec une précision étonnante. Ceux qui étaient restés dans les parages agonisaient de misère, les autres étaient partis à la recherche de nouvelles guerres pour survivre, ou s'étaient faits brigands de grand chemin, innombrables retraités de l'armée de libération éparpillés sur tout le territoire national. L'un d'eux résuma en une phrase le sentiment de tous : « Nous avons l'indépendance, général, maintenant dites-nous ce que nous devons en faire. » Dans l'euphorie de la victoire il leur avait appris à parler ainsi, la vérité à la bouche. Mais la vérité avait changé de maître.

« L'indépendance n'était qu'une question de guerre à gagner, leur disait-il. Les grands sacrifices devaient venir après, pour faire de ces peuples une seule patrie.

– Les sacrifices sont la seule chose que nous ayons accomplie, général », répondaient-ils.

Il ne céda pas d'un pouce.

« Il en faut encore, disait-il. L'unité n'a pas de prix. » Ce soir-là, tandis qu'il déambulait dans la grange où l'on avait suspendu son hamac pour dormir, il vit une femme qui se retourna sur son passage pour le regarder, et il fut surpris qu'elle-même ne fût pas surprise de sa nudité. Il entendit même les paroles de la chanson qu'elle murmurait : *Dis-moi qu'il n'est jamais trop tard pour mourir d'amour*. Le gardien de la maison était éveillé sous l'auvent du portique.

« Y a-t-il une femme ici ? » lui demanda le général.

L'homme semblait sûr de lui.

« Digne de Votre Excellence, aucune, dit-il.

– Et indigne de mon excellence ?

– Non plus, dit le gardien. Il n'y a aucune femme à moins d'une lieue. »

Le général était si sûr de l'avoir vue qu'il la chercha dans toute la maison jusque très tard. Il insista pour que ses aides de camp le vérifient, et le lendemain retarda son départ de plus d'une heure, jusqu'à ce que la même réponse eût raison de lui : il n'y avait personne. On n'en parla plus. Mais pendant le reste du voyage, chaque fois qu'il s'en souvenait, il insistait. José Palacios devait lui survivre de nombreuses années et le temps qui lui resta pour se remémorer sa vie passée à ses côtés lui fut plus que suffisant pour que le plus insignifiant des détails ne restât pas dans l'ombre. La seule chose qu'il ne put jamais éclaircir fut si la vision de cette nuit à Puerto Real avait été un rêve, un délire ou une apparition.

Personne ne s'était souvenu du chien qu'ils avaient recueilli en chemin et qui trottait par là, se remettant de ses blessures, jusqu'à ce que l'ordonnance chargé de la suite s'aperçût qu'il n'avait pas de nom. On l'avait nettoyé avec de l'acide phénique et parfumé, mais on n'avait pas réussi à le débarrasser de son aspect miteux et de sa gale. Le général prenait le frais à l'avant lorsque José Palacios le traîna jusqu'à lui.

« Quel nom lui donnons-nous ? » lui demanda-t-il.

Le général n'y réfléchit pas un instant.

« Bolívar », répondit-il.

Une canonnière ancrée dans le port se mit en marche à peine eut-on appris qu'une flottille de sampans approchait. José Palacios l'aperçut par les fenêtres de la bâche et se pencha au-dessus du hamac où le général gisait, les yeux fermés.

« Monsieur, dit-il, nous sommes à Mompox.
– Terre de Dieu », dit le général sans ouvrir les yeux.

À mesure qu'ils naviguaient, le fleuve s'était fait plus solennel et plus vaste, tel un marais sans rives, et la chaleur était devenue si dense qu'on pouvait la toucher avec les mains. Le général avait renoncé sans amertume aux levers de soleil instantanés et aux crépuscules lacérés qui, les premiers jours, le retenaient à l'avant du sampan, et il s'était laissé aller au découragement. Il ne dictait plus de lettres, pas plus qu'il ne lisait ni ne posait à ses compagnons des questions qui eussent laissé transparaître un certain intérêt pour la vie. Même pendant les siestes les plus chaudes il s'enveloppait dans sa couverture et demeurait dans son hamac les yeux clos. Craignant qu'il ne l'eût pas entendu, José Palacios répéta sa phrase et le général lui répliqua de nouveau sans ouvrir les yeux :

« Mompox n'existe pas, dit-il. Parfois nous en rêvons, mais elle n'existe pas.

– Je peux au moins faire foi de l'existence de la tour de Santa Bárbara, dit José Palacios. Je la vois d'ici. »

Le général ouvrit des yeux tourmentés, s'assit dans le hamac et vit, dans la lumière d'aluminium de la mi-journée, les premiers toits de la très vieille et très infortunée ville de Mompox, ruinée par la guerre, pervertie par le désordre de la république et décimée par la variole. À cette époque, le fleuve avait déjà commencé à changer son cours avec un incorrigible dédain qui, avant la fin du siècle, devait aboutir à un total abandon. De la digue en pierre de taille que les syndics coloniaux s'empressaient de reconstruire avec un entêtement péninsulaire après les ravages de chaque crue, il ne restait que des décombres dispersés sur une plage de galets.

Le navire de guerre s'approcha des sampans, et un officier noir, portant encore l'uniforme de l'ancienne police de la vice-royauté, pointa le canon vers eux. Le capitaine Casildo Santos parvint à lui crier :

« Ne sois pas stupide ! »

Les rameurs s'arrêtèrent net et les sampans demeurèrent à la merci du courant. Les grenadiers de l'escorte, attendant les ordres, mirent la canonnière en joue avec leurs fusils. L'officier demeura imperturbable.

« Passeports, cria-t-il. Au nom de la loi. »

Alors il vit une âme en peine surgir de dessous la bâche et une main épuisée, mais pleine d'une autorité inexorable, ordonner aux soldats de baisser leurs armes. Puis il dit à l'officier d'une voix ténue :

« Même si vous ne me croyez pas, capitaine, je n'ai pas de passeport. »

L'officier ignorait qui il était. Mais lorsque Fernando le lui dit, il se jeta à l'eau avec ses armes et une fois sur la rive se mit à courir pour annoncer à la ville la bonne nouvelle. La canonnière, sa cloche sonnant à toute volée, escorta les sampans jusqu'au port. On n'apercevait pas encore la ville tout entière dans la dernière courbe du fleuve que les cloches de ses huit églises carillonnaient à tout rompre.

Santa Cruz de Mompox avait été, pendant l'époque coloniale, le pont commercial entre la côte caribéenne et l'intérieur du pays, et c'est ce qui avait donné naissance à sa richesse. Lorsque la bourrasque de la liberté commença de souffler, ce réduit de l'aristocratie créole fut le premier à la proclamer. Reconquise par l'Espagne, elle fut libérée une nouvelle fois par le général en personne. Elle ne comprenait que trois rues parallèles au fleuve, larges, droites, poussiéreuses, avec des maisons de plain-pied percées de grandes fenêtres, où avaient prospéré deux comtes et trois marquis. Le prestige de son orfèvrerie avait survécu aux changements de la république.

Mais cette fois, le général était à ce point désenchanté de sa gloire et prédisposé contre le monde qu'il fut surpris de trouver une foule qui l'attendait sur le port. Il avait enfilé en toute hâte des culottes de velours et des bottes hautes, jeté la couverture sur ses épaules en dépit de la chaleur et, à la place de son bonnet de nuit, il portait le chapeau à larges bords avec lequel il avait fait ses adieux à Honda.

Il y avait un enterrement dans l'église de la Concepción. Assistaient à la messe les autorités civiles et ecclésiastiques au grand complet, les congrégations, les écoles, les gens importants en crêpes de gala, et le scandale des cloches leur fit perdre leur sang-froid car ils crurent à une alerte au feu. Mais le gouverneur lui-même, qui était entré en proie à une grande agitation et venait de murmurer au maire la nouvelle, cria pour que tout le monde l'entendît:

« Le président vient d'arriver au port. »

Car beaucoup ignoraient qu'il ne l'était plus. Lundi, un courrier était passé, semant les rumeurs de Honda dans tous les villages du fleuve, mais il n'avait pas donné de précisions. De sorte que l'équivoque rendit plus exubérant encore le hasard de la réception, et même la famille en deuil approuva que la plupart de ses invités abandonnassent l'église pour se rendre sur le mur d'enceinte. Les funérailles furent à demi annulées et seul un groupe d'intimes accompagna le cercueil jusqu'au cimetière, au milieu d'un tonnerre de pétards et de cloches.

Le lit du fleuve était encore à sec à cause des maigres pluies de mai, de sorte qu'ils durent escalader un ravin plein de décombres pour atteindre le port. Le général éconduisit de mauvaise grâce quelqu'un qui s'offrait pour le porter et grimpa en s'appuyant au bras du capitaine Ibarra, titubant à chaque pas et tenant à grand-peine debout, mais il y arriva avec sa dignité intacte.

Au port, il salua les autorités avec d'énergiques poignées de main dont la vigueur n'avait rien à voir avec l'état de son corps et la petitesse de ses mains. Ceux qui l'avaient vu lors de son dernier passage par la ville mirent en doute la fidélité de leur mémoire. Il paraissait aussi vieux que son père, mais le peu de souffle qui lui restait était suffisant pour n'autoriser personne à décider à sa place. Il refusa le brancard du Vendredi saint que l'on avait préparé pour lui et accepta de marcher jusqu'à l'église de la Concepción. À la fin, il dut monter sur la mule du maire que celui-ci avait fait seller d'urgence lorsqu'il l'avait vu débarquer dans cet état de prostration.

José Palacios avait remarqué, sur le port, de nombreux visages tavelés par les braises de la variole. C'était une endémie obstinée dans les villages du Magdalena et les patriotes avaient fini par la craindre plus que les Espagnols depuis qu'elle avait décimé les troupes libératrices pendant la campagne du fleuve. Plus tard, comme la variole persistait, le général avait obtenu qu'un naturaliste français de passage restât sur place pour immuniser la population grâce à la méthode d'inoculation chez les humains de la sérosité qui suppurait de la variole des animaux. Mais les morts qu'elle avait causées étaient si nombreuses que personne ne voulait plus entendre parler de la médecine au pied de vache, comme on l'appelait, et de nombreuses mères préférèrent pour leurs enfants les risques de la contagion à ceux de la prévention. Pourtant, les rapports officiels que le général recevait lui donnèrent à croire que le fléau de la variole avait été maîtrisé. Ainsi, lorsque José Palacios lui fit remarquer la quantité de visages grêlés qu'il y avait dans la foule, sa réaction fut moins de surprise que de dégoût.

« Il en sera toujours ainsi, dit-il, tant que les subalternes continueront de nous mentir par complaisance. »

Il ne laissa pas transparaître son amertume à ceux qui le reçurent au port. Il leur fit un récit sommaire des incidents de sa démission et de l'état de désordre dans lequel était resté Santa Fe, enjoignant par là même un soutien unanime au nouveau gouvernement. « Il n'y a pas d'autre alternative, dit-il : l'unité ou l'anarchie. » Il annonça qu'il partait sans espoir de retour, non tant pour trouver un remède aux souffrances de son corps, qui étaient nombreuses et mauvaises, que pour tenter de se remettre des multiples peines que lui avaient causées des maux qui n'étaient pas les siens. Mais il ne précisa pas quand il partait ni pour où, et répéta sans que cela fût nécessaire qu'il n'avait pas encore reçu le passeport du gouvernement pour quitter le pays. Il les remercia des vingt années de gloire que Mompox lui avait données et les supplia de ne pas le distinguer d'un autre titre que celui de simple citoyen.

L'église de la Concepción était encore décorée des crêpes du deuil, et l'arôme des fleurs et des candélabres funéraires flottait toujours dans l'air lorsque la foule l'envahit tout à coup en masse pour un Te Deum improvisé. José Palacios, assis sur le banc de la suite, se rendit compte que le général ne parvenait pas à être à l'aise sur le sien. En revanche, le maire, un métis inaltérable avec une superbe tête de lion, était assis à côté de lui dans une atmosphère qui lui était propre. Fernanda, la veuve de Benjumea, dont la beauté créole avait fait des ravages à la cour de Madrid, prêta au général son éventail de bois de santal pour l'aider à combattre la torpeur du rituel. Il l'agita sans espoir, comme pour se consoler grâce à ses effluves, jusqu'à ce que la chaleur commençât à gêner sa respiration. Alors, il murmura à l'oreille du maire :

« Je ne mérite pas cette punition, croyez-moi.

– L'amour des peuples a son prix, Excellence, dit le maire.

– Hélas, ce n'est pas de l'amour mais de la curiosité », dit-il.

À la fin du Te Deum, il salua la veuve de Benjumea par une révérence et lui rendit son éventail. Elle voulut lui en faire cadeau.

« Faites moi l'honneur de le garder en souvenir d'une personne qui vous aime, lui dit-elle.

– Hélas, madame, c'est qu'il ne me reste plus beaucoup de temps pour les souvenirs », répondit-il.

Le curé insista pour le protéger de la chaleur avec le dais de la Semaine sainte tandis qu'il se rendrait de l'église de la Concepción au collège de San Pedro Apostól, une maison de deux étages avec un cloître monastique orné de fougères et d'œillets et, derrière, un lumineux terrain planté d'arbres fruitiers. En cette saison, même durant la nuit, les arcades des corridors n'étaient pas vivables à cause des brises malsaines du fleuve, mais les chambres contiguës à la grande salle étaient préservées par de gros murs en ciment qui les maintenaient dans une pénombre automnale.

José Palacios l'avait précédé afin que tout fût prêt. La chambre aux murs rêches, tout juste badigeonnés à la chaux, était mal éclairée à cause de l'unique fenêtre aux volets verts qui donnait sur le verger. José Palacios fit changer la position du lit afin que la fenêtre s'ouvrant sur le jardin fût à ses pieds et non à sa tête et que le général pût voir dans les arbres les goyaves jaunes et respirer leur arôme.

Le général arriva au bras de Fernando avec le curé de l'église de la Concepciòn qui était aussi le recteur du collège. À peine eut-il franchi la porte qu'il s'adossa au mur, surpris par l'odeur des goyaves exposées dans une calebasse sur le rebord de la fenêtre et dont la fragrance vicieuse saturait l'air de la chambre. Il demeura ainsi, les yeux fermés, respirant cette fumigation aux réminiscences anciennes qui déchiraient son âme, jusqu'à ce qu'il n'eût plus de souffle. Alors il examina la chambre avec une attention méticuleuse, comme si chaque objet était pour lui une révélation. Outre le lit à baldaquin, il y avait une commode en caoba, une table de nuit, en caoba elle aussi, recouverte d'un plateau de marbre, et une bergère tapissée de velours rouge. Sur le mur, à côté de la fenêtre se trouvait une horloge octogonale avec des chiffres romains, arrêtée à une heure et sept minutes.

« Enfin quelque chose qui n'a pas changé ! » dit le général.

Le curé fut surpris.

« Pardonnez-moi, Excellence, dit-il, mais jusqu'où porte ma mémoire, vous n'étiez jamais venu ici. »

José Palacios se montra surpris lui aussi, car ils n'étaient jamais entrés dans cette maison, mais le général étaya ses souvenirs par des précisions à ce point certaines que tout le monde en resta perplexe. À la fin, cependant, il tenta de les rassurer avec son ironie habituelle.

« C'était peut-être dans une réincarnation antérieure, dit-il. Tout compte fait, tout est possible dans une ville où nous venons de voir un excommunié marcher sous un dais. »

Peu après, une bourrasque de pluie et de coups de tonnerre s'abattit, qui laissa la ville en situation de naufrage. Le général en profita pour se remettre de la réception, savourant l'odeur des goyaves tandis que, tout habillé, il feignait de dormir sur le dos dans la pénombre de la pièce, puis il s'endormit pour de bon dans le silence réparateur d'après le déluge. José Palacios le sut parce qu'il l'entendit parler avec la bonne diction et le timbre net de sa jeunesse qu'il ne retrouvait plus qu'en rêve. Il parla de Caracas, une ville en ruine qui n'était plus la sienne, avec ses murs recouverts d'affiches injurieuses à son endroit et ses rues débordantes d'un torrent de merde humaine. José Palacios veilla dans un coin de la chambre, presque invisible dans la bergère, afin de s'assurer que personne d'autre que la suite ne pût entendre les confidences de ses rêves. Par la porte entrebâillée il adressa un signe au colonel Wilson, et celui-ci éloigna le garde qui faisait les cent pas dans le jardin.

« Ici, personne ne nous aime, et à Caracas, personne ne nous obéit, dit le général endormi. Nous sommes quittes. »

Il poursuivit par un chapelet de lamentations amères, résidus d'une gloire démantelée que le vent de la mort emportait en lambeaux. Au bout d'une heure de délire, il fut réveillé par un bruit de troupe dans le couloir et par une voix métallique et altière. Il émit un ronflement abrupt et dit sans ouvrir les yeux, d'une voix décolorée par le réveil :

« Que se passe-t-il, nom de Dieu ? »

C'était le général Lorenzo Cárcamo, vétéran des guerres d'émancipation, doté d'un caractère aigre et d'un courage personnel presque dément, qui tentait d'entrer de force dans la chambre avant l'heure fixée pour les audiences. Il avait bravé le colonel Wilson après avoir frappé d'un coup de sabre un lieutenant des grenadiers et ne s'était rendu qu'au pouvoir intemporel du curé qui le conduisit avec amabilité dans le bureau voisin. Le général, informé par Wilson, s'écria, indigné :

« Dites à Cárcamo que je suis mort ! Comme ça, que je suis mort ! »

Le colonel Wilson se rendit dans le bureau pour affronter le militaire tonitruant qui avait revêtu pour l'occasion son uniforme de parade orné d'une constellation de médailles de guerre. Mais sa fierté était à quinze pieds sous terre et il avait les yeux noyés de larmes.

« Non, Wilson, ne me donnez pas le message, dit-il. J'ai tout entendu. »

Lorsque le général ouvrit les yeux, il se rendit compte que l'horloge marquait toujours une heure et sept minutes. José Palacios la remonta, la mit à l'heure au hasard et confirma sans plus attendre que c'était la bonne en consultant ses deux montres de gousset. Peu après, Fernanda Barriga entra et tenta de faire manger au général un plat de ratatouille. Il refusa, bien qu'il n'eût rien pris depuis la veille, mais ordonna que l'on posât l'assiette dans le bureau pour manger pendant les audiences. Il céda cependant à la tentation de choisir une des nombreuses goyaves dans la calebasse, s'enivra un instant de son odeur, la mordit avec avidité, en mastiqua la chair et l'avala petit à petit en poussant un long soupir surgi de sa mémoire. Puis il s'assit dans le hamac avec la calebasse de goyaves entre les jambes et les mangea toutes une à une sans même prendre le temps de respirer. José Palacios le surprit en train de savourer l'avant-dernière.

« Nous allons mourir ! » dit-il.

Le général renchérit de bonne grâce :

« Nous sommes déjà morts. »

À trois heures et demie précises, comme prévu, il ordonna aux visiteurs de commencer à entrer deux par deux dans le bureau, car il pouvait ainsi en renvoyer un plus vite en lui faisant comprendre qu'il avait hâte de s'occuper de l'autre. Le docteur Nicasio del Valle, qui entra parmi les premiers, le trouva le dos tourné à une fenêtre lumineuse d'où l'on dominait toute la bourgade et, plus loin, les marais fumants. Il avait dans la main l'assiette de ratatouille que Fernanda Barriga lui avait apportée et à laquelle il n'avait pas touché, car l'indigestion de goyaves commençait à faire son effet. Le docteur del Valle résuma plus tard son impression de cette entrevue par une phrase brutale : « Cet homme-là a déjà un pied dans la tombe. » Tous ceux qui se présentèrent à l'audience en convinrent, chacun à sa façon. Toutefois, même les plus émus par sa langueur manquaient de miséricorde et s'entêtaient pour qu'il se rendît dans les villages voisins parrainer des enfants, inaugurer des bonnes œuvres ou constater l'état de pénurie dans lequel la négligence du gouvernement les avait plongés.

Au bout d'une heure, les nausées et les coliques des goyaves devinrent alarmantes et il dut interrompre les audiences en dépit de son désir de recevoir tous ceux qui l'attendaient depuis le matin. Dans le jardin, on ne savait plus où mettre les veaux, les chèvres, les poules et les animaux de toute sorte qu'on lui avait apportés en cadeau. Les grenadiers de la garde durent intervenir pour éviter un débordement, mais le calme revint à la tombée de la nuit grâce à une deuxième averse providentielle qui arrangea le temps et améliora le silence.

En dépit du refus explicite du général, on avait préparé pour quatre heures de l'après-midi un dîner d'honneur dans une maison voisine. Mais on le célébra sans lui, car les vertus carminatives des goyaves le tinrent en état d'urgence jusqu'après onze heures du soir. Il resta dans son hamac, prostré, en proie à des coliques et des flatulences odorantes, et avec la sensation que son âme se tordait dans des eaux abrasives. Le curé lui apporta un médicament préparé par le pharmacien de la maison. Le général le repoussa : « Si j'ai perdu le pouvoir à cause d'un vomitif, un autre et Caplán m'emportera », dit-il. Il s'abandonna à son sort, tremblant sous l'effet de la sueur glacée de ses os, sans autre consolation que la belle musique de cordes qui provenait en rafales perdues depuis le banquet d'où il était absent. Peu à peu le torrent de son ventre s'apaisa, la douleur s'estompa, la musique cessa et il demeura immobile, flottant dans le néant.

Son passage précédent par Mompox avait failli être le dernier. Il revenait de Caracas après avoir obtenu, grâce à la magie de sa personne, une réconciliation d'urgence avec le général José Antonio Páez qui était pourtant loin de renoncer à son rêve séparatiste. Son inimitié avec Santander était alors du domaine public, au point qu'il avait refusé de continuer à recevoir ses lettres parce qu'il n'avait plus confiance ni en sa morale ni en son cœur. « Épargnez-vous le travail de vous appeler mon ami », lui avait-il écrit. Le prétexte immédiat de l'aversion santandériste était une proclamation hâtive que le général avait adressée aux habitants de Caracas, dans laquelle il avait dit, sans trop y réfléchir, que toutes ses

115

actions avaient été guidées par la liberté et la gloire de Caracas. À son retour en Nouvelle-Grenade, il avait tenté de réparer l'impair par une juste phrase adressée à Carthagène et à Mompox. « Si Caracas m'a donné la vie, vous m'avez donné la gloire. » Mais la phrase avait les vices d'un raccommodage rhétorique. Ils ne suffirent pas à mettre un point final à la démagogie des santandéristes.

Voulant empêcher un désastre définitif, le général revint à Santa Fe avec un corps d'armée et attendit que d'autres le rejoignissent en chemin pour, une fois de plus, consacrer tous ses efforts à l'intégration. Il avait dit alors que ce moment était décisif, de même que lorsqu'il avait pris la route afin d'éviter la séparation du Venezuela. Un peu plus de réflexion lui eût permis de comprendre que depuis presque vingt ans pas un seul acte de sa vie n'avait été autre que décisif. « L'Église tout entière, l'armée tout entière, l'immense majorité de la nation est de mon côté », écrivit-il plus tard en se souvenant de ces journées. Mais en dépit de ces atouts, disait-il, il avait été prouvé à plusieurs reprises que lorsqu'il s'éloignait du Sud pour marcher en direction du Nord et vice versa, le pays qu'il laissait s'effondrait malgré lui et que de nouvelles guerres civiles le réduisaient en pièces. C'était son destin.

La presse santandériste ne perdait pas une occasion d'attribuer les défaites militaires à ses débauches nocturnes. Parmi les nombreuses contrevérités destinées à souiller sa gloire, on publia à Santa Fe que c'était le général Santander et non pas lui qui avait commandé la bataille de Boyacá grâce à laquelle, le 7 août 1819 à sept heures du matin, l'indépendance avait été scellée, car au même moment il se trouvait à Tunja en compagnie d'une dame de mauvaise réputation appartenant à la société de la vice-royauté.

En tout cas, la presse santandériste n'était pas la

seule à évoquer ses nuits de libertinage pour le discréditer. Avant la victoire on disait déjà que pendant les guerres d'Indépendance trois batailles au moins avaient été perdues parce qu'il n'était pas là où il devait être mais dans le lit d'une femme. À Mompox, lors d'une autre visite, une caravane de femmes d'âges et de couleurs différents avait défilé dans la grand-rue et saturé l'air d'un parfum avili. Montées en amazones, elles avaient des ombrelles de toile imprimée et portaient des robes de soie délicate comme on n'en avait jamais vu dans la ville. Personne ne démentit la rumeur voulant qu'elles fussent les concubines du général, arrivées avant lui. Fausse supposition, comme tant d'autres, car ses sérails de guerre furent une des nombreuses fables de salon qui le poursuivirent au-delà de la mort.

Cette utilisation d'informations mensongères n'avait rien d'original. Le général lui-même avait utilisé ces méthodes pendant la guerre contre l'Espagne, lorsqu'il avait ordonné à Santander d'imprimer de fausses nouvelles pour tromper les commandements espagnols. De sorte qu'une fois la république instaurée, lorsqu'il reprocha à Santander le mauvais usage qu'il faisait de sa presse, celui-ci lui répondit avec un sarcasme raffiné :

« Nous avons été à bonne école, Excellence.

– À mauvaise école, répliqua le général, car vous n'êtes pas sans savoir que les informations que nous avons inventées se sont retournées contre nous. »

Il était à ce point sensible à tout ce que l'on disait de lui, vrai ou faux, qu'il ne se remit jamais d'aucune imposture, et jusqu'à l'heure de sa mort il lutta pour les démentir. Cependant, il s'en protégea peu. Comme en d'autres occasions, lors d'un de ses passages par Mompox, il risqua sa gloire pour une femme.

Elle s'appelait Josefa Sagrario et était une Momposinienne de haut lignage qui s'était frayé un chemin en franchissant les sept postes de garde, dissimulée sous un habit de franciscain et munie du mot de passe que lui avait donné José Palacios : « Terre de Dieu ». Elle était si blanche que la splendeur de son corps la rendait visible dans l'obscurité. Cette nuit-là, cependant, le prodige de sa parure dépassa celui de sa beauté car elle avait revêtu, par-dessus sa robe, une cuirasse ciselée par la fantastique orfèvrerie locale. Au point que lorsqu'il voulut la porter jusqu'au hamac c'est à peine si le poids de l'or lui permit de la soulever. Au petit matin, après une nuit effrénée, elle éprouva l'horreur de la fugacité et le supplia de l'autoriser à rester une nuit de plus.

Ce fut un risque immense car d'après les services de renseignements du général, Santander avait organisé un complot pour prendre le pouvoir et démembrer la Colombie. Pourtant elle resta, non pas une nuit mais dix, et ils furent si heureux que tous deux en arrivèrent à croire qu'ils s'aimaient pour de vrai et plus que quiconque en ce monde.

Elle lui laissa son or. « Pour tes guerres », lui dit-elle. Il n'en fit pas usage, par scrupule, car c'était une fortune gagnée au lit et donc mal acquise, et il le confia à un ami. Il l'oublia. Lors de son ultime visite à Mompox, après l'indigestion de goyaves, le général fit ouvrir le coffre pour en faire l'inventaire et lui revinrent alors en mémoire le nom et la date.

C'était une vision prodigieuse : la cuirasse d'or de Josefa Sagrario, faite de toutes sortes de primeurs d'orfèvrerie, pesait en tout trente livres. Il y avait aussi une ménagère avec vingt-trois fourchettes, vingt-quatre couteaux, vingt-quatre cuillères, vingt-trois petites cuillères et de petites pinces à sucre, tous en or, ainsi que d'autres ustensiles de grande valeur qu'il avait çà et là laissés en garde et oubliés. Au milieu du fabuleux désordre des biens du général, ces trouvailles dans les endroits les plus inattendus avaient fini par ne plus surprendre personne. Il donna des instructions pour que l'on rangeât les couverts dans ses bagages et que la malle d'or fût rendue à sa propriétaire. Mais quelle ne fut pas sa surprise d'apprendre de la bouche du père recteur de San Pedro Apóstol que Josefa Sagrario vivait exilée en Italie pour avoir conspiré contre la sécurité de l'État.

« Des histoires de Santander, de toute évidence, dit-il.

— Non, mon général, dit le curé. C'est vous-même qui les avez exilés sans vous en rendre compte à cause des pagailles de 1828. »

Il laissa le coffre d'or là où il était, tandis que les choses devenaient plus claires dans son esprit, et ne s'inquiéta plus de l'exilée. Car il était sûr, ainsi qu'il le dit à José Palacios, que Josefa Sagrario reviendrait au milieu du tumulte de ses ennemis proscrits dès qu'il aurait perdu de vue les côtes de Carthagène.

« Cassandre doit être déjà en train de faire ses malles », dit-il.

En effet, de nombreux exilés commencèrent à rentrer à peine surent-ils qu'il avait pris le chemin de l'Europe. Mais le général Santander, qui était un homme aux hésitations parcimonieuses et aux déterminations insondables, fut l'un des derniers. La nouvelle de la démission le mit sur le qui-vive mais il ne manifesta aucun signe de retour pas plus qu'il ne hâta les avides voyages d'étude qu'il avait entrepris dans les divers pays d'Europe depuis qu'il avait débarqué à Hambourg en octobre de l'année précédente. Le 2 mars 1831, à Florence, il lut dans *le Journal du commerce* que le général était mort. Toutefois, il ne commença son long voyage de retour que six mois plus tard lorsqu'un nouveau gouvernement lui rendit ses grades et ses honneurs militaires, et que le Congrès l'élut en son absence président de la République.

Avant de quitter Mompox, le général rendit une visite de réparation à Lorenzo Cárcamo, son ancien compagnon de guerre. Ce n'est qu'alors qu'il le sut atteint d'une grave affection et apprit qu'il s'était levé la veille dans le seul but de le saluer. En dépit des ravages de la maladie, Cárcamo s'efforçait de dominer le pouvoir de son corps et il parlait à grands coups de tonnerre tandis qu'il séchait sur ses oreillers un torrent de larmes qui coulaient de ses yeux sans rapport aucun avec son état d'esprit.

Ils se plaignirent ensemble de leurs maux, de la frivolité des peuples et des ingratitudes de la victoire, et s'acharnèrent contre Santander qui avait toujours été pour eux un sujet de conversation obligé. Peu de fois le général avait été aussi explicite. Pendant la campagne de 1813, Lorenzo Cárcamo avait été témoin d'une violente altercation entre le général et Santander, alors que ce dernier refusait d'obéir à l'ordre de traverser la frontière pour libérer une seconde fois le Venezuela. Le général Cárcamo continuait de penser que cet incident avait été à l'origine d'un ressentiment occulte que le cours de l'histoire n'avait fait qu'amplifier.

Le général croyait, au contraire, que cela avait été non pas la fin mais le début d'une grande amitié. Il n'était pas vrai non plus que l'origine de la discorde fût les privilèges accordés au général Páez, pas plus que ne l'avaient été la malheureuse Constitution bolivienne, l'investiture impériale que le général avait acceptée au Pérou, la présidence et le sénat à vie qu'il avait rêvés pour la Colombie, ou les pouvoirs absolus qu'il avait assumés après la Convention d'Ocaña. Non : les causes qui avaient donné naissance à la terrible rancune qui s'était accrue avec les ans jusqu'à l'attentat du 25 septembre n'avaient été ni celles-ci ni d'autres. « La véritable raison c'est que Santander n'a jamais pu accepter l'idée que ce continent soit un seul pays, dit le général. L'unité de l'Amérique est trop grande pour lui. » Il regarda Lorenzo Cárcamo couché sur son lit comme sur le dernier champ de bataille d'une guerre perdue depuis toujours, et mit fin à sa visite.

« Évidemment tout cela ne vaut plus rien une fois que le mort est mort », dit-il.

Lorenzo Cárcamo le vit se lever, triste et dépouillé, et il s'aperçut que, de même que pour lui, les souvenirs étaient plus lourds que les ans. Lorsqu'il retint sa main entre les siennes, il se rendit compte aussi que tous deux avaient de la fièvre et il se demanda auquel des deux la mort rendrait visite en premier, leur interdisant de se revoir.

« Le monde est un gâchis, mon vieux Simón, dit Lorenzo Cárcamo.

– On nous l'a gâché, dit le général. Et la seule chose qui nous reste maintenant est de tout reprendre depuis le début.

– Et nous le ferons, dit Lorenzo Cárcamo.

– Pas moi, dit le général. Je suis bon pour la poubelle. »

Lorenzo lui donna en souvenir une paire de pistolets dans un ravissant étui de drap cramoisi. Il savait que le général n'aimait pas les armes à feu et que pour ses rares querelles personnelles il avait choisi l'épée. Mais ces pistolets avaient la valeur morale d'avoir été utilisés dans un duel d'amour à l'issue heureuse, et le général les accepta avec émotion. Quelques jours plus tard, à Turbaco, il devait apprendre que le général Cárcamo était mort.

Le voyage reprit sous de bons augures dans la soirée du 21 mai. Plus entraînés par les eaux elles-mêmes que par les rameurs, les sampans laissèrent derrière eux les précipices de craie et les mirages des bancs de sable. Les radeaux de troncs d'arbres, maintenant plus nombreux, semblaient plus rapides. À l'encontre de ceux qu'ils avaient vus les premiers jours, on avait construit sur ceux-ci de ravissantes petites cahutes avec des jardinières de fleurs et des vêtements séchant aux fenêtres, et ils transportaient des poulaillers grillagés, des vaches à lait et des enfants décrépits qui agitaient la main pour saluer les sampans bien après leur passage. Ils voyagèrent toute la nuit dans un calme étoilé. À l'aube, resplendissante sous les premiers soleils, ils aperçurent le village de Zambrano.

Sous l'énorme ceiba du port les attendait don Cástulo Campillo, surnommé El Nene, qui avait préparé chez lui un pot-au-feu de la côte en l'honneur du général. L'invitation voulait être une réponse à la légende selon laquelle, au cours de sa première visite à Zambrano, il avait déjeuné dans une auberge mal famée sur le rocher du port et avait déclaré qu'il devrait revenir une fois par an ne fût-ce que pour le succulent pot-au-feu de la côte. La propriétaire de l'auberge avait été si impressionnée par l'importance de son convive qu'elle avait demandé aux Campillo, une famille distinguée, de lui prêter des assiettes et des couverts. Le général ne se souvenait guère des détails de cette première visite, et ni lui ni José Palacios n'étaient sûrs que le pot-au-feu de la côte fût bien le même que le bouillon de viande grasse du Venezuela. Cependant, le général Carreño croyait qu'il était identique et qu'ils en avaient bel et bien mangé un sur le rocher du port, non pas durant la campagne du fleuve mais trois ans plus tôt lorsqu'ils avaient pris le bateau à vapeur. Le général, de plus en plus inquiet de ses trous de mémoire, accepta le témoignage avec humilité.

Le déjeuner des grenadiers de la garde eut lieu sous

les grands amandiers du jardin et fut servi sur des tables en bois avec des feuilles de palmier pour nappe. Sur la terrasse intérieure, dominant le jardin, on avait, pour le général, ses officiers et quelques invités, dressé avec toute la rigueur des coutumes anglaises une table superbe. La maîtresse de maison expliqua que les nouvelles de Mompox les avaient surpris à quatre heures du matin, et que c'est à peine s'ils avaient eu le temps de sacrifier le meilleur bœuf de leur élevage. Il était là, coupé en portions succulentes et bouilli à feu vif dans une eau abondante avec tous les fruits du verger.

Lorsque le général apprit qu'on avait préparé un festin sans l'avoir prévenu, son humeur tourna au vinaigre et José Palacios dut faire appel à tout son art de conciliateur pour qu'il acceptât de débarquer. L'ambiance accueillante de la fête lui remit le moral sur pied. Il fit l'éloge, avec raison, du bon goût de la maison et de la douceur des jeunes filles de la famille, timides et affables, qui servirent la table d'honneur avec une aisance d'autres temps. Il fit l'éloge, surtout, de la pureté de la vaisselle et de la finesse des couverts en argent gravés aux blasons d'une maison ruinée par la fatalité des temps nouveaux, mais il se servit des siens pour manger.

Sa seule contrariété fut provoquée par un Français qui vivait sous la protection des Campillo et qui assista au déjeuner en proie à une anxiété insatiable d'exhiber devant des hôtes aussi insignes ses connaissances universelles sur les énigmes de cette vie et de l'autre. Il avait tout perdu dans un naufrage et occupait la moitié de la maison depuis presque un an avec sa suite d'aides et de domestiques, dans l'attente de secours incertains qui devaient lui parvenir de La Nouvelle-Orléans. José Palacios apprit qu'il s'appelait Diocles Atlantique, mais il ne put savoir quelle était sa science ni le genre de mission qu'il accomplissait en Nouvelle-Grenade. Nu et un trident à la main il eût ressemblé au roi Neptune, et il avait dans le village une réputation bien fondée d'homme grossier et débraillé. Mais le déjeuner avec le général l'excita à un point tel qu'il se présenta à table après avoir pris un bain, les ongles propres, vêtu dans la chaleur de mai comme dans les salons hivernaux de Paris de la casaque bleue aux boutons dorés et du pantalon à rayures à la mode sous le Directoire.

Dès le premier moment, il jeta aux yeux de tous un savoir encyclopédique dans un castillan limpide. Il raconta qu'un de ses condisciples de l'école primaire de Grenoble venait de déchiffrer les hiéroglyphes égyptiens après quatorze années d'insomnie. Que le maïs n'était pas originaire du Mexique mais d'une région de la Mésopotamie où l'on avait trouvé des fossiles antérieurs à l'arrivée de Colomb aux Antilles. Que les Assyriens avaient obtenu des preuves expérimentales de l'influence des astres sur les maladies. Qu'au contraire de ce que disait une encyclopédie récente, les Grecs n'avaient connu les chats qu'en 400 avant Jésus-Christ. Pontifiant sans trêve d'un sujet à l'autre, il ne s'arrêtait que pour se plaindre des défauts culturels de la cuisine créole.

Le général, assis en face de lui, ne lui prêtait qu'une attention courtoise, feignant de manger plus qu'il ne mangeait, sans lever les yeux de son assiette. Dès le début, le Français tenta de lui parler dans sa propre langue, et le général lui répondait de même par gentillesse, mais il revenait aussitôt à l'espagnol. Sa patience, ce jour-là, surprit José Laurencio Silva qui savait combien l'exaspérait l'absolutisme des Européens.

Le Français s'adressait à voix haute aux différents invités, même aux plus éloignés, mais il était évident que seule l'intéressait l'attention du général. Soudain, passant du coq à l'âne, comme il le dit lui-même, il lui demanda de façon abrupte quel serait en définitive le système de gouvernement approprié aux nouvelles républiques. Sans lever les yeux de son assiette, le général lui demanda à son tour :

« Et vous, qu'en pensez-vous ?
– Je pense que l'exemple de Bonaparte est bon aussi bien pour nous que pour le monde entier, dit le Français.
– Je ne doute pas un instant que vous le croyiez, dit le général sans dissimuler son ironie. Les Européens pensent que seul ce qu'invente l'Europe est bon pour le reste du monde et que tout ce qui est différent est exécrable.
– Je croyais savoir que Votre Excellence était le promoteur de la solution monarchique », dit le Français.

Le général leva les yeux pour la première fois. « Eh bien, vous ne saviez rien du tout, dit-il. Mon front ne sera jamais souillé par une couronne. » Il signala du doigt le groupe de ses aides de camp et conclut :

« Iturbide est là pour me le rappeler.
– À ce propos, dit le Français, la déclaration que vous avez faite lorsque l'on a fusillé l'empereur a redonné un grand espoir aux monarchistes européens.
– Je ne changerais pas un mot de ce que j'ai dit à cette occasion, dit le général. Qu'un homme comme Iturbide ait fait des choses aussi extraordinaires me remplit d'admiration, mais que Dieu me garde de son sort comme il m'a gardé de sa carrière, bien que je sache qu'on ne me délivrera jamais de la même ingratitude. »

Il tenta aussitôt de modérer son amertume et expliqua que l'initiative d'implanter un régime monarchique dans les nouvelles républiques revenait au général José Antonio Páez. L'idée avait proliféré, impulsée par toutes sortes d'intérêts erronés, et lui-même en était arrivé à y songer, en la dissimulant sous le masque d'une présidence à vie, comme formule désespérée pour obtenir et conserver à tout prix l'intégrité de l'Amérique. Mais il s'était très vite rendu compte de ce contresens.

« Avec le fédéralisme, c'est l'inverse, conclut-il. Il me semble trop parfait pour nos pays, car il exige des vertus et des talents très supérieurs aux nôtres.

– En tout cas, dit le Français, ce ne sont pas les systèmes mais leurs excès qui déshumanisent l'histoire.

– Nous connaissons ce discours par cœur, dit le général. Au fond c'est la même sottise que celle de Benjamin Constant, la plus grande toupie de l'Europe, qui fut contre la Révolution puis avec la Révolution, qui lutta contre Napoléon et fut ensuite un de ses courtisans, qui souvent se couche républicain et se réveille monarchiste, ou à l'inverse, et qui s'est maintenant constitué en dépositaire absolu de notre vérité grâce à l'omnipotence européenne.

– Les arguments de Constant contre la tyrannie sont très lucides, dit le Français.

– M. Constant, comme tout bon Français, est un fanatique des intérêts absolus, dit le général. La seule chose lucide dans cette polémique, c'est l'abbé Pradt qui l'a dite, en signalant que la politique dépend de l'endroit et du moment où elle se fait. Pendant la guerre à mort, j'ai moi-même donné l'ordre d'exécuter huit cents prisonniers espagnols en un seul jour, y compris les malades de l'hôpital de La Guayra. Aujourd'hui, dans des circonstances similaires, ma voix ne tremblerait pas pour le donner de nouveau, et les Européens n'auraient aucune autorité morale pour me le reprocher car s'il est une histoire inondée de sang, d'indignités et d'injustices, c'est bien l'histoire de l'Europe. »

À mesure qu'il entrait dans l'analyse il attisait sa propre fureur, dans le grand silence qui semblait s'étendre sur le village tout entier. Le Français, abasourdi, tenta de l'interrompre, mais le général l'immobilisa d'un geste de la main. Il évoqua les massacres épouvantables de l'histoire européenne. La nuit de la Saint-Barthélemy, le nombre de morts avait atteint deux mille en dix heures. Dans la splendeur de la Renaissance, douze mille mercenaires à la solde des armées impériales avaient pillé et dévasté Rome et poignardé huit mille de ses habitants. Et l'apothéose : Ivan IV, tsar de toutes les Russies, dénommé le Terrible, avait exterminé toute la population des villes entre Moscou et Novgorod, et dans cette dernière il avait fait massacrer en un seul assaut ses vingt mille habitants parce qu'il les soupçonnait de comploter contre lui.

« De sorte que je vous prierai de ne plus nous dicter ce que nous devons faire, conclut-il. Ne tentez pas de nous enseigner comment nous devons être, ne tentez pas de faire de nous vos égaux, ne prétendez pas que nous fassions bien ce que vous avez mal fait en deux mille ans. »

Il croisa ses couverts dans son assiette et pour la première fois fixa sur le Français ses yeux en flammes :

« Foutre bleu, monsieur, laissez-nous faire comme bon nous semble notre Moyen Âge. »

Il était hors d'haleine, vaincu par une nouvelle quinte de toux. Mais lorsqu'il parvint à la dominer il ne lui restait aucun vestige de rage. Il se tourna vers Nene Campillo et le gratifia de son meilleur sourire.

« Pardonnez-moi, mon cher ami, lui dit-il. De telles palabres sont indignes d'un déjeuner aussi mémorable. »

Le colonel Wilson raconta cet épisode à un chroniqueur de l'époque qui ne se donna pas la peine de le consigner. « Le pauvre général est un cas perdu », dit-il. Au fond, tous ceux qui l'avaient vu en cet ultime voyage en étaient persuadés, et c'est sans doute pourquoi personne ne laissa de témoignage écrit. Certains membres de sa suite allèrent même jusqu'à penser que le général n'entrerait pas dans l'histoire.

La forêt se fit moins dense après Zambrano, et les villages devinrent plus allègres et plus colorés, et dans certains d'entre eux les rues retentissaient de musique sans raison manifeste. Le général s'allongea dans son hamac, essayant de digérer grâce à une sieste pacifique les impertinences du Français, mais ce ne lui fut pas facile. Son esprit ne pouvait se détacher de lui et il se plaignait à José Palacios de ne pas avoir trouvé à temps les phrases justes et les arguments définitifs qui ne lui venaient que maintenant à l'esprit, dans la solitude du hamac et avec un adversaire hors de sa portée. Toutefois, dans la soirée il se sentit mieux et donna des instructions au général Carreño pour que le gouvernement tentât d'améliorer le sort du Français en disgrâce.

La plupart des officiers, encouragés par la proximité de la mer que l'on percevait à l'évidence dans l'anxiété de la nature, lâchaient la bride à leur bonne humeur naturelle en aidant les rameurs, en chassant les caïmans avec leur baïonnettes en guise de harpons, compliquant les tâches les plus faciles pour employer leur trop-plein d'énergie à des journées de galériens. José Laurencio Silva, en revanche, dormait le jour et travaillait la nuit chaque fois que cela lui était possible, en proie à une vieille terreur de devenir aveugle à cause de ses cataractes, comme cela était arrivé à plusieurs membres de sa famille maternelle. Il se levait dans les ténèbres pour apprendre à être un aveugle utile. Dans l'insomnie des campements, le général l'avait souvent entendu vaquer à ses occupations d'artisan, sciant le bois des arbres que lui-même débillardait, assemblant des morceaux, amortissant le bruit des marteaux afin de ne pas perturber les rêves des autres. Le lendemain, en plein soleil, il était difficile de croire que de telles pièces d'ébénisterie avaient été façonnées dans l'obscurité. À Puerto Real, pendant la nuit, José Laurencio Silva avait à peine eu le temps de souffler le mot de passe à une sentinelle sur le point de tirer sur lui, croyant que dans les ténèbres quelqu'un tentait de se glisser jusqu'au hamac du général.

La navigation était plus rapide et plus sereine, et le seul contretemps fut provoqué par un bateau à vapeur du commodore Elbers qui passa en sens inverse en sifflant. Les remous de son sillage menacèrent les sampans et renversèrent celui des victuailles. Sur la proue, on pouvait lire son nom en grandes lettres : *El Libertador*. Le général le regarda, pensif, jusqu'à ce que le danger fût passé et que le bateau eût disparu de sa vue. « *El Libertador* », murmura-t-il. Puis, comme qui tourne une page, il songea :

« Et dire que c'est moi. »

Pendant la nuit il resta éveillé dans son hamac tandis que les rameurs s'amusaient à identifier les voix de la forêt : singes capucins, perroquets anacondas. Soudain, de but en blanc, l'un d'eux raconta que les Campillo avaient enterré dans le jardin la vaisselle anglaise, la cristallerie de Bohême et les nappes de Hollande, terrorisés par l'idée que la phtisie pût être contagieuse.

C'était la première fois que le général entendait ce diagnostic de rue, bien qu'il fût déjà connu tout le long du fleuve et dût l'être très vite sur l'ensemble du littoral. José Palacios se rendit compte qu'il l'avait impressionné car il cessa de se balancer dans son hamac. Au bout d'une longue réflexion, il dit :

« J'ai mangé avec mes couverts. »

Le lendemain ils accostèrent au port de Tenerife pour remplacer les provisions perdues dans le naufrage. Le général demeura incognito sur le sampan, mais il envoya Wilson s'enquérir d'un commerçant français appelé Lenoit ou Lenoir dont la fille Anita devait avoir une trentaine d'années. Comme à Tenerife l'enquête ne donna aucun résultat, le général ordonna de la poursuivre dans les villages voisins de Guaitaro, Salamina et El Piñón, jusqu'à devoir se rendre à l'évidence que la légende ne s'appuyait sur aucun fait réel.

Son intérêt était compréhensible car durant des années, de Caracas à Lima, il avait été poursuivi par le murmure insidieux qu'entre Anita Lenoit et lui avait existé une passion illicite et folle lors de son passage par Tenerife, en pleine campagne du fleuve. Cela le tourmentait bien qu'il ne pût rien faire pour le démentir. En premier lieu parce que le colonel Juan Vicente Bolívar, son père, avait lui aussi été victime de plusieurs poursuites et procès devant l'évêque du village de San Mateo, à cause de prétendus viols de mineures et même de jeunes filles majeures, et en raison de ses amitiés malsaines avec beaucoup d'autres femmes, dans l'exercice avide de son droit de cuissage. Et en second lieu parce que durant la campagne du fleuve il n'était resté à Tenerife que deux jours, ce qui était insuffisant pour un amour aussi acharné. Cependant, la légende prospéra au point qu'au cimetière de Tenerife il y avait une tombe avec une pierre gravée au nom d'Anne Lenoit qui fut jusqu'à la fin du siècle un lieu de pèlerinage pour les amoureux.

Dans la suite du général, les douleurs qu'éprouvait José María Carreño au moignon de son bras étaient un motif de railleries cordiales. Il sentait les mouvements de sa main, était sensible au toucher de ses doigts et à la douleur que lui provoquaient, par mauvais temps, les os qu'il n'avait plus. Mais il conservait assez d'humour pour rire de lui-même. En revanche, son habitude de répondre en dormant à des questions l'inquiétait. Il entamait n'importe quel dialogue sans les inhibitions de l'état de veille, révélait des propos et des frustrations qu'éveillé il eût sans doute gardés pour lui, et on l'avait même une fois accusé sans preuves d'avoir commis dans son sommeil une indiscrétion militaire. La dernière nuit de navigation, tandis qu'il veillait près du hamac du général, José Palacios entendit Carreño dire depuis l'avant du bateau :

« Sept mille huit cent quatre-vingt-deux.
— De quoi parlons-nous ? lui demanda José Palacios.
— Des étoiles », dit Carreño.

Le général ouvrit les yeux, convaincu que Carreño parlait en dormant, et se souleva dans son hamac pour regarder la nuit à travers la fenêtre. Elle était immense et radieuse, et les étoiles, nettes, ne laissaient aucun espace dans le ciel.

« Il doit y en avoir dix fois plus, dit le général.
— C'est comme j'ai dit, répliqua Carreño. Plus deux étoiles filantes qui sont passées pendant que je les comptais. »

Alors le général abandonna son hamac et le vit couché sur le dos à l'avant du bateau, son torse nu tailladé de cicatrices enchevêtrées, plus éveillé que jamais et comptant les étoiles avec son moignon. C'est ainsi qu'on l'avait trouvé après la bataille de Cerritos Blancos, au Venezuela, baignant dans son sang et à demi dépecé, et on l'avait laissé étendu dans la boue, le croyant mort. Il avait quatorze blessures de sabre, dont plusieurs avaient été responsables de la perte de son bras. Plus tard, il en reçut d'autres au cours de différentes batailles. Mais son moral était resté intact et il avait appris à être si habile de la main gauche qu'il devint célèbre pour sa férocité dans le maniement des armes aussi bien que pour sa calligraphie exquise.

« Pas même les étoiles n'échappent à l'anéantissement de la vie, dit Carreño. Aujourd'hui il y en a moins qu'il y a dix-huit ans.

– Tu es fou, dit le général.

– Non, dit Carreño. Je suis vieux mais je refuse de l'admettre.

– J'ai huit bonnes années de plus que toi, dit le général.

– Chacune de mes blessures en vaut deux, dit Carreño. C'est pourquoi je suis le plus vieux de tous.

– Dans ce cas, le plus vieux doit être José Laurencio, dit le général : six blessures par balle, six de lance, deux de flèche. »

Carreño le prit mal et répliqua avec un venin secret : « Et vous le plus jeune : pas une égratignure. »

Ce n'était pas la première fois que le général écoutait cette vérité comme un reproche, mais dans la bouche de Carreño il n'en prit pas ombrage car leur amitié avait déjà franchi les plus dures épreuves. Il s'assit auprès de lui pour l'aider à contempler les étoiles dans le fleuve. Lorsque Carreño parla de nouveau, après une longue pause, il s'était déjà enfoncé dans les abîmes du rêve.

« Je refuse d'admettre que la vie s'achève avec ce voyage, dit-il.

– La vie ne s'achève pas qu'avec la mort, dit le général. Il y a d'autres façons de mourir, et même quelques-unes qui sont plus dignes. »

Carreño se refusait à l'accepter.

« Il faudrait faire quelque chose, dit-il. Ne serait-ce que prendre un bon bain de cariaquito violet. Et pas seulement nous : toute l'armée libératrice. »

Lors de son voyage à Paris, le général n'avait pas encore entendu parler des bains de cariaquito violet, cette fleur du lantanier bien connue dans son pays pour ses propriétés contre le mauvais sort. Le docteur Aimé Bompland, collaborateur de Humboldt, lui avait parlé avec un imprudent sérieux scientifique des vertus de ces fleurs. À la même époque, il avait fait la connaissance d'un vénérable magistrat de la cour de justice française, qui avait passé sa jeunesse à Caracas et apparaissait souvent dans les salons littéraires de Paris avec sa superbe chevelure et sa barbe d'apôtre teintes en violet à cause des bains de purification.

Il se moquait de tout ce qui avait une odeur de superstition ou d'artifice surnaturel et de tout culte contraire au rationalisme de son maître Simón Rodríguez. Il venait d'avoir vingt ans, était veuf depuis peu, riche, avait été émerveillé par le couronnement de Napoléon Bonaparte, s'était fait franc-maçon, récitait par cœur et à voix haute ses pages favorites de l'*Émile* et de *la Nouvelle Héloïse* de Rousseau, pendant très longtemps ses livres de chevet, et il avait voyagé à pied dans toute l'Europe, la main dans celle de son maître et une musette au dos. Sur une des collines de Rome, voyant la ville à ses pieds, don Simón Rodríguez avait donné libre cours à une de ses prophéties pompeuses sur le destin des Amériques. Il avait été plus clairvoyant.

« Ce qu'il faut, c'est chasser du Venezuela à coups de pied ces Espagnols de malheur, avait-il dit. Et je jure que je le ferai. »

Lorsque enfin majeur, il put disposer de son héritage, il se lança dans le genre de vie que la frénésie de l'époque et le brio de son caractère exigeaient, et il dépensa cent cinquante mille francs en trois mois. Il habitait les chambres les plus chères de l'hôtel le plus cher de Paris, avait deux domestiques en livrée, une voiture tirée par des chevaux blancs avec un aurige turc, et une maîtresse différente selon l'endroit, tantôt à sa table préférée du Procope, tantôt aux bals de Montmartre, tantôt dans sa loge personelle au théâtre de l'Opéra, et il racontait à qui voulait bien le croire qu'il avait perdu trois mille pesos à la roulette au cours d'une nuit de malchance.

De retour à Caracas, il demeura quelque temps encore plus près de Rousseau que de son propre cœur et continuait de relire avec une passion honteuse un exemplaire de *la Nouvelle Héloïse* qui tombait en lambeaux entre ses mains. Toutefois, peu avant l'attentat du 25 septembre, alors qu'il avait fait plus qu'honneur à son serment romain, il avait interrompu Manuela Sáenz dans sa dixième relecture de l'*Émile* parce qu'il lui semblait un livre abominable. « Nulle part je ne me suis autant ennuyé qu'à Paris en l'an IV », lui dit-il cette fois. Pourtant, là-bas, il avait cru être heureux et même le plus heureux de la terre sans avoir teint son destin dans les eaux prémonitoires du cariaquito violet.

Vingt-quatre ans plus tard, absorbé dans la magie du fleuve, mourant et en déroute, il se demanda peut-être s'il aurait le courage d'envoyer promener les feuilles d'origan et de sauge et les oranges amères des bains de distraction de José Palacios pour, sur le conseil de Carreño, plonger avec ses armées de mendiants, ses gloires inutiles, ses erreurs mémorables et la patrie tout entière, jusqu'au fond d'un océan rédempteur de cariaquito violet.

C'était une nuit de vastes silences, comme dans les estuaires colossaux des plaines dont l'écho permettait d'entendre des conversations intimes à plusieurs lieues à la ronde. Christophe Colomb avait vécu un instant comme celui-ci et avait écrit dans son journal : « Toute la nuit j'ai senti les oiseaux passer. » Car au bout de soixante-neuf jours de navigation la terre était proche. Le général les sentit lui aussi. Ils commencèrent à passer vers huit heures tandis que Carreño dormait, et une heure plus tard il y en avait tant au-dessus de sa tête que l'agitation de leurs ailes était plus forte que le vent. Peu après commencèrent à glisser sous les sampans des poissons immenses perdus entre les étoiles des fonds, et l'on sentit les premiers relents de pourriture du nord-est. Il n'était pas nécessaire de la voir pour reconnaître la puissance inexorable que communiquait aux cœurs cette rare sensation de liberté. « Dieu des pauvres ! soupira le général. Nous arrivons. » Cétait exact. Car la mer était là et de l'autre côté de la mer il y avait le monde.

De sorte qu'il était de nouveau à Turbaco. Dans la même maison aux pièces sombres, aux grandes arcades lunaires, aux croisées donnant sur la place de graviers, et au jardin monastique où il avait vu le fantôme de don Antonio Caballero y Góngora, archevêque et vice-roi de la Nouvelle-Grenade, se délester, les nuits de lune, de ses nombreuses fautes et de ses dettes incommensurables en se promenant entre les orangers. Alors que le climat général de la côte était brûlant et humide, celui de Turbaco était frais et sain parce que l'endroit était situé au-dessus du niveau de la mer, et les rivières étaient bordées de lauriers immenses aux racines tentaculaires à l'ombre desquels les soldats s'allongeaient pour faire la sieste.

Ils étaient arrivés l'avant-veille à Barranca Nueva, terme tant attendu du voyage fluvial, et avaient dû passer une mauvaise nuit dans une grande hutte pestilentielle, entre des sacs de riz empilés les uns sur les autres et des cuirs bruts, parce qu'on ne leur avait pas réservé d'auberge et que les mules, retenues à temps, n'étaient pas prêtes. De sorte que le général arriva à Turbaco trempé, endolori, pressé de dormir mais sans avoir sommeil.

Ils n'avaient pas encore fini de décharger que la

nouvelle de son arrivée s'était déjà propagée jusqu'à Carthagène des Indes, à six lieues de là, où le général Mariano Montilla, intendant général et commandant militaire de la province, avait préparé pour le lendemain une réception populaire. Mais le général n'avait nulle envie de fêtes prématurées. Il salua, avec l'effusion de qui reconnaît de vieux amis, ceux qui l'attendaient sur la grand-route sous une pluie inclémente, mais les pria avec la même franchise de le laisser seul.

En réalité son état était pire que ce que révélait sa mauvaise humeur, bien qu'il s'efforçât de le dissimuler, et sa suite observait jour après jour son insatiable érosion. Son âme n'en pouvait plus. La couleur de sa peau était passée du vert pâle au jaune mortel. Il avait de la fièvre, et son mal de tête était devenu éternel. Le curé proposa de faire appeler un médecin mais il s'y opposa: «Si j'avais écouté mes médecins, il y a longtemps que l'on m'aurait enterré.» Il était arrivé avec l'idée de poursuivre le jour suivant la route vers Carthagène, mais dans la matinée il apprit qu'il n'y avait au port aucun bateau en partance pour l'Europe et que le passeport n'était pas arrivé avec le dernier courrier. Il décida donc de prendre trois jours de détente. Ses officiers s'en réjouirent aussi bien pour le repos de son corps que parce que les premières informations confidentielles en provenance du Venezuela n'étaient pas des plus salutaires pour son âme.

Il ne put empêcher, cependant, que l'on continuât de faire éclater des pétards jusqu'à épuisement de la poudre, et que l'on installât tout près un orchestre de gaitas qui joua jusqu'à une heure avancée de la nuit. Des marais voisins de Marialabaja, on avait aussi fait venir une comparse d'hommes et de femmes noirs, habillés comme les courtisans européens du XVIe siècle, qui parodiaient avec un art tout africain les danses espagnoles de salon. On la lui présenta parce que au cours de sa visite précédente elle lui avait tant plu qu'il l'avait conviée à maintes reprises. Cette fois-ci, il ne la regarda même pas.

« Emportez ce boucan loin d'ici », dit-il.

La maison avait été construite par le vice-roi Caballero y Góngora qui y avait vécu environ trois ans, et l'on attribuait l'écho fantomatique des pièces à l'errance de son âme ensorcelée. Le général ne voulut pas retourner dans la chambre qu'il avait occupée autrefois et dont il se souvenait comme de la chambre des cauchemars parce que toutes les nuits il y avait rêvé d'une femme à la chevelure embrasée qui lui attachait autour du cou un ruban rouge jusqu'à ce qu'il s'éveillât, et ainsi de suite plusieurs fois jusqu'à l'aube. De sorte qu'il ordonna de suspendre le hamac aux anneaux de la salle et dormit un moment sans rêver. Il pleuvait à verse, et un groupe d'enfants demeura dans l'embrasure des fenêtres de la rue pour le regarder dormir. L'un d'eux le réveilla d'une voix furtive : « Bolívar, Bolívar ! » Il le chercha à travers les brumes de la fièvre et l'enfant lui demanda :

« M'aimes-tu ? »

Le général acquiesça d'un sourire tremblant, puis il ordonna de chasser les poules qui se promenaient dans la maison à toute heure, d'éloigner les enfants et de fermer les fenêtres. Il se rendormit. Lorsqu'il se réveilla, il pleuvait toujours et José Palacios préparait la moustiquaire pour le hamac.

« J'ai rêvé qu'un enfant était à la fenêtre et me posait d'étranges questions », dit le général.

Il accepta une infusion, la première depuis vingt-quatre heures, mais ne put terminer de la boire. Il se recoucha dans son hamac, en proie à une défaillance, et demeura un long moment plongé dans une méditation crépusculaire, contemplant la rangée de chauves-souris qui pendaient aux poutres du plafond. À la fin, il soupira :

« Nous sommes bons pour un enterrement de charité. »

Il avait été à ce point prodigue avec les anciens officiers et les simples soldats de l'armée libératrice qui, tout au long du fleuve, n'avaient cessé de lui raconter leurs malheurs qu'à Turbaco il ne lui restait plus que le quart de l'argent du voyage. Il fallait vérifier si le gouvernement provincial disposait encore de fonds dans ses coffres mal en point pour régler l'ordre de paiement, ou avait au moins la possibilité de le négocier avec un agioteur. Pour son installation immédiate en Europe, il comptait sur la reconnaissance de l'Angleterre à qui il avait rendu tant de services. « Les Anglais m'aiment », avait-il coutume de dire. Pour survivre avec le décorum digne de ses nostalgies, ses domestiques et une suite réduite au minimum, il espérait pouvoir vendre les mines d'Aroa. Cependant, s'il voulait partir pour de bon, les billets et les dépenses du voyage pour lui et sa suite représentaient une urgence immédiate, et ce qui lui restait ne lui permettait pas même d'y songer. Il ne lui manquait plus que de renoncer à son infinie capacité d'illusion au moment où il en avait le plus besoin. Il n'en fit rien. Bien qu'il vît des lucioles là où il n'y en avait pas, à cause de la fièvre et du mal de tête, il surmonta la somnolence qui engourdissait ses sens et dicta trois lettres à Fernando.

La première fut une réponse à cœur ouvert à l'adieu du maréchal Sucre, auquel il n'adressa aucun commentaire sur sa maladie, bien qu'il eût coutume d'en faire dans des situations comme celle de cet après-midi, où il avait eu tant besoin de compassion. La deuxième lettre fut pour Juan de Dios Amador, préfet de Carthagène, et réclamait au Trésor provincial le versement des huit mille pesos-or de l'ordre de paiement. « Je suis pauvre et j'ai besoin de cet argent pour partir », lui disait-il. La prière fut efficace car en moins de quatre jours il reçut une réponse favorable. Fernando se rendit à Carthagène chercher l'argent. La troisième, adressée au ministre colombien à Londres, le poète José Fernández Madrid, sollicitait le paiement de deux lettres de crédit que le général avait envoyées, l'une à l'ordre de sir Robert Wilson, l'autre au professeur anglais José Lancaster à qui l'on devait vingt mille pesos pour avoir implanté à Caracas son nouveau système d'éducation mutuelle. «Mon honneur est en jeu», lui disait-il. Car il pensait que son vieux procès serait alors résolu et les mines vendues. Démarche inutile : lorsque la lettre arriva à Londres, le ministre Fernández Madrid était mort.

José Palacios adressa un signe de silence aux officiers qui se disputaient à grands cris en jouant aux cartes sous la galerie intérieure, mais ils continuèrent à se quereller à voix basse jusqu'à ce que onze heures sonnassent à l'église voisine. Peu après, les gaitas et les tambours de la fête publique se turent, la brise de la mer lointaine emporta les gros nuages noirs qui s'étaient de nouveau accumulés après l'averse de l'après-midi, et la pleine lune se leva au-dessus des orangers du jardin.

José Palacios ne cessa de s'occuper un seul instant du général qui délirait de fièvre dans le hamac depuis le début de la soirée. Il lui prépara une potion de routine et lui donna un lavement au séné, dans l'attente que quelqu'un ayant plus d'autorité que lui osât lui suggérer de faire venir un médecin, mais personne ne le fit. C'est à peine s'il somnola une heure à l'aube.

Ce jour-là, il reçut la visite du général Mariano Montilla, venu avec un groupe d'amis de Carthagène triés sur le volet, dont Juan García del Río, Juan de Francisco Martín, et Juan de Dios Amador, connus comme les trois Juan du parti bolivariste. Tous trois furent épouvantés à la vue du corps évanescent qui tenta de se soulever dans le hamac et à qui l'air fut insuffisant pour les embrasser tous. Ils l'avaient vu lors du Congrès admirable auquel ils avaient participé, et ne pouvaient croire qu'il se fût à ce point émietté en si peu de temps. On voyait ses os à travers sa peau et il ne parvenait pas à fixer son regard. Il devait être conscient de la fétidité et de la chaleur de son haleine car il prenait soin de parler à distance et presque de profil. Mais ce qui les impressionna le plus fut qu'il avait à l'évidence rapetissé, au point que le général Montilla, en l'étreignant, eut la sensation qu'il lui arrivait à la taille.

Il pesait quatre-vingt-huit livres et devait en peser dix de moins à la veille de sa mort. Sa taille officielle était d'un mètre soixante-cinq, bien que ses fiches médicales ne coïncidassent pas toujours avec les fiches militaires, et sur la table d'autopsie on lui compta quatre centimètres de moins. Par rapport à son corps, ses pieds étaient aussi petits que ses mains et semblaient eux aussi avoir raccourci. José Palacios avait remarqué qu'il portait ses culottes à la hauteur de la poitrine et qu'il fallait retrousser les manches de ses chemises. Le général s'aperçut de l'étonnement de ses visiteurs et admit que ses bottes de toujours, du trente-cinq selon la mesure française, étaient trop grandes depuis le mois de janvier. Le général Montilla, célèbre pour ses mots d'esprit même dans les situations les moins opportunes, mit fin au pathétisme.

«L'important, dit-il, c'est que Votre Excellence ne rapetisse pas du dedans.»

Comme de coutume, il souligna sa propre trouvaille en partant d'un rire semblable à une volée de plombs. Le général lui répondit par un sourire de vieux complice et changea de sujet. Le temps était meilleur et propice à la conversation mais il préféra recevoir ses visiteurs assis dans son hamac, dans la pièce même où il avait dormi.

Le sujet principal fut l'état de la nation. Les bolivaristes de Carthagène refusaient de reconnaître la nouvelle Constitution et les mandataires élus, sous prétexte que les étudiants santandéristes avaient exercé des pressions inadmissibles sur le Congrès. En revanche, les militaires loyaux s'étaient tenus à l'écart, sur ordre du général, et le clergé rural qui le soutenait n'avait pas eu l'occasion de se mobiliser. Le général Francisco Carmona, commandant d'une garnison de Carthagène et fidèle à sa cause, avait été sur le point d'organiser une insurrection et en brandissait toujours la menace. Le général demanda à Montilla de lui envoyer Carmona pour tenter de l'apaiser. Puis, s'adressant à tous mais sans regarder personne, il leur traça une synthèse brutale du nouveau gouvernement :

« Mosquera est un fouille-merde et Caycedo une paillasse, et tous deux se sont fait avoir par les morveux de San Bartolomé. »

Ce qui voulait dire, dans le jargon caribéen, que le président était un faible et le vice-président un opportuniste capable de changer de parti selon la direction du vent. Il souligna en outre, avec une acidité caractéristique de ses pires années, qu'il ne serait pas étrange que chacun d'eux fût le frère d'un ecclésiastique. En revanche, la nouvelle Constitution lui semblait meilleure que ce qu'il avait espéré, en ce moment historique où le danger n'était pas la défaite électorale mais la guerre civile que Santander fomentait par ses missives depuis Paris. Le président élu avait lancé à Popayán toutes sortes d'appels à l'ordre et à l'unité mais n'avait pas encore dit s'il acceptait la présidence.

« Il attend que Caycedo fasse le sale travail, dit le général.

– Mosquera doit être déjà à Santa Fe, dit Montilla. Il est parti lundi de Popayán. »

Le général l'ignorait mais n'en fut pas surpris « Vous verrez qu'il se dégonflera comme une calebasse quand il lui faudra agir, dit-il. Il ne servirait même pas comme huissier de gouvernement. » Il réfléchit un long moment et succomba à la tristesse.

« Dommage, dit-il. L'homme, c'était Sucre.

– Le plus digne des généraux », sourit de Francisco.

La phrase était déjà célèbre dans tout le pays en dépit des efforts du général pour empêcher qu'on la divulguât.

« Phrase géniale d'Urdaneta ! » plaisanta Montilla.

Le général ignora l'interruption et s'apprêta à connaître les dessous de la politique locale, plus amusé que sérieux, mais Montilla imposa de nouveau la solennité qu'il venait lui-même de rompre. « Vous me pardonnerez, Excellence, dit-il, vous savez mieux que personne la dévotion que je professe à l'endroit du Grand Maréchal, mais l'homme ce n'est pas lui. » Et il ajouta avec une emphase théâtrale :

« L'homme, c'est vous. »

Le général l'arrêta net :

« Je n'existe plus. »

Puis, reprenant le fil de la conversation, il raconta comment le maréchal Sucre avait résisté à ses prières pour lui faire accepter la présidence de la Colombie. « Il possède tout pour nous sauver de l'anarchie, dit-il, mais il s'est laissé prendre au chant des sirènes. » García del Río pensait que la véritable raison était que Sucre manquait tout à fait de vocation pour le pouvoir. Le général ne trouva pas que ce fût là chose insurmontable. « Dans la longue histoire de l'humanité, il a souvent été prouvé que la vocation est fille légitime de la nécessité », dit-il. En tout cas, c'étaient des nostalgies tardives, car il savait mieux que personne que le général le plus digne de la république appartenait à d'autres armées moins éphémères que les siennes.

« Le grand pouvoir réside dans la force de l'amour, dit-il, et il compléta son espièglerie : La phrase est de Sucre. »

Tandis qu'à Turbaco il évoquait le maréchal Sucre, celui-ci se dirigeait de Santa Fe vers Quito, seul et ses illusions perdues, mais dans la splendeur de l'âge et de la santé et en pleine possession de sa gloire. Sa dernière démarche, à la veille de son départ, avait été de se rendre en secret chez une célèbre pythie du quartier d'Égypte qui l'avait conseillé dans plusieurs de ses entreprises guerrières et avait lu ce jour-là dans les cartes que, même en ces temps de bourrasque, les routes les plus favorables continueraient d'être pour lui celles de la mer. Le Grand Maréchal d'Ayacucho les trouva trop lentes pour ses urgences amoureuses et il s'abandonna aux hasards de la terre ferme contre l'avis prudent des cartes.

« De sorte qu'il n'y a rien à faire, conclut le général. Nous sommes d'autant plus foutus que notre gouvernement est le pire de tous. »

Il connaissait ses partisans locaux. Ils s'étaient illustrés et avaient reçu d'innombrables titres pendant la geste libératrice, mais dans la menue politique ils n'étaient que des intrigants alléchés, de petits trafiquants d'emplois qui étaient même allés jusqu'à conclure des alliances avec Montilla contre lui. Comme avec tant d'autres, il ne leur avait accordé de répit qu'après être parvenu à les séduire. De sorte qu'il leur demanda d'aider le gouvernement, fût-ce au prix de leurs intérêts personnels. Ses raisons, comme de coutume, avaient un souffle prophétique : demain, lorsqu'il ne serait plus là, le gouvernement qui maintenant réclamait leur soutien ferait revenir Santander et celui-ci rentrerait, couronné de gloire, liquider les décombres de ses rêves. La patrie immense et unique qu'il avait forgée en tant d'années de guerres et de sacrifices serait taillée en pièces, les partis se dévoreraient entre eux, son nom serait vilipendé et son œuvre pervertie dans la mémoire des siècles à venir. Mais rien de tout cela ne lui importait en ce moment s'il pouvait au moins éviter un nouveau bain de sang. « Les insurrections sont comme les vagues de la mer qui se succèdent les unes aux autres, dit-il. C'est pourquoi je ne les ai jamais aimées. » Et à la stupéfaction de ses visiteurs, il conclut : « Et dire qu'aujourd'hui je déplore même celles que nous avons faites contre les Espagnols. »

Le général Montilla et ses amis sentirent que c'était la fin. Avant les adieux, ils reçurent de sa main une médaille d'or frappée à son effigie et ils ne purent éviter le sentiment qu'ils recevaient un cadeau posthume. Tandis qu'ils se dirigeaient vers la porte, García del Río dit à voix basse :

« Son visage est déjà celui d'un mort. »

La phrase, amplifiée et répétée par l'écho de la maison, hanta le général toute la nuit. Cependant, le lendemain, le général Francisco Carmona fut surpris de sa bonne mine. Il le trouva dans le jardin parfumé par les fleurs d'oranger, dans un hamac brodé à son nom en fils de soie qu'avait tissé pour lui le village voisin de San Jacinto et que José Palacios avait suspendu entre deux orangers. Il avait pris un bain, et ses cheveux tirés en arrière ainsi que la casaque de drap bleu qu'il portait sans chemise lui donnaient comme une auréole d'innocence. Tout en se balançant avec lenteur il dicta à son neveu Fernando une lettre indignée à l'adresse du président Caycedo. Le général Carmona ne le trouva pas aussi moribond qu'on le lui avait dit, peut-être parce qu'il était en proie à l'ivresse d'une de ses colères légendaires.

Carmona était trop visible pour passer inaperçu où que ce fût, mais le général le regarda sans le voir tandis qu'il dictait une phrase contre la perfidie de ses détracteurs. À la fin il se tourna vers le géant qui, planté de tout son corps devant le hamac, le regardait sans ciller, et il lui demanda sans même le saluer : « Et vous, vous croyez aussi que je suis un promoteur d'insurrections ? »

Le général Carmona, pressentant un accueil hostile, demanda avec un point de fierté :

« Et qu'est-ce qui vous le fait penser, mon général ?
– Que d'autres le pensent », dit-il.

Il lui tendit des coupures de presse qu'il venait de recevoir par le courrier de Santa Fe, où on l'accusait une fois de plus d'avoir organisé en secret la rébellion des grenadiers afin de reprendre le pouvoir contre la décision du Congrès. « D'infâmes grossièretés, dit-il. Tandis que je perds mon temps à prêcher l'union, ces avortons m'accusent de conspiration. » La lecture des journaux causa une désillusion au général Carmona.

« Eh bien, non content de le croire, dit-il, j'étais fort heureux qu'il en fût ainsi.

– J'imagine », dit le général.

Il ne se montra pas contrarié mais le pria de l'attendre tandis qu'il dictait la lettre dans laquelle il sollicitait une fois de plus l'autorisation officielle de pouvoir quitter le pays. Lorsqu'il eut terminé, il avait recouvré son calme avec la même fulgurante facilité que lorsqu'il l'avait perdu en lisant la presse. Il se leva sans aide et prit le général Carmona par le bras pour aller faire quelques pas autour du puits.

Après trois jours de pluie, la lumière était une poussière d'or qui filtrait à travers la frondaison des orangers et, entre leurs fleurs, mettait les oiseaux en émoi. Le général les regarda un instant, en fut ému jusqu'au fond de l'âme et soupira presque : « C'est heureux qu'ils chantent encore. » Puis il donna au général Carmona une explication érudite de la raison pour laquelle les oiseaux des Antilles chantent mieux en avril qu'en juin, et sans transition aucune revint à leurs affaires. Dix minutes lui suffirent pour le convaincre de se soumettre sans conditions à l'autorité du nouveau gouvernement. Puis il le raccompagna jusqu'à la porte et rentra dans sa chambre afin d'écrire de sa propre main à Manuela Sáenz qui continuait de se plaindre des obstacles que le gouvernement interposait à ses lettres.

C'est à peine s'il déjeuna d'une assiettée de bouillie de maïs tendre que Fernanda Barriga lui apporta dans sa chambre tandis qu'il écrivait. À l'heure de la sieste, il pria Fernando de poursuivre la lecture d'un livre de botanique chinoise qu'ils avaient ouvert la veille au soir. José Palacios entra peu après dans la chambre avec l'eau d'origan pour son bain chaud, et trouva Fernando endormi sur la chaise, le livre ouvert sur ses genoux. Le général était dans son hamac, éveillé, et il posa son index sur ses lèvres en signe de silence. Pour la première fois depuis deux semaines il n'avait pas de fièvre.

Ainsi, étirant le temps entre un courrier et un autre, il resta vingt-neuf jours à Turbaco. Il y était déjà venu deux fois, mais c'est au cours de son second séjour, trois ans auparavant, alors que de Caracas il rentrait à Santa Fe pour déjouer les plans séparatistes de Santander, qu'il avait en réalité apprécié les vertus médicinales de l'endroit. Le climat du village lui avait si bien réussi qu'il était resté dix jours au lieu des deux nuits prévues. Ce furent des journées de fêtes incessantes. À la fin, il y eut une grande corrida et, surmontant son aversion pour les courses de taureaux, il se mesura lui-même à une vachette qui lui arracha la cape des mains et fit pousser un cri de frayeur à la foule. Mais en cette troisième visite, son destin pitoyable était consumé et l'écoulement des jours le confirmait jusqu'à l'exaspération. Les pluies devinrent plus fréquentes et plus désolées, et la vie se réduisit à attendre l'annonce de nouveaux revers. Un soir, dans la lucidité d'une veille attentive, José Palacios l'entendit soupirer dans son hamac :

«Dieu seul sait où se trouve Sucre!»

Le général Montilla était revenu deux fois et l'avait trouvé beaucoup mieux que le premier jour. Plus encore: il lui semblait que peu à peu il retrouvait sa fougue d'autrefois, surtout à cause de l'insistance avec laquelle il lui reprocha que Carthagène n'eût pas encore voté la nouvelle Constitution ni reconnu le nouveau gouvernement, ainsi qu'ils en étaient convenus lors de la visite précédente. Le général Montilla improvisa une excuse et argua qu'ils attendaient d'abord de savoir si Joaquín Mosquera acceptait la présidence.

«Ils s'en tireront mieux s'ils le devancent», dit le général.

Au cours de la visite suivante il le lui reprocha avec une énergie plus grande encore car il connaissait Montilla depuis qu'il était enfant et savait que la résistance que celui-ci attribuait à d'autres ne pouvait venir que de lui. Ils étaient liés par une amitié de classe et de métier, mais surtout ils avaient toute une vie en commun. Il y eut une époque où leurs relations se refroidirent au point qu'ils ne s'adressaient plus la parole, car à l'un des moments les plus dangereux de la guerre, Montilla avait laissé le général à Mompox sans secours militaires, et celui-ci l'avait accusé d'être un dissident moral et l'auteur de toutes les calamités. La réaction de Montilla fut si passionnée qu'il le provoqua en duel, mais il demeura au service de l'indépendance et passa outre ses rancœurs personnelles.

Il avait fait des études de mathématiques et de philosophie à l'académie militaire de Madrid et servi comme garde du corps de don Fernando VII jusqu'au jour précis où étaient parvenues les premières nouvelles de l'émancipation du Venezuela. Il fut un bon conspirateur au Mexique, un bon trafiquant d'armes à Curaçao et, depuis le jour où, à dix-sept ans, il reçut sa première blessure, il fut partout un bon soldat. En 1821 il balaya les Espagnols du littoral, depuis Riohacha jusqu'à Panama, et prit Carthagène contre une armée plus nombreuse et mieux armée que la sienne. Il eut, pour offrir une réconciliation au général, un geste élégant : il lui envoya les clés d'or de la ville et le général les lui rendit en le promouvant général de brigade et en lui intimant l'ordre de prendre en charge le gouvernement de la côte. Il n'était pas un gouverneur aimé, bien qu'il eût coutume de tempérer ses excès par un grand sens de l'humour. Sa maison était la meilleure de la ville, sa propriété d'Aguas Vivas une des plus prisées de la province, et le peuple lui demandait en l'écrivant sur les murs d'où il avait tiré l'argent pour les acheter. Après huit ans d'un difficile et solitaire exercice du pouvoir, il était toujours là, converti en un politicien rusé et difficile à contrarier.

À chaque remontrance, Montilla répliquait par un argument différent. Cependant, il finit par lui dire sans ambages la vérité : les bolivaristes de Carthagène avaient résolu de ne pas prêter serment à une constitution de compromis, pas plus qu'ils ne voulaient reconnaître un gouvernement faible dont l'origine n'était pas fondée sur un consensus mais sur la discorde générale. C'était significatif de la politique locale où les divergences avaient été la cause de grandes tragédies historiques. « Et les raisons ne leur manquent pas, puisque Votre Excellence, le plus libéral de tous, nous laisse à la merci de ceux qui se sont approprié le titre de libéraux pour liquider son œuvre », dit Montilla. La seule solution était que le général demeurât dans le pays pour éviter sa désintégration.

« Bon, s'il en est ainsi, dites à Carmona de venir à nouveau, et nous le convaincrons de se soulever, répliqua le général avec une ironie qui le caractérisait. Ce sera moins sanglant que la guerre civile que les Carthagénois vont provoquer par leur impertinence. »

Mais avant de se séparer de Montilla il avait recouvré sa maîtrise, et il lui demanda de revenir à Turbaco avec ses principaux partisans pour mettre fin au désaccord. Il les attendait encore lorsque le général Carmona lui fit part de la rumeur selon laquelle Mosquera avait assumé la présidence. Il se donna une claque sur le front :

« Foutre Dieu ! s'exclama-t-il. Même si je l'avais devant moi je ne pourrais pas y croire. »

Le général Montilla vint le lui confirmer ce même après-midi, sous une averse de vents entremêlés qui arracha les arbres par la racine, démantela la moitié du village, tailla en pièces l'enclos de la maison et emporta les animaux morts noyés. Mais elle eut la vertu de tempérer l'impact de la mauvaise nouvelle. L'escorte officielle, qui agonisait d'ennui dans la vacuité des jours, empêcha que les désastres ne fussent plus grands encore. Montilla enfila un imperméable de campagne et dirigea le sauvetage. Le général demeura assis dans une berceuse devant la fenêtre, enveloppé dans la couverture qu'il utilisait pour dormir, le regard pensif et la respiration tranquille, contemplant le torrent de boue qui emportait les décombres du désastre. Ces perturbations caribéennes lui étaient familières depuis l'enfance. Toutefois, tandis que la troupe se hâtait de rétablir l'ordre dans la maison, il dit à José Palacios qu'il ne se rappelait pas avoir jamais vu quelque chose de semblable. Lorsque enfin le calme revint, Montilla entra dans la salle, dégoulinant et embourbé jusqu'aux genoux. Le général était toujours immobile, en proie à son idée.

« Eh bien, Montilla, lui dit-il, Mosquera est président et Carthagène ne l'a toujours pas reconnu. »

Mais Montilla ne se laissait pas non plus distraire par les tempêtes.

« Si Votre Excellence était à Carthagène, ce serait beaucoup plus facile, dit-il.

— Nous courrions le risque que cela soit interprété comme une ingérence de ma part et je ne veux pas être le protagoniste de quoi que ce soit, dit-il. Qui plus est, je ne bougerai pas d'ici tant que cette affaire ne sera pas réglée. »

Ce même soir il écrivit au général Mosquera une lettre de conciliation : « Je viens d'apprendre, non sans surprise, que vous avez accepté la présidence de la Nation, ce dont je me réjouis pour le pays et pour moi-même, lui disait-il. Mais je le regrette et le regretterai toujours pour vous. » Et il termina sa lettre par un post-scriptum rusé : « Je ne suis pas parti parce que le passeport ne m'est pas parvenu, mais je partirai sans faute dès que je l'aurai reçu. »

Le dimanche, le général Daniel Florencio O'Leary, membre éminent de la Légion britannique, qui avait longtemps servi comme aide de camp et comme secrétaire bilingue du général, arriva à Turbaco pour s'incorporer à la suite. Montilla, de meilleure humeur que jamais, l'accompagna depuis Carthagène, et tous deux passèrent avec le général un agréable après-midi à l'ombre des orangers. À la fin d'une longue conversation avec O'Leary sur sa mission militaire, le général lança sa question rituelle :

« Et que dit-on là-bas ?

— Que ce n'est pas vrai que vous partez, dit O'Leary.

— Ah, ah, dit le général. Et pourquoi donc ?

— Parce que Manuelita reste. »

Le général répliqua avec une sincérité désarmante : « Mais elle est toujours restée ! »

O'Leary, ami intime de Manuela Sáenz, savait que le général avait raison. C'était vrai qu'elle restait toujours, non de son propre chef mais parce que le général la laissait sous n'importe quel prétexte, en un effort téméraire pour échapper à la servitude des amours régulières. « Je ne tomberai plus jamais amoureux, avait-il dit un jour à José Palacios, le seul être avec qui il se permît jamais ce genre de confidence. C'est comme avoir deux âmes en même temps. » Manuela s'imposa avec une détermination irrépressible et sans les embarras de la dignité, mais plus elle tentait de le soumettre plus le général semblait anxieux de se délivrer de ses chaînes. Ce fut un amour de fuites perpétuelles. Après les premières semaines de débordements, il dut se rendre à Guayaquil pour y rencontrer le général San Martín, libérateur du Río de la Plata, et Manuela se demanda quelle sorte d'amant était donc cet homme qui se levait de table au milieu du dîner. Il avait promis de lui écrire tous les jours, où qu'il se trouvât, pour lui jurer sur son cœur à vif qu'il l'aimait plus que nulle autre en ce monde. Il lui écrivit, en effet, et parfois de sa propre main, mais il n'envoya pas les lettres car, dans le même temps, il se consolait par une idylle multiple avec les cinq femmes indivisibles du matriarcat de Garaycoa, sans que lui-même ait jamais su en toute certitude laquelle il eût choisie entre la grand-mère âgée de cinquante-six ans, la fille qui en avait trente-huit ou les trois petites filles dans la fleur de l'âge. Sa mission à Guayaquil terminée, il leur échappa en jurant à chacune un amour éternel et retourna à Quito se plonger dans les sables mouvants de Manuela Sáenz.

Au début de l'année suivante, il partit une nouvelle fois sans elle pour achever la libération du Pérou, l'effort final de son rêve. Manuela attendit quatre mois puis s'embarqua pour Lima à peine eut-elle reçu ses lettres, écrites comme il en allait souvent par Juan José Santana, le secrétaire privé du général, mais surtout pensées et senties par celui-ci. Elle le trouva dans la maison de plaisirs de La Magdalena, investi de pouvoirs dictatoriaux par le Congrès et assiégé par les femmes ravissantes et effrontées de la nouvelle cour républicaine. Le désordre de la maison présidentielle était tel qu'un colonel des lanciers avait déménagé en pleine nuit parce que dans les alcôves les agonies d'amour l'empêchaient de dormir. Mais Manuela se trouvait là sur un terrain qu'elle ne connaissait que trop. Elle était née à Quito, fille clandestine d'une riche propriétaire créole et d'un homme marié, et à dix-huit ans elle avait sauté par la fenêtre du couvent où elle faisait ses études pour s'enfuir avec un officier de l'armée du roi. Deux ans plus tard, cependant, couronnée de fleurs d'oranger virginales, elle avait épousé à Lima le docteur James Thorne, un médecin complaisant qui avait deux fois son âge. De sorte que lorsqu'elle retourna au Pérou, poursuivant l'amour de sa vie, elle n'eut rien à apprendre de personne pour installer ses pénates au milieu du scandale.

O'Leary fut le meilleur des aides de camp en ces guerres du cœur. Manuela ne vivait pas tout à fait à La Magdalena mais elle y entrait quand elle le voulait, par la grande porte et avec les honneurs militaires. Elle était astucieuse, rebelle, possédait une grâce irrésistible et avait un sens du pouvoir et une ténacité à toute épreuve. Elle parlait un bon anglais, à cause de son mari, et un français primaire mais compréhensible, et elle jouait du clavecin à la manière bigote des novices. Son écriture était embrouillée, sa syntaxe intraduisible et elle se tordait de rire devant ce qu'elle-même appelait ses horreurs d'orthographe. Le général la nomma gardienne de ses archives pour l'avoir auprès de lui, ce qui leur permettait de faire l'amour à n'importe quelle heure et n'importe où, au milieu du charivari des fauves d'Amazonie que Manuela apprivoisait de ses charmes.

Cependant, lorsque le général entreprit la conquête des rudes territoires du Pérou qui se trouvaient encore aux mains des Espagnols, Manuela n'obtint pas d'être admise dans son état-major. Elle le poursuivit sans son autorisation, avec ses malles de première dame, ses coffres contenant les archives, sa cour d'esclaves, et une arrière-garde de troupes colombiennes qui l'adoraient à cause de son langage de troupier. Elle parcourut trois cents lieues à dos de mule sur les corniches vertigineuses des Andes, et en quatre mois elle ne parvint à passer que deux nuits avec le général, dont l'une parce qu'elle lui fit peur en le menaçant de se suicider. Un certain temps s'écoula avant qu'elle ne découvrît que, tandis qu'elle ne pouvait le rejoindre, il se prélassait avec d'autres amours rencontrées sur son passage. Parmi elles, Manuelita Madroño, une métisse farouche de dix-huit ans qui sanctifia ses insomnies.

Dès son retour à Quito, Manuela avait décidé de se séparer de son époux qu'elle décrivait comme un Anglais insipide qui aimait sans plaisir, conversait sans grâce, marchait avec lenteur, saluait par des révérences, s'asseyait et se levait avec prudence et ne riait même pas de ses propres plaisanteries. Mais le général la persuada de préserver à tout prix les privilèges de son état civil et elle se soumit à sa volonté.

Un mois après la victoire d'Ayacucho, maître de la moitié du monde, le général partit pour le Haut-Pérou qui allait devenir plus tard la république de Bolivie. Il partit sans Manuela et avant son départ il alla jusqu'à lui exposer comme une affaire d'État la nécessité d'une séparation définitive. « Je vois que rien ne peut nous unir sous les auspices de l'innocence et de l'honneur, lui écrivit-il. À l'avenir tu seras seule, bien qu'auprès de ton mari, et je serai seul au milieu du monde. La gloire d'avoir triomphé de nous-mêmes sera notre unique consolation. » Avant trois mois il reçut une lettre dans laquelle Manuela lui annonçait qu'elle partait pour Londres avec son époux. La nouvelle le surprit dans le lit de Francisca Zubiaga de Gamarra, une brave femme d'armes, épouse d'un maréchal qui devait devenir plus tard président de la République. Le général n'attendit pas le second amour de la nuit pour écrire à Manuela une réponse immédiate qui ressemblait plutôt à un ordre de guerre : « Dites-moi la vérité et ne partez nulle part. » Et il souligna de sa main la phrase finale : *Je vous aime en toute certitude*. Elle obéit enchantée.

Le rêve du général commença à s'écrouler le jour même où il se réalisa. À peine eut-il fondé la Bolivie et conclu la réorganisation institutionnelle du Pérou qu'il dut retourner en toute hâte à Santa Fe, pressé par les premières tentatives séparatistes du général Páez au Venezuela et les salmigondis politiques de Santander en Nouvelle-Grenade. Cette fois Manuela eut besoin de plus de temps pour qu'il l'autorisât à le suivre, et quand à la fin il céda, ce fut un déménagement de gitans, avec des malles errantes juchées sur une douzaine de mules, des esclaves immortels, onze chats, six chiens, trois singes dressés dans l'art des obscénités de palais, un ours sachant enfiler des aiguilles, et neuf cages de perroquets et de perruches qui péroraient à tort, à travers et en trois langues contre Santander.

Elle arriva à Santa Fe tout juste à temps pour sauver le peu de vie qui restait au général en cette malheureuse nuit du 25 septembre. Ils se connaissaient depuis cinq ans mais il était aussi décrépit et dubitatif que s'ils s'étaient rencontrés cinquante ans auparavant, et Manuela eut le sentiment qu'il tâtonnait sans but dans les brumes de la solitude. Il devait retourner dans le Sud peu après afin de freiner les ambitions colonialistes du Pérou envers Quito et Guayaquil, mais tout effort était déjà inutile. Manuela resta donc à Santa Fe sans la moindre envie de le suivre car elle savait que son éternel fugitif n'avait plus un seul endroit vers où s'échapper.

O'Leary observa dans ses Mémoires que le général n'avait jamais été aussi spontané pour évoquer ses amours furtives qu'en cet après-midi à Turbaco. Montilla pensa, et l'écrivit des années plus tard dans une correspondance privée, que c'était un symptôme sans équivoque de la vieillesse. Encouragé par son entrain et son humeur propice aux confidences, Montilla ne résista pas à la tentation de tendre au général une provocation cordiale.

« Seule Manuela restait ? lui demanda-t-il.
– Elles restaient toutes, dit le général avec sérieux. Mais Manuela plus que les autres. »

Montilla cligna de l'œil à O'Leary et dit :
« Avouez, général : combien y en a-t-il eu ? »
Le général répondit à côté :
« Beaucoup moins que ce que vous pensez. »
Le soir, tandis qu'il prenait son bain chaud, José Palacios voulut éclairer quelques doutes : « Selon mes calculs, trente-cinq, dit-il. Sans compter les oiselles d'une nuit, bien sûr. » Le chiffre coïncidait avec les calculs du général, mais celui-ci n'avait pas voulu l'avouer pendant la visite.

« O'Leary est un grand homme, un grand soldat et un ami fidèle, mais il prend note de tout, expliqua-t-il. Et rien n'est plus dangereux que la mémoire écrite. »

Le lendemain, après un long entretien privé pour s'instruire de l'état de la frontière, il demanda à O'Leary de se rendre à Carthagène avec la mission formelle de s'enquérir des mouvements de bateaux en partance pour l'Europe, bien que la mission véritable fût de le tenir au fait des détails occultes de la politique locale. O'Leary eut à peine le temps d'arriver. Le samedi 12 juin, le congrès de Carthagène prêta serment à la nouvelle

Constitution et reconnut les magistrats élus. Montilla, avec la nouvelle, envoya au général l'inévitable message:
 « Nous vous attendons. »

Il attendait toujours lorsque la rumeur de la mort du général le fit bondir hors de son lit. Il partit pour Turbaco au grand galop, sans prendre le temps de la vérifier, et trouva le général plus en forme que jamais en train de déjeuner avec un Français, le comte de Raigecourt, venu l'inviter à partir avec lui pour l'Europe sur un paquebot anglais devant arriver à Carthagène la semaine suivante. C'était le point culminant d'une journée de bonne santé. Le général s'était proposé d'opposer à sa maladie une résistance morale et nul ne pouvait dire qu'il n'y avait pas réussi. Il s'était levé tôt, avait parcouru les enclos à l'heure de la traite, visité la caserne des grenadiers, appris de leur propre bouche dans quelles conditions ils vivaient et donné des ordres péremptoires pour qu'on les améliorât. Au retour il s'était arrêté dans une taverne du marché, avait bu un café et emporté la tasse pour éviter l'humiliation qu'elle fût détruite. Il se dirigeait vers la maison lorsque les enfants qui sortaient de l'école lui tendirent une embuscade à un coin de rue, en frappant dans leurs mains et en chantant: *Viva el Libertador! Viva el Libertador*! Surpris, il n'eût pas su quoi faire si les enfants ne lui avaient cédé le passage.

Chez lui, il trouva le comte de Raigecourt qui était arrivé sans se faire annoncer, accompagné de la femme la plus belle, la plus élégante et la plus altière qu'il eût jamais vue. Elle était en tenue de cheval bien qu'en réalité elle fût arrivée dans une calèche tirée par un âne. De son identité elle ne révéla que son nom, Camille, et ses origines martiniquaises. Le comte n'ajouta aucune précision, bien qu'au cours de la journée il ne devînt que trop évident qu'il était fou d'amour pour elle.

La seule présence de Camille rendit au général son

humeur d'antan, et il ordonna de préparer en toute hâte un déjeuner de gala. Bien que le comte parlât un espagnol correct, la conversation se tint en français, la langue de Camille. Lorsqu'elle déclara être née aux Trois-Ilets, le général eut un geste enthousiaste et ses yeux fanés brillèrent d'un éclat instantané.

« Ah, dit-il, là où est née Joséphine. »

Elle rit.

« S'il vous plaît Excellence, j'attendais une observation plus intelligente que celle de tout le monde. »

Il fut blessé et se défendit par une évocation lyrique de la sucrerie de La Pagerie, maison natale de Marie-Josèphe, impératrice de France, que l'on devinait à plusieurs lieues de distance à travers les vastes champs de canne à sucre grâce au charabia des perroquets et à l'odeur chaude des alambics. Elle fut surprise que le général la connût si bien.

« En fait, je ne la connais pas et ne suis jamais allé en Martinique, dit-il.

– Et alors ? dit-elle.

– Je me suis préparé depuis des années en l'apprenant par cœur, dit le général, parce que je savais qu'un jour j'en aurais besoin pour être agréable à la femme la plus belle de ces îles. »

Il parlait sans arrêt, la voix cassée mais éloquente. Il était vêtu de culottes de coton imprimé, d'une casaque de drap et de sandales rouges. Le parfum d'eau de Cologne qui flottait dans la salle à manger attira l'attention de Camille. Il lui avoua que c'était une de ses faiblesses, au point que ses ennemis l'accusaient d'avoir dépensé en eau de Cologne huit mille pesos appartenant aux fonds publics. Il était aussi pâle que la veille, mais on ne remarquait les sévices de son mal que dans la parcimonie de son corps.

Lorsqu'il se trouvait entre hommes, le général était

capable de jurer comme le plus déculotté des charretiers, mais la présence d'une femme suffisait pour que ses manières et son langage devinssent raffinés jusqu'à l'affectation. Il déboucha, goûta et servit lui-même un vin de Bourgogne de grand cru que le comte qualifia sans pudeur de caresse de velours. Ils en étaient au café lorsque le capitaine Iturbide lui murmura quelque chose à l'oreille. Il l'écouta, l'air grave, puis se renversa en arrière sur son siège en riant de bonne grâce.

« Écoutez ceci, je vous prie, dit-il. Nous avons ici une délégation de Carthagène qui est venue à mon enterrement. »

Il la fit entrer. Il ne resta d'autre solution à Montilla et ses amis que de poursuivre le jeu. Les aides de camp envoyèrent chercher des joueurs de gaita de San Jacinto qui traînaient alentour depuis la veille, et un groupe d'hommes et de femmes d'un certain âge dansa une cumbia en l'honneur des invités. Camille fut surprise de l'élégance de cette danse populaire d'origine africaine et voulut l'apprendre. Le général avait une réputation de grand danseur et quelques-uns parmi les convives se souvinrent que lors de sa dernière visite il avait dansé la cumbia d'un pas de maître. Mais lorsque Camille l'invita, il refusa l'honneur qui lui était fait. « Trois ans c'est beaucoup de temps », dit-il en souriant. Soudain, la musique s'arrêta un moment et l'on entendit des vivats et une série d'explosions trépidantes accompagnées de coups de feu. Camille prit peur.

Le comte dit d'un ton sérieux :

« Bon sang, mais c'est une révolution !

— Vous ne pouvez imaginer à quel point nous en aurions besoin, dit le général en riant. Ce n'est, hélas, qu'un combat de coqs. »

Presque sans y penser il termina de boire son café et d'un geste circulaire de la main les invita à voir les coqs.

« Venez avec moi, Montilla, pour constater à quel point je suis mort », dit-il.

C'est ainsi qu'à deux heures de l'après-midi il se rendit jusqu'à l'enclos où avait lieu le combat, accompagné d'un groupe important à la tête duquel se trouvait le comte de Raigecourt. Mais dans cette assemblée d'hommes seuls, l'attention ne se fixa pas sur lui mais sur Camille. Personne ne pouvait croire que cette femme éblouissante ne fût pas une des siennes, et qui plus est dans un endroit où l'entrée était interdite aux femmes. Et on le crut d'autant moins lorsqu'on apprit qu'il était accompagné du comte car il était dans ses habitudes de faire par d'autres hommes chaperonner ses maîtresses clandestines afin de brouiller les pistes.

Le second combat fut atroce. Un coq rouge creva les yeux de son adversaire à coups d'ergots bien appliqués. Mais le coq aveugle ne se rendit pas. Il s'acharna sur l'autre jusqu'à lui arracher la tête et la manger à coups de bec.

« Jamais je n'aurais imaginé une fête aussi sanglante, dit Camille. Mais cela m'enchante. »

Le général lui expliqua que c'était plus sanglant encore lorsqu'on excitait les coqs avec des cris obscènes et des coups de feu tirés en l'air, mais que cet après-midi les propriétaires des coqs se retenaient, gênés par la présence d'une femme, surtout si belle. Il la regarda sans coquetterie et lui dit : « C'est donc votre faute. » Elle rit, amusée.

« C'est la vôtre, Excellence, pour avoir gouverné ce pays durant tant d'années et n'avoir pas dicté une loi obligeant les hommes à se comporter de la même façon quand il y a des femmes et quand il n'y en a pas. »

Il commençait à perdre les étriers.

« Je vous prie de ne pas m'appeler Excellence, lui dit-il. Je me contente d'être juste. »

161

Ce même soir, alors qu'il flottait dans l'eau inutile de la baignoire, José Palacios lui dit : « C'est la femme la plus jolie que nous ayons vue. » Le général n'ouvrit pas les yeux.

« Elle est abominable », dit-il.

Son apparition dans l'enclos du combat fut, selon l'avis de tous, un acte prémédité pour démentir les différentes versions sur sa maladie, si alarmantes ces derniers jours que personne n'avait mis en doute la rumeur de sa mort. Elle fit son effet, car les courriers qui partirent de Carthagène diffusèrent un peu partout la nouvelle de son bon état de santé, et ses partisans organisèrent, plus par défi que par allégresse, des fêtes publiques pour la célébrer.

Le général avait réussi à tromper même son propre corps, car il continua de se montrer enjoué les jours suivants et alla même jusqu'à s'asseoir à la table de jeu avec ses aides de camp qui traînaient leur ennui en des parties interminables. Andrés Ibarra, le plus jeune et le plus gai, qui conservait encore un sens romantique de la guerre, avait écrit ces derniers jours à une amie de Quito : « Je préfère la mort dans tes bras que cette paix sans toi. » Ils jouaient jour et nuit, tantôt absorbés dans l'énigme des cartes, tantôt discutant à grands cris, et toujours traqués par les moustiques qui, en ces temps de pluie, les attaquaient en plein jour en dépit des feux de bouse des étables que les ordonnances de service entretenaient en permanence. Il n'avait pas rejoué depuis la nuit malchanceuse de Guaduas car le désagréable incident avec Wilson lui avait laissé un arrière-goût d'amertume qu'il voulait effacer de son cœur, mais de son hamac il entendait leurs cris, leurs confidences, leur nostalgie de la guerre dans l'inaction d'une paix fugitive. Une nuit qu'il se promenait dans la maison, il ne résista pas à la tentation de s'arrêter dans le couloir. Il fit signe de garder le silence à ceux qui se trouvaient en face de lui et s'approcha d'Andrés Ibarra qui lui tournait le dos. Il posa ses mains sur ses épaules, telles des serres d'oiseau de proie, et demanda :

« Dites-moi une chose, cousin, trouvez-vous aussi que j'ai l'air d'un mort ? »

Ibarra, habitué à ces manières, ne se retourna pas pour le regarder.

« Non, mon général, dit-il.

– Eh bien, ou vous êtes aveugle ou vous mentez, répondit le général.

– Ou je vous tourne le dos », dit Ibarra.

Le général s'intéressa au jeu, s'assit et finit par jouer. Cette nuit-là et les nuits suivantes, ce fut pour tous comme un retour à la normale. « En attendant que nous parvienne le passeport », comme disait le général. Cependant, José Palacios lui rappela qu'en dépit du rituel des cartes, en dépit de son attention personnelle, en dépit de lui-même, les officiers de la suite en avaient par-dessus la tête de ces allées et venues qui ne menaient à rien.

Nul n'était plus préoccupé que lui du sort de ses officiers, des détails de leur vie quotidienne et de l'horizon de leur destin, mais lorsque les problèmes étaient irrémédiables il les résolvait en se mentant à lui-même. Après l'incident avec Wilson, puis pendant le voyage sur le fleuve, il avait souvent oublié ses douleurs pour s'occuper d'eux. La conduite de Wilson était impensable et seule une frustration très grave avait pu lui inspirer une réaction aussi âpre. « Il est aussi bon militaire que son père », avait dit le général lorsqu'il l'avait vu se battre à Junín. « Et plus modeste », avait-il ajouté lorsqu'il avait refusé le grade de colonel auquel l'avait promu le maréchal Sucre après la bataille de Tarqui et que lui-même l'avait obligé à accepter.

Le régime qu'il leur imposait à tous, en temps de paix

comme en temps de guerre, était à la fois celui d'une discipline héroïque et celui d'une loyauté qui exigeait presque le concours de la voyance. C'étaient des hommes de guerre mais non de caserne car ils avaient tant combattu que c'est à peine s'ils avaient eu le temps de camper. Il y avait de tout parmi eux, mais le noyau de ceux qui avaient réalisé l'indépendance aux côtés du général était la fine fleur d'une aristocratie créole ayant fait ses classes dans des écoles princières. Ils avaient passé leur vie à se battre d'un côté et d'autre, loin de chez eux, de leurs femmes, de leurs enfants, loin de tout, et la nécessité en avait fait des hommes politiques et de gouvernement. Ils étaient tous vénézuéliens, sauf Iturbide et les aides de camp européens, et presque tous parents consanguins ou par alliance du général : Fernando, José Laurencio, les frères Ibarra, Briceño Méndez. Leurs liens de classe ou de sang les identifiaient et les unissaient.

Un seul était différent : José Laurencio Silva, fils de l'accoucheuse du village d'El Tinaco, dans les Plaines, et d'un pêcheur du fleuve. Il avait le teint foncé de son père et de sa mère, et appartenait à la classe inférieure des gens à peau brune, mais le général l'avait marié à Felicia, une de ses nièces. Il avait commencé sa carrière à seize ans comme recrue volontaire de l'armée libératrice, était devenu général en chef à cinquante-huit ans et avait reçu plus de quinze blessures graves et beaucoup d'autres, plus légères, provoquées par différentes armes au cours de cinquante-deux actions dans presque toutes les campagnes de l'Indépendance. La seule contrariété que lui causa sa condition de mulâtre fut d'être repoussé par une dame de l'aristocratie locale au cours d'un gala. Le général avait alors demandé que l'on répète la valse et l'avait dansée avec lui.

Le général O'Leary était son opposé : blond, grand, il avait une prestance hardie qu'accentuaient ses uniformes florentins. Il était arrivé au Venezuela à l'âge de dix-huit ans comme porte-drapeau des Hussards-Rouges et avait accompli sa carrière dans presque toutes les batailles de la guerre d'Indépendance. Comme tous les autres, il avait lui aussi connu son heure de disgrâce pour avoir donné raison à Santander dans la dispute qui opposait celui-ci à José Antonio Páez, lors d'une mission que lui avait confiée le général pour rechercher une formule de conciliation. Le général cessa de le saluer et l'abandonna à son sort pendant quatorze mois jusqu'à ce que sa rancœur se refroidît.

Les mérites personnels de chacun d'eux étaient indiscutables. Mais le général ne fut jamais conscient d'avoir dressé devant eux un rempart de pouvoir d'autant plus infranchissable que lui-même se croyait accessible et charitable. Toutefois, la nuit où José Palacios lui fit voir l'état d'esprit dans lequel ils se trouvaient, il joua d'égal à égal, perdant à loisir, jusqu'à ce qu'ils se rendissent d'eux-mêmes, épuisés.

Il était clair que toutes leurs anciennes frustrations avaient disparu. Peu leur importait le sentiment de défaite qui s'emparait d'eux après avoir gagné une guerre. Peu leur importait la lenteur qu'il imposait à leurs promotions pour empêcher qu'on les prît pour des privilèges, et peu leur importait le déracinement de la vie errante ou le hasard des amours occasionnelles. Les soldes militaires avaient été réduites au tiers à cause de la pénurie fiscale du pays, et même ainsi on ne les payait qu'avec trois mois de retard et en bons de l'État difficiles à échanger, qu'ils revendaient à perte aux agioteurs. Tout cela leur importait peu, cependant, de même que peu leur importait que le général partît en claquant une porte dont le bruit eût retenti dans le monde entier, ou qu'il les laissât à la merci de leurs ennemis. La gloire appartenait à d'autres. Ce qu'ils ne pouvaient endurer était l'incertitude qu'il leur avait peu à peu communiquée depuis qu'il avait pris la décision d'abandonner le pouvoir, et qu'il fût de plus en plus insupportable à mesure que se poursuivait et s'engluait ce voyage sans fin vers nulle part.

Le général se sentit ce soir-là si content qu'en prenant son bain il dit à José Palacios qu'entre ses officiers et lui ne s'interposait pas l'ombre d'un malentendu. Toutefois, les officiers demeurèrent avec l'impression qu'ils n'avaient pas réussi à transmettre au général un sentiment de gratitude ou de culpabilité, mais un germe de méfiance.

Surtout José María Carreño. Depuis le soir de la conversation dans le sampan il se montrait revêche, et sans le savoir alimentait la rumeur selon laquelle il était en contact avec les séparatistes du Venezuela. Ou, comme on le disait alors, qu'il était devenu *cosiatero*. Quatre ans auparavant, le général l'avait expulsé de son cœur, comme il l'avait fait avec O'Leary, avec Montilla, avec Briceño Méndez, avec Santana, et avec tant d'autres, parce qu'il le soupçonnait de vouloir se rendre populaire aux dépens de l'armée. De même qu'alors, le général le faisait maintenant suivre, reniflait ses traces, prêtait l'oreille à toutes les rumeurs qui se tramaient contre lui, s'efforçant d'entrevoir une lueur dans les ténèbres de ses propres doutes.

Une nuit, sans savoir s'il était éveillé ou endormi, il l'entendit dire dans la pièce voisine que, pour le bien-être de la patrie, aller jusqu'à trahir était légitime. Alors il le prit par le bras, l'emmena avec lui dans le jardin et le soumit à la magie irrésistible de sa séduction avec un tutoiement calculé auquel il n'avait recours que dans des occasions extrêmes. Carreño lui avoua la vérité. En effet, que le général laissât son œuvre à la dérive sans s'inquiéter de les abandonner comme des orphelins le rendait amer. Mais ses plans de défection étaient loyaux. Fatigué de chercher une lueur d'espoir dans ce voyage d'aveugles, incapable de continuer à vivre sans âme, il avait décidé de s'échapper au Venezuela pour se mettre à la tête d'un mouvement armé en faveur de l'intégrité.

« Je n'ai rien trouvé de plus digne, conclut-il.

– Qu'est-ce que tu crois : que tu seras mieux traité au Venezuela ? » lui demanda le général.

Carreño n'osa pas l'affirmer.

« Bon, mais au moins, là-bas, il y a la patrie, dit-il.

– Ne fais pas le crétin, dit le général. Pour nous, la patrie c'est l'Amérique, et elle est partout la même : sans remède. »

Il ne le laissa pas en dire plus. Il lui parla pendant très longtemps, lui montrant dans chaque mot ce qu'il semblait y avoir au fond de son cœur, bien que ni Carreño ni personne ne dût jamais savoir ce qu'en réalité il contenait. À la fin, il lui donna une tape dans le dos et le laissa dans ses ténèbres.

« Ne délire plus Carreño, lui dit-il. Tout ça, le diable l'a emporté. »

Le mercredi 16 juin, il apprit que le gouvernement avait confirmé la pension à vie que lui avait accordée le Congrès. Il en accusa réception au président Mosquera par une lettre protocolaire d'où l'ironie n'était pas absente et, après l'avoir dictée, il déclara à Fernando en imitant le pluriel majestueux et l'emphase coutumière de José Palacios : « Nous sommes riches. » Le mardi 22, il reçut le passeport lui permettant de quitter le pays et l'agita en l'air en disant : « Nous sommes libres. » Deux jours plus tard, en se réveillant dans son hamac après une heure de mauvais sommeil, il ouvrit les yeux et dit : « Nous sommes tristes. » Alors, il décida de se rendre à Carthagène sans plus attendre, profitant du temps nuageux et frais. Son seul ordre spécifique fut que ses officiers s'y rendissent en civil et sans armes. Il ne fournit aucune explication ni ne fit un seul geste permettant de deviner ses desseins, pas plus qu'il ne prit le temps de dire au revoir à personne. Ils partirent aussitôt sa garde personnelle prête et laissèrent au reste de la suite le soin de s'occuper plus tard des bagages.

Au cours de ses voyages, le général avait coutume de s'arrêter au hasard pour s'enquérir des problèmes de ceux qu'il croisait en chemin. Il les questionnait sur tout : l'âge de leurs enfants, la nature de leurs maladies, l'état de leurs affaires, ce qu'ils pensaient de ceci ou de cela. Cette fois-ci, il ne dit pas un mot, ne changea pas d'allure, ne toussa ni ne donna aucun signe de fatigue et ne prit dans la journée qu'un verre de porto. Vers quatre heures de l'après-midi se profila à l'horizon le vieux couvent de la colline de la Popa. On était à l'époque des pardons, et de la grand-route on voyait un cheminement de pèlerins grimper la corniche escarpée telles des fourmis travailleuses. Peu après, ils avisèrent au loin l'éternelle macule des charognards tournoyant au-dessus du marché et des eaux des abattoirs. En apercevant les murailles, le général fit un signe au général José María Carreño. Celui-ci le rejoignit et lui offrit pour appui son robuste moignon de fauconnier. « J'ai une mission confidentielle pour vous, lui dit le général à voix très basse. En arrivant, tâchez de savoir où se trouve Sucre. » Il lui donna dans le dos la petite tape habituelle signifiant que c'était tout et conclut:

« Entre nous, bien sûr. »

Une délégation bien fournie, avec Montilla en tête, les attendait sur la grand-route, et le général se vit obligé d'achever son voyage dans l'ancienne voiture du gouverneur espagnol tirée par un attelage de mules allègres. Bien que le soleil commençât à décliner, les branchages des mangliers semblaient bouillir dans la chaleur des marais morts qui entouraient la ville et dont la touffeur pestilentielle était moins supportable que celle des eaux de la baie, putréfiées depuis un siècle par le sang et les déchets des abattoirs. Lorsqu'ils passèrent sous la porte de la Demi-Lune, des charognards épouvantés s'envolèrent en rafales du marché en plein air. Il restait encore des vestiges de la panique provoquée par un chien malade de la rage qui, le matin même, avait mordu plusieurs personnes d'âges divers, dont une Castillane de race blanche qui rôdait là où elle n'aurait pas dû. Il avait aussi mordu des enfants du quartier des esclaves, et ces derniers avaient réussi à le tuer à coups de pierre. Le cadavre pendait à un arbre devant la porte de l'école. Le général Montilla le fit incinérer, pour des raisons sanitaires d'abord, mais surtout pour empêcher que l'on tentât de conjurer son maléfice par des sortilèges africains.

À l'intérieur des remparts, la population convoquée d'urgence par un arrêté était descendue dans la rue. Les soirées se faisaient plus longues et plus diaphanes sous le solstice de juin, il y avait aux balcons des guirlandes de fleurs et des femmes vêtues à la manière excentrique du Madrid populaire, et les cloches de la cathédrale, les fanfares des régiments et les salves d'artillerie retentissaient jusqu'à la mer. Rien pourtant ne parvenait à tempérer la misère que l'on voulait occulter. Le général agitait son chapeau depuis la voiture disloquée et ne pouvait que se voir lui-même dans ce halo de commisération, en comparant cette réception indigente avec son entrée triomphale à Caracas en août 1813 où, couronné de lauriers dans un carrosse tiré par les six demoiselles les plus belles de la ville, une foule en larmes lui avait ce jour-là conféré l'éternité en lui donnant son nom de gloire : *El Libertador*. Caracas était encore un lointain village de la province coloniale, laid, triste, fade, mais les couchers de soleil sur le mont Avila étaient, dans la nostalgie, bouleversants.

Ces deux souvenirs ne semblaient pas appartenir à une même vie. Car la noble et héroïque ville de Carthagène des Indes, plusieurs fois capitale de la vice-royauté et mille fois chantée comme l'une des plus belles du monde, n'était pas même l'ombre de son passé. Elle avait souffert neuf sièges militaires, par terre et par mer, et avait été pillée à maintes reprises par les corsaires et les généraux. Cependant, rien ne l'avait plus ruinée que les guerres d'Indépendance et, plus tard, les guerres entre factions. Les riches familles des temps de l'or avaient fui.

Les anciens esclaves dérivaient au gré d'une liberté inutile, et les palais des marquis, occupés par la gueusaille, déversaient dans les rues pareilles à des dépotoirs des rats aussi gros que des chats. C'est à peine si l'on pouvait imaginer, au milieu des ronces, la ceinture de remparts invincibles que le roi d'Espagne avait voulu apercevoir à la longue-vue des tours de son palais. Le commerce, que le trafic des esclaves avait rendu des plus florissants au XVIIe siècle, était réduit à quelques échoppes en ruine. La gloire était inconciliable avec le remugle des égouts à ciel ouvert. Le général soupira à l'oreille de Montilla :

« Cette merde d'indépendance nous aura coûté cher ! »

Montilla réunit ce même soir ce que la ville comptait de plus illustre dans sa maison seigneuriale de La Factoria, où le marquis de Valdehoyos avait mal vécu et sa marquise prospéré grâce à la contrebande de farine et à la traite des Noirs. Dans les maisons principales on avait allumé les cierges de Pâques, mais le général ne se leurra guère car il savait que dans les Caraïbes n'importe quelle cause de n'importe quelle sorte, même une mort illustre, pouvait être un motif de réjouissances populaires. C'était une fausse fête, en effet. Depuis plusieurs jours circulaient des feuilles de chou infâmes, et le parti d'opposition avait échauffé ses nervis afin qu'ils brisent les fenêtres à coups de pierre et affrontent la police à coups de bâton. « Une chance qu'il ne reste plus un seul carreau à casser », dit Montilla avec son humour habituel, conscient que la furie populaire, plus que contre le général, était dirigée contre lui. Il renforça la garde des grenadiers par des troupes locales, fit cerner le secteur et interdit que l'on entretînt son hôte de l'état de guerre dans lequel se trouvait la rue.

Le comte de Raigecourt vint ce même soir prévenir le général que le paquebot anglais était en vue des châteaux de la Boca Chica, mais qu'il ne serait pas du voyage. Il invoqua l'argument officiel qu'il ne voulait pas partager l'immensité de l'océan avec un groupe de femmes qui faisaient la traversée entassées les unes sur les autres dans l'unique cabine. Mais la vérité était qu'en dépit du déjeuner mondain de Turbaco, de l'aventure du combat de coqs, et de tout ce que le général avait fait pour surmonter les infortunes de sa santé, le comte voyait bien que celui-ci n'était pas en état d'entreprendre le voyage. Il pensait que son moral supporterait peut-être la traversée, mais pas son corps, et il refusait d'accorder une faveur à la mort. Néanmoins, ni ces raisons ni de nombreuses autres ne parvinrent ce soir-là à ébranler la détermination du général.

Montilla ne s'avoua pas vaincu. Il prit de bonne heure congé de ses invités afin que le malade pût se reposer, mais il le retint toutefois un long moment sur le balcon intérieur tandis qu'une adolescente languide vêtue d'une tunique de mousseline presque invisible jouait pour eux à la harpe sept chansons d'amour. Elles étaient si belles et jouées avec une telle tendresse que les deux militaires n'eurent pas le cœur de parler tant que la brise de mer n'eut pas fini d'emporter les ultimes cendres de la musique. Le général demeura assoupi dans le fauteuil à bascule, flottant dans les ondes de la harpe et, soudain ému, se mit à chanter, d'une voix basse mais nette et bien posée, les paroles complètes de la dernière chanson. À la fin, il se tourna vers la harpiste et murmura un remerciement jailli du fond de son âme, mais il ne vit que la harpe et une guirlande de lauriers fanés. Alors il se souvint :

« Il y a à Honda un prisonnier pour homicide justifié », dit-il.

Montilla devança d'un rire sa propre astuce.

« De quelle couleur sont ses cornes ? »

Le général feignit de ne pas l'avoir entendu et il lui exposa le cas par le menu, sauf l'anecdote personnelle de Miranda Lyndsay à la Jamaïque. Montilla avait la solution à portée de la main.

«Qu'il demande à être transféré à Carthagène pour raison de santé, dit-il. Une fois ici nous arrangerons une remise de peine.

— C'est possible ? demanda le général.

— Ce n'est pas possible, dit Montilla, mais on le fera.»

Le général ferma les yeux, étranger au scandale des chiens soudain ameutés, et Montilla pensa qu'il s'était rendormi. Au terme d'une réflexion profonde, il ouvrit de nouveau les yeux et classa l'affaire.

«D'accord, dit-il. Mais je ne sais rien.»

Alors, il distingua les aboiements qui s'élargissaient en ondes concentriques depuis les murailles jusqu'aux marais les plus éloignés, là où les chiens étaient dressés dans l'art de ne pas aboyer afin de ne pas dénoncer leurs maîtres. Le général Montilla lui raconta que l'on empoisonnait les chiens errants pour empêcher la propagation de la rage. On n'avait réussi à capturer que deux des enfants qui avaient été mordus dans le quartier des esclaves. Les parents, comme toujours, avaient caché les autres afin qu'ils meurent sous la protection de leurs dieux, ou les avaient conduits jusqu'aux repaires des nègres marrons, dans les marécages de Maríalabaja, là où le gouvernement ne pouvait pénétrer, pour s'efforcer de les sauver par des artifices de sorciers.

Le général n'avait jamais tenté de mettre fin à ces rites de la fatalité, mais l'empoisonnement des chiens lui semblait indigne de la condition humaine. Il les aimait autant que les chevaux et les fleurs. La première fois qu'il s'était embarqué pour l'Europe, il avait emporté deux chiots jusqu'à Veracruz. Il en possédait plus de dix lorsque à la tête de quatre cents paysans en guenilles, il avait traversé les Andes depuis les Plaines du Venezuela pour libérer la Nouvelle-Grenade et fonder la république de Colombie. Il les avait toujours emmenés à la guerre. Nevado, le plus célèbre d'entre eux, compagnon de ses premières campagnes, avait vaincu à lui seul une brigade de vingt molosses de l'armée espagnole avant d'être tué d'un coup de lance lors de la première bataille de Carabobo. À Lima, Manuela Sáenz en avait eu plus que ce dont elle pouvait s'occuper, outre les nombreux animaux en tout genre qu'elle élevait dans la propriété de La Magdalena. Quelqu'un avait dit au général que lorsqu'un chien mourait il fallait le remplacer sans plus attendre par un autre portant le même nom afin de croire que c'était le même. Il n'était pas d'accord. Il les avait toujours voulus différents, pour se souvenir de chacun en particulier, de l'ardeur de leur regard et de l'anxiété de leur haleine, et pour souffrir de leur mort. La mauvaise nuit du 25 septembre, il fit dénombrer parmi les victimes de l'assaut les deux mâtins égorgés par les conjurés. En ce dernier voyage, il avait avec lui les deux qui restaient ainsi que ce satané chasseur de tigres qu'ils avaient recueilli sur le fleuve. Lorsque Montilla lui apprit qu'au cours de la première journée on avait empoisonné plus de cinquante chiens, la nouvelle finit de détériorer l'état d'esprit dans lequel l'avait plongé la harpe d'amour.

Montilla le regretta avec sincérité et lui jura qu'il n'y aurait plus de chiens morts dans les rues. La promesse le tranquillisa, non qu'il crût qu'on la tiendrait, mais parce que les bonnes intentions de ses généraux le réconfortaient. La splendeur de la nuit se chargea du reste. Du patio illuminé montait l'exhalaison des jasmins, l'air était pareil à un diamant, et il y avait dans le ciel plus d'étoiles que jamais. « Comme l'Andalousie en avril », avait-il dit en d'autres temps, se souvenant de Colomb. Un vent contraire balaya les bruits et les odeurs, et seul demeura le fracas des vagues contre les remparts.

« Général, supplia Montilla, ne partez pas.
– Le bateau est au port, dit-il.
– Il y en aura d'autres, dit Montilla.
– Cela revint au même, répliqua-t-il. Tous seront le dernier. »

Il ne céda pas d'un pouce. Au terme de nombreuses suppliques inutiles, Montilla n'eut d'autre recours que de lui révéler le secret qu'il avait fait serment de garder jusqu'à la veille des événements: le général Rafael Urdaneta, à la tête d'officiers bolivaristes, préparait un coup d'État à Santa Fe pour les premiers jours de septembre. À l'encontre de ce que Montilla espérait, le général n'en parut pas surpris.

« Je n'en savais rien, dit-il, mais c'était facile à imaginer. »

Montilla lui révéla alors les détails de la conspiration militaire qui se tramait déjà dans toutes les garnisons loyales du pays, en accord avec des officiers du Venezuela. Le général plongea dans une réflexion profonde. « Cela n'a pas de sens, dit-il. Si Urdaneta veut en vérité arranger le monde, qu'il s'entende avec Páez et reprenne l'histoire de ces quinze dernières années, de Caracas à Lima. Après, ce ne sera plus qu'une promenade patriotique jusqu'en Patagonie. » Toutefois, avant d'aller dormir, il laissa une porte entrebâillée.

« Sucre est au courant?, demanda-t- il.
– Il est contre, dit Montilla.
– À cause de son différend avec Urdaneta, bien sûr, dit le général.
– Non, dit Montilla, parce qu'il est contre tout ce qui l'empêche de partir pour Quito.

– De toute façon, c'est avec lui qu'il faut parler, dit le général. Avec moi vous perdez votre temps. »

Cela semblait son dernier mot. Au point que le lendemain très tôt, il donna à José Palacios l'ordre d'embarquer les bagages pendant que le bateau mouillait dans la baie, et fit demander au capitaine de jeter l'ancre dans l'après-midi devant le fort de Santo Domingo de façon à ce qu'il pût voir le bâtiment du balcon de la maison. Ce furent des dispositions si précises que, comme il n'avait pas dit qui de ses officiers voyagerait avec lui, ceux-ci pensèrent qu'il n'en emmènerait aucun. Wilson fit ce qui avait été décidé depuis janvier et embarqua ses bagages sans consulter personne.

Même les moins convaincus de son départ allèrent lui faire leurs adieux lorsqu'ils virent passer dans les rues, se dirigeant vers la baie, les six voitures et leur chargement. Le comte de Raigecourt, accompagné cette fois de Camille, fut l'invité d'honneur du déjeuner. Elle paraissait plus jeune, et ses cheveux noués en chignon, sa tunique verte et ses mules de même couleur donnaient à ses yeux un éclat moins cruel. Le général dissimula par une galanterie son déplaisir de la voir.

« Madame doit être très sûre de sa beauté pour que le vert lui siée si bien », dit-il en espagnol.

Le comte traduisit sur-le-champ et Camille éclata d'un rire de femme libre dont la senteur de réglisse emplit l'air de toute la maison. « Ne recommençons pas, don Simón », dit-elle. Quelque chose avait changé en eux, car aucun des deux n'osa reprendre le tournoi rhétorique de la première rencontre par crainte de blesser l'autre. Camille l'oublia, papillonnant à loisir au milieu d'une foule éduquée à dessein de pouvoir parler français lors d'événements comme celui-ci. Le général alla échanger quelques propos avec frère Sébastián de Sigüenza, un saint homme qui jouissait d'un prestige fort mérité pour avoir guéri

Humboldt d'une variole contractée dans la ville au cours de la première année du siècle. Le moine était le seul à ne pas y attribuer d'importance. « Le Seigneur a disposé que certains meurent de la variole et d'autres non, et le baron était l'un de ceux-ci », disait-il. Le général avait demandé à le connaître lors de son précédent voyage, lorsqu'il avait appris qu'il soignait trois cents maladies différentes par des traitements à base d'aloès.

Lorsque José Palacios revint du port avec l'assurance officielle que le paquebot se trouverait en face de la maison après le déjeuner, Montilla donna l'ordre de préparer la parade militaire des adieux. En raison du soleil de cette heure en plein mois de juin, il fit bâcher les canots qui, depuis la forteresse de Santo Domingo, devaient conduire le général à bord. À onze heures, la maison regorgeait d'invités et de visiteurs spontanés qui suffoquaient de chaleur, et à la grande table on servit toutes sortes de curiosités de la cuisine locale. Camille ne parvenait pas à s'expliquer la cause de la commotion qui secouait la salle, lorsqu'elle entendit la voix fêlée tout près de son oreille : « Après vous, madame. » Le général l'aida à se servir d'un peu de tout, lui expliquant le nom, la recette et l'origine de chaque plat, puis il se servit une assiettée mieux assortie, à la stupéfaction de sa cuisinière dont il avait refusé une heure plus tôt les friandises, plus exquises encore que celles exposées sur la table. Puis, se frayant un chemin à travers les groupes qui cherchaient où s'asseoir, il la mena jusqu'à la paix des grandes fleurs équatoriales du balcon intérieur et s'adressa à elle sans préambules.

« Il me serait agréable de vous rencontrer à Kingston, lui dit-il.

– Rien ne me ferait plus plaisir, répondit-elle sans la moindre surprise. J'adore les monts Bleus.

– Seule ?

– Quelle que soit la personne qui m'accompagne, je serai toujours seule, dit-elle. Et elle ajouta non sans malice : Excellence. »

Il sourit.

« Je vous ferai chercher par Hyslop », dit-il.

Ce fut tout. Il la reconduisit à travers la salle jusqu'à l'endroit où il l'avait trouvée, prit congé d'elle par un salut de contredanse, abandonna son assiette intacte sur le rebord d'une fenêtre et retourna à sa place. Personne ne sut à quel moment il prit la décision de rester, ni pourquoi il la prit. Les politiciens l'importunaient en lui parlant des dissensions locales lorsqu'il se retourna soudain vers Raigecourt et, tout à fait hors de propos, lui dit pour être entendu de tous :

« Vous avez raison, monsieur le Comte. Que ferais-je de tant de femmes dans l'état lamentable où je me trouve ?

– C'est bien mon avis, général », dit le comte en poussant un soupir. Et il s'empressa de poursuivre : « En revanche, la semaine prochaine arrive le *Shannon*, une frégate anglaise qui dispose d'une bonne cabine et même d'un excellent médecin.

– C'est pire que cent femmes », dit le général.

En tout cas, l'explication ne fut qu'un prétexte car l'un des officiers était prêt à lui céder sa cabine jusqu'en Jamaïque. José Palacios fut le seul qui livra le mobile exact en prononçant sa phrase infaillible : « Ce que pense mon maître, seul mon maître le sait. » Le général n'eût de toute façon pas pu s'embarquer car le paquebot s'échoua et subit de graves avaries alors qu'il appareillait pour aller le recueillir en face de Santo Domingo.

De sorte qu'il resta, à la seule condition de ne pas demeurer chez Montilla. Le général tenait sa maison pour la plus belle de la ville mais la trouvait trop humide pour ses os parce que trop proche de la mer, surtout en hiver lorsqu'il se réveillait dans ses draps trempés. Sa santé réclamait un air moins héraldique que celui des enceintes fortifiées. Montilla l'interpréta comme l'annonce d'un long séjour et s'empressa de le satisfaire.

Sur les contreforts de la colline de la Popa il y avait un faubourg résidentiel qu'en 1815 les Carthagénois avaient incendié de leurs propres mains afin que les troupes royalistes qui venaient reconquérir la ville ne pussent y camper. Ce fut un sacrifice inutile car les Espagnols prirent les murailles au bout de cent seize jours de siège durant lesquels les assiégés mangèrent jusqu'à la semelle de leurs chaussures, et plus de six mille personnes périrent de faim. Quinze ans plus tard, la plaine calcinée était toujours exposée aux soleils indignes de deux heures de l'après-midi. Une des rares maisons reconstruites était celle d'un commerçant anglais, Judah Kingseller, pour l'instant en voyage. Elle avait attiré l'attention du général lorsqu'il était arrivé de Turbaco à cause de son toit de palmes bien entretenu et de ses murs aux couleurs gaies, et parce qu'elle était presque enfouie au milieu d'un bois d'arbres fruitiers. Le général Montilla pensait que c'était une bien modeste demeure pour le rang de son hôte, mais celui-ci lui rappela qu'il avait dormi aussi à l'aise dans le lit d'une duchesse qu'enveloppé dans sa cape à même le sol d'une porcherie. De sorte qu'il la loua pour un temps indéterminé, avec un supplément pour le lit et le lave-mains, les six tabourets de cuir de la salle et l'alambic artisanal avec lequel M. Kingseller distillait son eau-de-vie personnelle. Le général Montilla fit apporter du palais du gouvernement une bergère en velours et construire un carbet en claie de joncs pour les grenadiers de la garde. La maison était fraîche aux heures de grand soleil, et en toute saison moins humide que celle du marquis de Valdehoyos, et elle possédait quatre chambres ouvertes à tous les vents où se promenaient des iguanes.

L'insomnie y était moins ingrate lorsque au matin l'on entendait l'explosion instantanée des anones mûres qui se détachaient des arbres. L'après-midi, surtout à l'époque des grandes pluies, on voyait passer des cortèges de pauvres portant leurs noyés pour les veiller à l'intérieur du couvent.

Après son déménagement au Pied de la Popa, le général ne retourna que trois fois dans l'enceinte fortifiée, à seule fin de poser pour Antonio Meucci, un peintre italien de passage à Carthagène. Il se sentait si faible qu'il devait poser assis sur la terrasse intérieure de la demeure du marquis, au milieu des fleurs sauvages et du tintamarre des oiseaux, et qu'il ne pouvait rester plus d'une heure immobile. Le portrait lui plut, bien que l'artiste l'eût à l'évidence représenté avec trop de compassion.

Le peintre grenadin José María Espinosa avait fait son portrait dans le palais présidentiel de Santa Fe peu avant l'attentat du mois de septembre, et il lui avait paru si différent de l'image qu'il avait de lui-même qu'il n'avait pu résister à la tentation de s'en plaindre au général Santana, à l'époque son secrétaire.

« Savez-vous à qui ressemble ce portrait ? lui dit-il. Au vieux Olaya, celui de La Mesa. »

Lorsque Manuela Sáenz l'apprit, elle en fut scandalisée car elle connaissait le vieillard de La Mesa.

« Il me semble que vous vous aimez bien peu, lui dit-elle. Olaya avait presque quatre-vingts ans la dernière fois que nous l'avons vu et il ne pouvait se tenir debout. »

Son portrait le plus ancien était une miniature anonyme, exécutée à Madrid alors qu'il avait seize ans. Lorsqu'il en eut trente-deux, il s'en fit faire une autre en Haïti, et toutes deux étaient fidèles à son âge et à sa nature caribéenne. Il avait du sang africain par un de ses aïeux paternels qui avait eu un fils avec une esclave, et ses traits le reflétaient tant que les aristocrates de Lima l'appelaient le Zambo. Mais à mesure que sa gloire grandissait, les peintres l'avaient idéalisé en lavant son sang et en le mythifiant, jusqu'à fixer dans la mémoire officielle le profil romain de ses statues. En revanche, le portrait d'Espinosa ne ressemblait qu'à lui, à ses quarante-cinq ans rongés par la maladie qu'il s'efforça de cacher, surtout à lui-même, jusqu'à la veille de sa mort.

Une nuit qu'il pleuvait, en s'éveillant d'un sommeil agité dans la maison du Pied de la Popa, le général vit une créature évangélique assise dans un coin de la chambre, vêtue de la robe d'étoupe grossière d'une congrégation laïque, la chevelure ornée d'une couronne de vers luisants. À l'époque coloniale, les voyageurs européens s'étonnaient de voir les indigènes éclairer leur chemin grâce à des flacons remplis de ces insectes lumineux. Ceux-ci devinrent plus tard une mode républicaine et les femmes les utilisaient comme guirlandes de lumière dans leurs cheveux, comme diadèmes embrasés sur leurs fronts, comme broches phosphorescentes sur leur corsage. La jeune fille qui entra cette nuit-là dans la chambre les avait cousus sur un ruban qui éclairait son visage d'une splendeur fantomatique. Elle était languide et mystérieuse, avait vingt ans et des cheveux déjà gris, et il découvrit d'emblée les éclats de la vertu qu'il appréciait le plus chez une femme : l'intelligence indomptée. Elle s'était introduite dans le campement des grenadiers, s'offrant pour n'importe quoi, et l'officier de garde l'avait trouvée si étrange qu'il l'avait envoyée à José Palacios au cas où elle pourrait intéresser le général. Celui-ci l'invita à s'allonger à côté de lui car il ne se sentait pas la force de la porter dans ses bras jusqu'au hamac. Elle ôta son ruban, rangea les vers luisants à l'intérieur d'un tronc de canne à sucre qu'elle avait apporté avec elle, et se coucha auprès de lui. Au bout d'une conversation à bâtons rompus, il se risqua à lui demander ce que l'on pensait de lui à Carthagène.

« On dit que Votre Excellence se porte bien, mais qu'elle joue les malades pour qu'on ait pitié d'elle », dit-elle.

Il ôta sa chemise de nuit et demanda à la jeune fille de l'examiner à la lumière de la chandelle. Alors, elle connut pouce à pouce le corps le plus ravagé que l'on puisse concevoir : un ventre émacié, des côtes à fleur de peau, des jambes et des bras réduits à l'état de squelette, le tout enveloppé dans une peau glabre à la pâleur mortelle, et un visage tanné par l'intempérie qui semblait appartenir à un autre.

« Il ne me reste plus qu'à mourir », dit-il.

La jeune fille insista.

« Les gens disent que c'est comme ça depuis toujours, mais que maintenant vous avez intérêt à ce qu'on le sache. »

Il ne se rendit pas à l'évidence. Il continua de lui donner des preuves irréfutables de sa maladie tandis qu'elle succombait par instants à un sommeil facile et, endormie, poursuivait ses réponses sans perdre le fil du dialogue. Il ne la toucha pas de la nuit et se contenta de sentir le tiède refuge de son adolescence. Soudain, tout contre la fenêtre, le capitaine Iturbide se mit à chanter : *Si la bourrasque souffle et l'ouragan redouble, noue tes bras à mon cou que la mer nous emporte.* C'était une chanson d'autrefois, de l'époque où son estomac supportait encore le terrible pouvoir d'évocation des goyaves mûres et l'inclémence d'une femme dans l'obscurité. Le général et la jeune fille l'écoutèrent ensemble, presque avec dévotion, mais elle s'endormit à la moitié de la chanson suivante et il plongea peu après dans un marasme sans trêve. Le silence était si pur après la musique que les chiens s'agitèrent lorsqu'elle se leva sur la pointe des pieds pour ne pas réveiller le général. Il l'entendit chercher à tâtons le loquet de la porte.

« Tu repars vierge », lui dit-il.

Elle lui répondit par un rire joyeux.

« Personne n'est vierge après une nuit avec Votre Excellence. »

Elle partit, comme toutes les autres. Car, parmi toutes les femmes qui avaient traversé sa vie, dont beaucoup l'espace de quelques heures, il n'y en eut pas une seule à qui il suggéra ne fût-ce que l'idée de rester. Mais dans ses empressements amoureux il était capable de changer le monde pour aller les retrouver. Une fois comblé, il se contentait du sentiment illusoire de leur appartenir en pensée, se donnant à elles de loin dans des lettres enflammées, leur envoyant des cadeaux somptueux pour se défendre de l'oubli, mais sans jamais engager la moindre parcelle de sa vie pour un attachement qui ressemblait plus à de la vanité qu'à de l'amour.

Cette nuit-là, dès qu'il se retrouva seul, il se leva pour aller rejoindre Iturbide qui devisait avec d'autres officiers autour d'un feu dans le jardin. Il le fit chanter jusqu'à l'aube en demandant à José de la Cruz Paredes de l'accompagner à la guitare, et tous comprirent, aux chansons qu'il sollicitait, que son humeur était maussade.

Il était revenu de son second voyage en Europe enthousiasmé par les chansons à la mode, qu'il chantait à pleins poumons et dansait avec une grâce inégalable aux noces de la noblesse créole de Caracas. Les guerres modifièrent ses goûts. Les chansons romantiques qui l'avaient guidé à travers les océans incertains de ses premières amours firent place aux valses somptueuses et aux marches militaires. Mais cette nuit-là, à Carthagène, il voulait entendre les chansons de sa jeunesse, dont certaines étaient si anciennes qu'il dut les apprendre à Iturbide, trop jeune pour s'en souvenir. L'auditoire s'amenuisa à mesure que le cœur du général saignait, et il demeura seul avec Iturbide devant les braises du feu mourant.

C'était une nuit étrange, sans une étoile dans le ciel, et un vent de mer soufflait, chargé de pleurs d'orphelins et de fragrances pourries. Iturbide était un homme de grands silences, qui pouvait sans ciller attendre l'aube en contemplant les cendres gelées, plongé dans la même inspiration que lorsqu'il chantait sans trêve une nuit entière. Le général, tout en attisant les braises avec un bâton, brisa l'enchantement :

« Que dit-on au Mexique ?

– Je n'ai personne là-bas, dit Iturbide. Je suis un proscrit.

– Nous le sommes tous, dit le général. Depuis que tout ceci a commencé, je n'ai vécu que six ans au Venezuela et j'ai passé le reste du temps à battre le vent aux quatre coins du monde. Vous n'imaginez pas ce que je donnerais pour être en ce moment en train de manger un pot-au-feu de viande grasse à San Mateo. »

Ses pensées avaient dû s'évader pour de vrai vers les sucreries de son enfance, car il plongea dans un silence pénétré tout en regardant mourir le feu. Lorsqu'il parla de nouveau, il était revenu sur la terre ferme. « Le problème c'est que nous avons cessé d'être espagnols, puis que nous sommes allés de-ci de-là, dans des pays qui changent de nom et de gouvernement d'un jour à l'autre, au point que nous ne savons même plus d'où nous sommes », dit-il. Il contempla de nouveau les cendres un bon moment puis demanda, sur un autre ton :

« Comment avez-vous eu l'idée de venir jusqu'ici alors qu'il y a tant de pays dans le monde ? »

Iturbide lui répondit par un long détour. « Au collège militaire, on nous apprenait à faire la guerre sur le papier, dit-il. Nous combattions des soldats de plomb sur des maquettes en plâtre, on nous emmenait le dimanche dans les prairies voisines, parmi les vaches et les dames qui rentraient de la messe, et le colonel tirait un coup de canon pour nous habituer à la frayeur de l'explosion et à l'odeur de la poudre. Figurez-vous que le professeur le plus apprécié était un Anglais invalide qui nous apprenait à tomber morts des chevaux. »

Le général l'interrompit.

« Et vous vouliez une vraie guerre.

– La vôtre, mon général, répondit Iturbide. Mais il y a bientôt deux ans que l'on m'a engagé et j'ignore toujours ce qu'est un combat de chair et de sang. »

Le général poursuivit sans regarder son visage. « Eh bien vous vous êtes trompé de destin, lui dit-il. Ici il n'y aura d'autres guerres que celles des uns contre les autres, et c'est comme tuer sa propre mère. » José Palacios lui rappela dans l'ombre que le jour allait se lever. Alors, il éparpilla les cendres de la pointe du bâton, et tandis qu'il se levait en s'appuyant au bras d'Iturbide, il lui dit :

« Moi, à votre place, je filerais d'ici en vitesse avant que le déshonneur ne m'atteigne. »

José Palacios répéta jusqu'à sa mort que la maison du Pied de la Popa était envoûtée par des esprits malins. Ils n'avaient pas fini de s'y installer que du Venezuela arriva le lieutenant José Tomas Machado, portant la nouvelle que plusieurs cantons militaires avaient désavoué le gouvernement séparatiste et grandissaient en force au sein d'un nouveau parti favorable au général. Celui-ci le reçut en tête à tête et l'écouta avec attention, mais ne se montra guère enthousiaste. « Les nouvelles sont bonnes mais elles arrivent trop tard, dit-il. Quant à moi, que peut un pauvre invalide contre le monde entier ? » Il donna des instructions pour que l'on logeât l'émissaire avec tous les honneurs, mais il ne lui promit pas de réponse.

« Je n'attends pas de salut pour la patrie », dit-il.

Toutefois, à peine avait-il pris congé du capitaine Machado, qu'il alla trouver Carreño et lui demanda : « Avez-vous retrouvé Sucre ? » Oui : il était parti de Santa Fe vers la mi-mai, en hâte, afin d'être ponctuel le jour de sa fête chez sa femme et sa fille.

« Il a pris son temps, conclut Carreño, car le président Mosquera l'a croisé sur la route de Popayán.

– Comment ? dit le général, surpris. Il a fait le voyage par terre ?

– C'est exact, mon général.

– Seigneur ! » s'écria-t-il.

Ce fut un coup au cœur. Ce même soir, il apprit que le maréchal Sucre avait été victime d'une embuscade et assassiné par une balle dans le dos le 4 juin, alors qu'il traversait la ténébreuse région de Berruecos. Montilla arriva avec la mauvaise nouvelle alors que le général venait de prendre son bain du soir, et c'est à peine si celui-ci l'écouta tout entière. Il se frappa le front et tira de toutes ses forces la nappe sur laquelle se trouvait encore la vaisselle du dîner, comme pris de folie sous l'empire d'une de ses colères bibliques.

« Foutre Dieu ! » s'écria-t-il.

La maison résonnait encore de l'écho du fracas qu'il avait déjà retrouvé sa maîtrise. Il s'écroula sur sa chaise en rugissant : « C'est Obando. » Et il le répéta à satiété. « C'est Obando, cet assassin à la solde des Espagnols. » Il voulait parler du général José María Obando, commandant de Pasto, à la frontière de la Nouvelle-Grenade qui, de cette façon, privait le général de son unique successeur possible et s'assurait pour lui-même la présidence de la République démantelée afin de la remettre à Santander. Un des conjurés raconta dans ses Mémoires qu'en sortant de la maison où avait été fomenté le crime, sur la grand-place de Santa Fe, il avait souffert une commotion en voyant, dans le brouillard gelé de l'après-midi, le maréchal Sucre avec son manteau de drap noir et son chapeau de pauvre se promener seul les mains dans les poches sur le parvis de la cathédrale.

Le soir où il apprit la mort de Sucre, le général vomit du sang. José Palacios le tut, de même qu'à Honda où il avait surpris son maître à quatre pattes en train de laver le sol de la salle de bains avec une éponge. Il garda ces deux secrets sans que le général eût à le lui demander, car il croyait inopportun d'ajouter des mauvaises nouvelles là où il y en avait déjà tant.

Un soir semblable à celui-ci, à Guayaquil, le général avait pris conscience de sa vieillesse prématurée. Il portait encore les cheveux aux épaules et les nouait sur sa nuque avec un ruban pour se sentir plus à l'aise pendant les batailles de la guerre et de l'amour, mais il se rendit compte ce soir-là qu'ils étaient presque blancs et que son visage était fané et triste. «Si vous me voyiez, vous ne me reconnaîtriez pas, écrivit-il à un ami. J'ai quarante et un ans et j'ai l'air d'un vieillard qui en a soixante.» Ce même soir il coupa ses cheveux. Peu de temps après, à Potosí, pour tenter de retenir l'ouragan de sa jeunesse fugitive qui s'échappait d'entre ses doigts, il rasa sa moustache et ses rouflaquettes.

Après l'assassinat de Sucre il n'eut plus d'artifice de toilette pour dissimuler sa vieillesse. La maison du Pied de la Popa s'abîma dans le deuil. Les officiers avaient cessé de jouer aux cartes et veillaient jusque fort avant dans la nuit en devisant dans le jardin autour du feu éternel qui chassait les moustiques, ou à l'intérieur de la chambrée, dans des hamacs suspendus à différentes hauteurs.

Le général distilla goutte à goutte ses amertumes. Il choisissait au hasard deux ou trois officiers et les maintenait éveillés en leur montrant ce que le pourrissoir de son cœur renfermait de pire. Il leur rabâcha une fois de plus la vieille histoire de ses armées qui s'étaient trouvées au bord de la dissolution à cause de la mesquinerie de Santander qui, président intérimaire de la république de Colombie, se refusait à lui envoyer des troupes et de l'argent pour achever la libération du Pérou.

« Il est d'une nature avare et chiche, disait-il, mais ses raisons étaient plus bornées encore : sa jugeote ne lui permettait pas de voir au-delà des frontières coloniales. »

Il leur répéta pour la millième fois l'ineptie que le coup mortel porté à l'intégration avait été d'inviter les États-Unis au congrès de Panamá, initiative prise par Santander à ses risques et périls, alors qu'il eût fallu ni plus ni moins proclamer l'unité de l'Amérique.

« C'était comme inviter un chat à danser avec les souris, dit-il. Et tout ça parce que les États-Unis menaçaient de nous accuser de transformer le continent en une ligue d'États populaires contre la Sainte-Alliance. Quel honneur ! »

Il manifesta encore une fois sa terreur de l'inconcevable sang-froid avec lequel Santander allait jusqu'au bout de ses desseins. « C'est un poisson mort », disait-il. Il répéta pour la centième fois la diatribe contre les prêts que Santander avait reçus de Londres et la complaisance avec laquelle il avait fermé les yeux sur la corruption de ses amis. Chaque fois qu'il l'évoquait, en privé ou en public, il ajoutait une goutte de venin à une atmosphère politique qui ne semblait être à même d'en supporter une de plus. Mais il ne pouvait s'en empêcher.

« C'est ainsi que la fin du monde a commencé », disait-il.

Il était si rigoureux dans la gestion des finances publiques qu'il ne parvenait pas à aborder ce sujet sans perdre les étriers. Président de la République, il avait décrété la peine de mort pour tout fonctionnaire coupable de malversation ou ayant volé plus de dix pesos. En revanche, il était à ce point détaché de ses biens personnels qu'en quelques années il avait dépensé pour la guerre d'Indépendance une grande partie de la fortune héritée de sa famille. Il répartissait ses soldes entre les veuves et les invalides de guerre. À ses neveux, il avait fait don des sucreries reçues en héritage, à ses sœurs il avait laissé la maison de Caracas, et il avait réparti la plupart de ses terres entre les nombreux affranchis avant même que fût aboli l'esclavage. Il refusa le million de pesos offert par le congrès de Lima dans l'euphorie de la libération, et peu avant de démissionner il fit cadeau de la propriété de Monserrate, que le gouvernement lui avait assignée afin qu'il pût vivre dans un endroit digne, à un ami dans le besoin. Dans l'Apure, il se leva du hamac où il dormait, le donna à un paysan pris de fièvre et passa le reste de la nuit à même le sol, enveloppé dans une capote de campagne. Les vingt mille piastres qu'il voulait payer de sa bourse à l'éducateur quaker José Lancaster n'étaient pas une dette personnelle mais celle de l'État. Il laissait ses chevaux bien-aimés aux amis qu'il rencontrait sur son passage, même Palomo Blanco, le plus connu et le plus glorieux, qui resta en Bolivie pour présider les écuries du maréchal de Santa Cruz. De sorte que le thème des malversations le menait malgré lui jusqu'aux extrémités de la perfidie.

« Cassandre, bien sûr, en est sorti blanchi, comme le 25 septembre, parce que pour sauver les apparences, c'est un as, disait-il à qui voulait bien l'entendre. Mais ses amis réexpédiaient en Angleterre la même quantité d'argent que les Anglais avaient prêté à la nation à un taux d'intérêt léonin, et la multipliaient en leur faveur par des pratiques d'usuriers. »

Pendant des nuits entières, il montra à tous les abysses

les plus sombres de son âme. À l'aube du quatrième jour, alors que la crise semblait éternelle, il apparut à la porte du jardin vêtu des mêmes habits qu'il portait lorsqu'il avait eu connaissance du crime, fit appeler le général Briceño Méndez et bavarda avec lui en tête à tête jusqu'aux premiers chants des coqs. Le général dans son hamac protégé par une moustiquaire, et Briceño Méndez dans un autre que José Palacios avait suspendu à ses côtés. Ni l'un ni l'autre n'avait sans doute conscience de combien ils avaient laissé en arrière les habitudes sédentaires de la paix et régressé en quelques jours aux nuits incertaines des campements. À cette conversation, le général comprit que l'inquiétude et les souhaits exprimés par José Maria Carreño à Turbaco n'appartenaient pas qu'à lui mais étaient partagés par une majorité d'officiers vénézuéliens. Ceux-ci, après le comportement hostile des Grenadins à leur endroit, se sentaient plus vénézuéliens que jamais, mais ils étaient prêts à donner leur vie pour la cause de l'intégrité. Si le général leur avait ordonné d'aller se battre au Venezuela, ils y seraient allés comme une traînée de poudre. Et Briceño Méndez le premier.

Ce furent les pires journées. La seule visite que le général accepta de recevoir fut celle du colonel polonais Miecesław Napierski, héros de la bataille de Friedland et survivant du désastre de Leipzig, qui était arrivé ces jours derniers avec une recommandation du général Poniatowski pour intégrer l'armée colombienne.

« Vous arrivez trop tard, lui dit le général. Ici il ne reste plus rien. »

Après la mort de Sucre, il restait moins que rien. C'est ce qu'il laissa entendre à Napierski et ce que celui-ci laissa entendre de même dans son journal de voyage qu'un grand poète grenadin devait retrouver cent quatre-vingts ans plus tard. Napierski était arrivé à bord du

Shannon. Le capitaine du navire l'accompagna chez le général qui leur exprima le souhait de se rendre en Europe mais aucun des deux ne décela en lui une volonté réelle de s'embarquer. Comme la frégate devait faire escale à La Guayra et revenir à Carthagène avant de cingler vers Kingston, le général remit au capitaine une lettre pour son fondé de pouvoir vénézuélien dans l'affaire des mines d'Aroa, dans l'espoir qu'au retour il lui rapporterait quelque argent. Mais la frégate revint sans réponse et il s'en montra si abattu que personne ne songea à lui demander s'il partait.

Il n'y eut pas une seule nouvelle de consolation. José Palacios, de son côté, prit soin de ne pas aggraver celles qu'ils recevaient, et s'efforçait de les retarder le plus possible. Au surplus, il y avait quelque chose qui préoccupait les officiers de la suite et qu'ils cachaient au général pour ne pas achever de le mortifier: les hussards et les grenadiers de la garde étaient en train de semer la graine cuisante d'une blennorragie immortelle. Cela avait commencé à Honda par deux femmes qui avaient épongé la garnison au grand complet, et les soldats avaient continué à la disséminer à travers leurs amours malsaines partout où ils passaient. Aucun membre de la troupe n'y avait réchappé, bien qu'il n'y eût pas de médicaments académiques et d'artifices de guérisseurs qu'ils n'eussent essayé.

Les précautions de José Palacios pour éviter à son maître d'inutiles désagréments n'étaient pas infaillibles. Un soir, un billet sans en-tête passa de main en main, et personne ne sut comment il parvint jusqu'au hamac du général. Il le lut sans ses lunettes, le bras tendu, puis le posa sur la flamme de la chandelle et le tint entre ses doigts jusqu'à ce qu'il eût fini de se consumer.

Il était de Josefa Sagrario. En route vers Mompox, elle était arrivée le lundi avec ses enfants et son mari, attirée par la nouvelle que le général avait été destitué et quittait le pays. Il ne révéla jamais ce que disait le message mais il fut toute la nuit en proie à une grande agitation et au matin envoya à Josefa Sagrario une offre de réconciliation. Elle résista à ses prières et poursuivit son voyage comme prévu, sans une seconde de faiblesse. D'après José Palacios, elle allégua que faire la paix avec un homme qu'elle tenait déjà pour la mort n'avait aucun sens.

Cette même semaine, on apprit qu'à Santa Fe la guerre personnelle de Manuela Sáenz en faveur du retour du général avait repris de plus belle. Essayant de lui rendre la vie impossible, le ministère de l'Intérieur lui avait demandé de remettre les archives confiées à sa garde. Elle avait refusé et lancé une campagne de provocations qui avait fait bondir le gouvernement hors de ses gonds. Elle ourdissait des scandales, distribuait des feuillets à la gloire du général et, accompagnée de deux de ses esclaves guerrières, effaçait les inscriptions au charbon sur les murs de la ville. Ses entrées dans les casernes en tenue de colonel et sa participation aux fêtes des soldats comme aux conspirations des officiers faisaient partie du domaine public. La rumeur la plus insistante voulait qu'elle fomentât à l'ombre d'Urdaneta une rébellion armée pour rétablir le pouvoir absolu du général.

Il était difficile de croire qu'il eût assez de forces pour tant de choses. Les fièvres vespérales revenaient avec plus de ponctualité et sa toux devint déchirante. Un matin, José Palacios l'entendit crier : « Putain de patrie ! » Il se précipita dans la chambre, alarmé par une exclamation que le général reprochait à ses officiers, et le surprit une joue couverte de sang. Il s'était coupé en se rasant et était moins indigné par le fait en lui-même que par sa propre maladresse. Le pharmacien qui le soigna, appelé d'urgence par le colonel Wilson, le trouva si désespéré qu'il tenta de le calmer avec quelques gouttes de belladone. Le général l'arrêta net.

« Laissez-moi comme je suis, lui dit-il. Le désespoir est le salut des condamnés. »

Sa sœur María Antonia lui écrivit de Caracas.

« Tout le monde se plaint de ce que tu ne veuilles pas venir mettre de l'ordre dans cette pagaille », lui disait-elle. Les curés des villages s'étaient prononcés en sa faveur, les désertions dans l'armée étaient incontrôlables et les maquis étaient pleins de gens armés qui ne disaient aimer personne d'autre que lui. « C'est une farandole de fous qui, après avoir fait leur révolution, ne s'entendent plus entre eux », disait sa sœur. Car tandis que les uns le réclamaient à grands cris, à l'aube, des inscriptions injurieuses recouvraient les murs de la moitié du pays. Sa famille, disaient les pamphlets, devait être exterminée jusqu'à la cinquième génération.

Mais c'est le Congrès du Venezuela, réuni à Valence, qui lui porta le coup de grâce en couronnant ses accords par la séparation définitive et la déclaration solennelle qu'il n'y aurait pas d'entente possible avec la Nouvelle-Grenade et l'Équateur tant que le général se trouverait en territoire colombien. Que le communiqué officiel lui fût transmis par un ancien conjuré du 25 septembre, un ennemi mortel que le président Mosquera avait fait rentrer d'exil pour le nommer ministre de l'Intérieur, le fit autant souffrir que le fait en lui-même. « Je dois dire que de toute ma vie, c'est la nouvelle qui m'a le plus affecté », dit le général. Il resta éveillé une partie de la nuit, dicta à plusieurs secrétaires les différentes versions d'une réponse, mais sa rage était telle qu'il s'endormit. À l'aube, au terme d'un rêve effrayant, il dit à José Palacios :

« Le jour de ma mort, les cloches carillonneront à Caracas. »

Ce fut pire. En apprenant sa mort, le gouverneur de

Maracaibo devait écrire : « Je m'empresse de me joindre à ce grand événement qui sans nul doute apportera d'immenses bienfaits à la cause de la liberté et au bonheur du pays. Le génie du mal, le flambeau de l'anarchie, l'oppresseur de la patrie a cessé d'exister. » L'annonce, destinée en principe à informer le gouvernement de Caracas, finit par devenir une proclamation nationale.

Au milieu de l'horreur de ces journées funestes, José Palacios, à cinq heures du matin, souhaita son anniversaire à son maître : « Vingt-quatre juillet, jour de la sainte Christine, vierge et martyre. » Le général ouvrit les yeux et une fois de plus dut avoir conscience d'être l'élu de l'adversité.

La coutume voulait que l'on célébrât non pas les anniversaires mais les fêtes. Il y avait onze saint Simon dans le calendrier catholique et il eût préféré être baptisé du nom du Cyrénéen qui aida Jésus à porter sa croix, mais le destin lui avait adjugé un autre Simon, l'apôtre et le prédicateur d'Égypte et de Perse, dont la fête est le 28 octobre. À cette date, à Santa Fe, on lui avait posé sur le front une couronne de lauriers. Il l'avait ôtée de bonne grâce et placée en toute malice sur la tête du général Santander qui la reçut sans sourciller. Toutefois, il ne portait pas sa vie en compte à partir de son nom mais de ses années. Quarante-sept ans avaient pour lui une signification spéciale car le 24 juillet précédent, à Guayaquil, au milieu des mauvaises nouvelles qui fusaient de toutes parts et du délire de ses fièvres pernicieuses, un présage l'avait bouleversé, lui qui n'admettait jamais la réalité des augures. Le signe était net : s'il parvenait à rester en vie jusqu'à son prochain anniversaire, aucune mort ne pourrait le tuer. Le mystère de cet oracle secret était la force qui l'avait maintenu en vie jusqu'alors et contre toute raison.

« Quarante-sept ans, nom de Dieu, murmura-t-il. Et je suis vivant ! »

Il se coula dans le hamac, ses forces rétablies et le cœur palpitant de la certitude merveilleuse d'être à l'abri de tout mal. Il fit appeler Briceño Méndez, chef de ceux qui voulaient se rendre au Venezuela lutter pour l'intégrité de la Colombie, et lui transmit la grâce accordée à ses officiers à l'occasion de son anniversaire.

« De lieutenant à général, lui dit-il, que tous ceux qui veulent aller se battre au Venezuela préparent leur barda. »

Le général Briceño Méndez fut le premier. Deux autres généraux, quatre colonels et huit capitaines de la garnison de Carthagène se joignirent à l'expédition. En revanche, lorsque Carreño rappela au général sa promesse antérieure, celui-ci répliqua :

« Je vous réserve à de plus hautes destinées. »

Deux heures avant le départ il décida que José Laurencio Silva devait se joindre à eux, car il avait le sentiment que l'oxyde de la routine aggravait son obsession de ses yeux. Silva refusa l'honneur.

« Cette oisiveté est elle aussi une guerre, et des plus dures, dit-il. De sorte que je reste ici, si mon général ne m'ordonne pas autre chose. »

En revanche, Iturbide, Fernando et Andrés Ibarra ne parvinrent pas à être enrôlés. « Si vous devez partir, ce sera ailleurs », dit le général à Iturbide. Il laissa entendre à Andrés, pour une raison insolite, que le général Diego Ibarra se trouvait déjà au combat et que deux frères c'était trop dans une même guerre. Fernando ne s'aventura pas à offrir ses services car il était sûr d'obtenir la sempiternelle réponse : « Un homme va entier à la guerre, mais il ne peut permettre que s'y rendent ses deux yeux et sa main droite. » En guise de consolation il se contenta de ce que cette réponse fût en quelque sorte une distinction militaire.

Montilla apporta tout le nécessaire au voyage le soir même où ils furent désignés, et assista à la cérémonie dépouillée par laquelle le général prit congé d'eux en embrassant et en adressant une phrase à chacun. Ils partirent un à un par des routes différentes, qui par la Jamaïque, qui par Curaçao ou par la Guajira, en civil, sans armes ni quoi que ce fût qui pût dénoncer leur identité, ainsi qu'ils avaient appris à le faire dans les actions clandestines contre les Espagnols. Au petit matin, la maison du Pied de la Popa était une caserne démantelée, mais le général se cramponna à l'espoir qu'une nouvelle guerre ferait reverdir ses lauriers d'antan.

Le général Rafael Urdaneta prit le pouvoir le 5 septembre. Le Congrès constituant avait achevé son mandat, mais seule son autorité pouvait légitimer le coup d'État. Les insurgés en appelèrent alors à la municipalité de Santa Fe qui reconnut Urdaneta responsable par intérim du pouvoir tant que le général en serait le véritable chef. Ce fut le point final à une insurrection des troupes et des officiers vénézuéliens cantonnés en Nouvelle-Grenade, qui triomphèrent ainsi des forces gouvernementales avec le soutien du clergé rural et des petits propriétaires de la savane. C'était le premier coup d'État en République de Colombie et la première des quarante-neuf guerres civiles que nous devions connaître jusqu'à la fin du siècle, Le président Joaquín Mosquera et le vice-président Caycedo, solitaires au milieu du néant, abandonnèrent leurs fonctions. Urdaneta ramassa le pouvoir tombé à terre et son premier acte de gouvernement fut d'envoyer à Carthagène une délégation personnelle pour offrir au général la présidence de la République.

José Palacios n'avait pas souvenance d'avoir vu depuis longtemps son maître en aussi bonne santé que ces jours-là, car les maux de tête et les fièvres vespérales rendirent les armes aussitôt parvenue la nouvelle du coup d'État. Mais jamais non plus il ne l'avait vu dans un tel état d'anxiété. Inquiet, Montilla s'était assuré la complicité du frère Sebastián de Sigüenza afin qu'il tînt compagnie au général sans en avoir l'air. Le moine accepta de bonne grâce et s'y employa avec succès, perdant aux échecs au cours des après-midi arides où ils attendaient les envoyés d'Urdaneta.

Le général avait appris à y jouer lors de son second voyage en Europe et il s'en était fallu de peu qu'il ne devînt un maître en défiant le général O'Leary pendant les nuits mortelles de la longue campagne du Pérou. Mais il ne s'était pas senti capable de poursuivre plus avant. « Les échecs ne sont pas un jeu mais une passion, disait-il. Et j'en préfère d'autres, plus intrépides. » Toutefois, il les avait inscrits dans les programmes d'instruction publique parmi les jeux utiles que l'on devait enseigner à l'école. Mais la véritable raison qui l'avait empêché de persévérer était que ses nerfs n'étaient faits pour un tel jeu de patience auquel il fallait vouer une concentration qui lui faisait ensuite défaut pour des affaires plus graves.

Frère Sebastián le trouvait qui se balançait à grandes embardées dans le hamac qu'il avait fait suspendre devant la porte d'entrée pour mieux surveiller la route de terre brûlante où devaient apparaître les envoyés d'Urdaneta. « Ah, mon père! disait le général en le voyant arriver. Vous êtes incorrigible. » Il s'asseyait à peine pour bouger les pièces et se levait après chaque coup tandis que le frère réfléchissait.

« Ne me distrayez pas, Excellence, lui disait ce dernier, je ne vais faire de vous qu'une bouchée. »

Le général riait :

« Celui qui déjeune dans l'orgueil dîne dans la honte. »

O'Leary avait coutume de s'approcher de la table pour examiner l'échiquier et lui souffler quelque idée. Il refusait indigné. En revanche, chaque fois qu'il gagnait, ce continent devienne un pays indépendant et unique, et je n'ai en cela jamais eu un seul doute ni une seule contradiction. » Et il conclut :

« Le reste n'est que foutaise ! »

Dans une missive qu'il envoya deux jours plus tard au général Briceño Méndez, il écrivit : « Je n'ai pas voulu accepter les fonctions que me confèrent les actes, car je ne veux pas passer pour un chef de rebelles ni être désigné à des fonctions militaires par les vainqueurs. » Toutefois, dans les deux lettres au général Rafael Urdaneta qu'il dicta le même soir à Fernando, il se garda d'être aussi radical.

La première était une réponse formelle, et sa solennité était par trop évidente dès l'en-tête : « Excellence. » Il y justifiait le coup d'État par l'anarchie et l'abandon dans lesquels la république était plongée depuis la dissolution du précédent gouvernement. « Le peuple, dans ces cas-là, ne se trompe pas », écrivait-il. Mais il lui était impossible d'accepter la présidence. Il ne pouvait qu'offrir sa disposition à retourner à Santa Fe pour servir le gouvernement comme simple soldat.

La seconde était personnelle et il l'indiquait dès la première ligne : « Mon cher général. » Longue et explicite, elle ne laissait pas le moindre doute sur les raisons de son incertitude. Puisque don Joaquín Mosquera n'avait pas renoncé à son titre, il pouvait demain se faire reconnaître comme président légal et le traiter en usurpateur. Ainsi retirait-il ce qu'il avait dit dans la lettre officielle : tant qu'il n'aurait pas un mandat transparent émanant d'une source légitime, en aucune façon il ne lui appartenait d'assumer le pouvoir.

Les deux lettres partirent par le même courrier, en même temps que l'original d'une proclamation dans laquelle il demandait au pays d'oublier ses passions et de soutenir le nouveau gouvernement. Mais il se mettait à l'abri de tout engagement. «Bien que j'aie l'air d'offrir beaucoup, je n'offre rien», dirait-il plus tard. Et il reconnut avoir écrit quelques phrases dans le seul but de flatter ceux qui désiraient l'être.

Le plus significatif de la seconde lettre était le ton de commandement, surprenant chez quelqu'un dépourvu de tout pouvoir. Il demandait l'ascension du colonel Florencio Jiménez afin qu'il se rendît à l'ouest avec des troupes et des munitions suffisantes pour s'opposer à la guerre d'usure que livraient contre le gouvernement central les généraux José María Obando et José Hilario López. «Les assassins de Sucre», insistait-il. Il recommandait aussi d'autres officiers à des fonctions importantes. «Occupez-vous de ceci, disait-il à Urdaneta, de mon côté je ferai le reste, du Magdalena au Venezuela, y compris à Boyacá.» Lui-même s'apprêtait à marcher sur Santa Fe à la tête de deux mille hommes afin de contribuer au rétablissement de l'ordre public et à la consolidation du nouveau gouvernement.

Il ne reçut pas de nouvelles directes d'Urdaneta pendant quarante-deux jours. Mais il ne cessa de lui écrire pendant le long mois au cours duquel il ne fit que donner des ordres militaires aux quatre vents. Les bateaux allaient et venaient mais on ne reparla plus du voyage en Europe, bien qu'il le mentionnât de temps à autre comme un moyen de pression politique. La maison du Pied de la Popa devint le quartier général de tout le pays, et au long de ces semaines il y eut fort peu de décisions militaires qu'il ne prît ou n'inspirât de son hamac. Peu à peu, presque sans le vouloir, il finit par s'engager dans des décisions qui allaient au-delà des affaires militaires. Il s'occupait même de menus détails, comme trouver dans les services de la poste un emploi pour son bon ami M. Tatis, ou demander la remise en activité du général José Ucros qui ne supportait plus la paix de sa maison.

Il répétait avec une emphase renouvelée une de ses vieilles phrases : « Je suis vieux, malade, fatigué, désabusé, harcelé, calomnié et mal payé. » Cependant, à le voir, nul ne l'eût cru. Car tandis qu'il ne semblait qu'user de subterfuges de chat échaudé pour renforcer le gouvernement, en réalité il échafaudait pièce par pièce, avec l'autorité et le pouvoir de commandement d'un général en chef, la minutieuse machine militaire grâce à laquelle il se proposait de reprendre le Venezuela et de restaurer l'alliance de nations la plus grande du monde.

On ne pouvait concevoir moment plus propice. La Nouvelle-Grenade, aux mains d'Urdaneta, était sûre, le parti libéral était en déroute et Santander retenu à Paris. L'Équateur était sous la garde de Flores, caudillo vénézuélien ambitieux et querelleur qui avait séparé Quito et Guayaquil de la Colombie pour créer une république nouvelle, mais que le général pensait rallier à sa cause après avoir capturé les assassins de Sucre. La Bolivie était une alliée grâce au maréchal Santa Cruz, son ami, qui venait de lui offrir la représentation diplomatique au Saint-Siège. De sorte que l'objectif immédiat était d'arracher une fois pour toutes le Venezuela à la domination du général Páez.

Le plan militaire du général semblait conçu pour lancer une grande offensive depuis Cúcuta tandis que Páez concentrerait sa défense sur Maracaibo. Mais le 1er septembre, la province de Riohacha destitua son commandant, désavoua l'autorité de Carthagène et se déclara vénézuélienne. Maracaibo lui apporta aussitôt son soutien et envoya à son secours le général Pedro Carújo, le chef des factieux du 25 septembre, qui s'était placé sous la protection du gouvernement vénézuélien pour échapper à la justice.

Montilla porta la nouvelle à peine l'eut-il reçue, mais le général était déjà au courant et exultait car l'insurrection de Riohacha lui donnait la possibilité de mobiliser sur un autre front des forces nouvelles et meilleures contre Maracaibo.

« Au surplus, dit-il, nous tenons Carújo. »

Ce même soir, il s'enferma avec ses officiers et exposa sa stratégie avec une grande précision, décrivant les accidents de terrain, bougeant des armées entières comme des pièces sur un échiquier, anticipant les manœuvres les plus subtiles de l'ennemi. Il ne possédait pas une formation académique comparable à celle de n'importe lequel de ses officiers qui avaient, pour la plupart, été formés dans les meilleures écoles militaires d'Espagne, mais il était capable de concevoir l'ensemble d'une situation jusque dans ses plus infimes détails. Sa mémoire visuelle était à ce point surprenante qu'il pouvait prévoir un obstacle aperçu au passage des années auparavant, et bien qu'il fût loin d'être un maître dans l'art de la guerre, en inspiration nul ne le surpassait.

À l'aube, le plan, minutieux et féroce, était prêt jusque dans ses moindres éléments. Et il était à ce point visionnaire que la prise de Maracaibo était prévue pour la fin du mois de novembre ou, dans le pire des cas, pour le début du mois de décembre. À huit heures du matin d'un mardi pluvieux, une fois les ultimes vérifications terminées, Montilla lui fit remarquer que le plan n'incluait aucun général grenadin.

« Il n'y a pas un seul général de la Nouvelle-Grenade qui vaille quelque chose, dit-il. Ceux qui ne sont pas ineptes sont des fripons. »

Montilla s'empressa de tempérer le discours :

« Et vous même, général, où partez-vous ?

– En ce moment, Cúcuta ou Riohacha, ça m'est égal », dit-il.

Il allait se retirer lorsque le front sévère du général Carreño lui rappela sa promesse tant de fois inaccomplie.

En fait ce qu'il voulait c'était l'avoir à tout prix à ses côtés, mais cette fois il ne pouvait plus se dérober à son anxiété. Il lui donna sur l'épaule la tape amicale de toujours et lui dit :

« Parole tenue, Carreño, vous partez aussi. »

L'expédition, composée de deux mille hommes, appareilla de Carthagène à une date qui semblait avoir été choisie comme symbole : le 25 septembre. Le commandement était composé des généraux Mariano Montilla, José Felix Blanco et José María Carreño, et chacun d'eux avait pour mission de chercher à Santa Marta une maison de campagne où le général pourrait suivre la guerre de près et se rétablir de ses maux. Celui-ci écrivit à un ami : « Dans deux jours, je pars pour Santa Marta, afin de faire de l'exercice, de tromper l'abattement dans lequel je me trouve et d'améliorer mon état. » Ce qui fut dit fut fait : il se mit en route le 1er octobre. Le 2, encore en chemin, il écrivit une lettre plus franche au général Justo Briceño : « Je me dirige vers Santa Marta dans le but de contribuer par mon influence à l'expédition qui marche sur Maracaibo. » Le même jour il écrivit une nouvelle fois à Urdaneta : « Je me dirige vers Santa Marta dans l'intention de visiter cette région que je ne connais pas et pour voir si je peux détromper quelques ennemis qui ont trop d'influence sur l'opinion. » C'est alors qu'il révéla le but véritable de son voyage : « Je surveillerai de près les opérations contre Riohacha et me rapprocherai de Maracaibo et des troupes afin de voir si je peux exercer une quelconque influence sur une opération importante. » Vu de la sorte, ce n'était plus un retraité en déroute fuyant vers l'exil, mais un général en campagne.

Le départ de Carthagène avait été précipité par des nécessités guerrières. Il ne prit pas le temps de faire des adieux officiels et n'annonça la nouvelle qu'à très peu d'amis. Sur ses instructions, Fernando et José Palacios confièrent la moitié des bagages à des amis et à des maisons de commerce afin de ne pas traîner d'inutiles fardeaux dans une guerre incertaine. Ils laissèrent au commerçant don Juan Pavajeau dix malles de documents privés et le chargèrent de les envoyer à Paris, à une adresse qui lui serait communiquée plus tard. Sur le reçu il était précisé que Pavajeau les brûlerait si, pour une raison de force majeure, le propriétaire ne pouvait les réclamer.

Fernando déposa à l'établissement bancaire Bush et Compagnie deux cents onces d'or qu'il avait retrouvées à la dernière minute, dans l'écritoire de son oncle, sans trace aucune de leur origine. À Francisco Martín, il laissa en dépôt un coffre contenant trente-cinq médailles d'or ainsi que deux escarcelles de velours identiques, l'une contenant deux cent quatre-vingt-quatre grandes médailles d'argent, soixante-sept petites et quatre-vingt-six moyennes, et l'autre quarante médailles commémoratives en or et en argent dont certaines frappées à l'effigie du général. La ménagère en or qu'ils avaient emportée de Mompox dans un vieux casier à bouteilles, quelques draps usés, deux malles de livres, une épée sertie de brillants et un fusil inutilisable furent aussi confiés à ses soins. Parmi beaucoup d'autres menues choses, vieilleries d'autrefois, il y avait plusieurs paires de lunettes hors d'usage et de différentes graduations, allant du jour où, à trente-neuf ans, le général avait découvert sa presbytie naissante en se rasant avec difficulté, jusqu'à aujourd'hui où la distance de son bras ne lui suffisait plus pour lire.

José Palacios, pour sa part, laissa aux soins de don Juan de Dios Amador une caisse qui avait été de tous les voyages pendant plusieurs années et dont on ne savait au juste ce qu'elle contenait. Elle appartenait au général qui, par instants, ne pouvait réfréner une voracité possessive envers les objets les plus insolites ou les hommes sans grands mérites, qu'au bout d'un certain temps il devait traîner avec lui sans savoir comment s'en débarrasser. Il avait emporté cette caisse de Lima à Santa Fe, en 1826, et elle l'avait suivi après l'attentat du 25 septembre lorsqu'il était retourné dans le Sud pour son ultime guerre. « Nous ne pouvons la laisser tant que nous ne savons pas si au moins elle est à nous », disait-il. Lorsqu'il revint pour la dernière fois à Santa Fe, décidé à présenter sa démission définitive au Congrès constituant, la caisse était revenue avec lui parmi le peu qui restait de ses anciens bagages impériaux. À Carthagène, en procédant à l'inventaire de ses biens, ils se décidèrent enfin à l'ouvrir et découvrirent à l'intérieur un bric-à-brac d'objets personnels que l'on croyait depuis longtemps perdus. Il y avait quatre cent quinze onces d'or estampées en Colombie, un portrait du général George Washington avec une mèche de ses cheveux, une boîte à râpé en or, cadeau du roi d'Angleterre, un étui en or avec des clés en brillants qui contenait un reliquaire, et la grande étoile de la Bolivie incrustée de diamants. José Palacios laissa le tout chez Francisco Martín avec un inventaire précis et détaillé, et demanda un reçu en règle. Les bagages se réduisirent alors à une quantité plus rationnelle, bien que fussent encore superflues trois des quatre malles contenant ses vêtements de tous les jours, dix autres remplies de nappes usagées en coton et en lin, et une caisse de couverts en or et en argent de styles mélangés que le général ne voulait ni vendre ni abandonner au cas où, plus tard, il eût à servir des hôtes illustres. On lui avait plusieurs fois suggéré de vendre ces objets aux enchères afin d'accroître ses ressources trop maigres, mais il avait toujours refusé en arguant que c'était des biens de l'État.

C'est avec des bagages plus légers et une suite réduite que, le premier jour, ils se dirigèrent vers Turbaco. Le lendemain ils poursuivirent la route par beau temps mais avant la mi-journée ils durent chercher refuge sous un arbre où ils passèrent la nuit exposés aux pluies et aux vents mauvais des marais. Le général se plaignit de douleurs à la rate et au foie et José Palacios lui prépara une des potions prescrites dans le manuel français. Mais les douleurs se firent plus violentes et la fièvre monta. Au matin il se trouvait dans un tel état de prostration qu'on le transporta évanoui au village de Soledad où l'un de ses vieux amis, don Pedro Juan Visbal, l'installa dans sa maison. Il y resta plus d'un mois en proie à toutes sortes de maux que redoublaient les pluies oppressantes d'octobre.

Aucun nom n'était plus approprié à ce village que celui de Soledad : quatre rues aux maisons pauvres, brûlantes et désolées, à quelques lieues de la vieille Barranca de San Nicolás qui, en quelques années, devait devenir la ville la plus prospère et la plus hospitalière du pays. Avec ses six balcons andalous qui l'inondaient de lumière et un bon jardin pour méditer sous le ceiba centenaire, nulle maison n'était plus agréable ni nul site plus propice à la santé du général. De la fenêtre de sa chambre on dominait la place déserte, l'église en ruine et les maisons bariolées avec leurs toits de palmes amères.

Pourtant, la paix du foyer ne lui servit à rien. La première nuit, il eut un léger étourdissement mais il refusa de le considérer comme un nouvel indice de sa prostration. Il décrivit son mal, après consultation du manuel français, comme une bile noire aggravée par un coup de froid général, et un vieux rhumatisme réveillé par le mauvais temps. Ce double diagnostic augmenta son dégoût des remèdes simultanés contre plusieurs maux à la fois car il disait que ceux qui sont bons pour les uns sont mauvais pour les autres. Mais il reconnaissait aussi qu'il n'est pas de bon médicament pour celui qui n'en prend pas et se plaignait chaque jour ne pas avoir de bon médecin en même temps qu'il refusait de se faire voir par tous ceux qu'on lui envoyait.

Le colonel Wilson écrivit à son père une lettre dans laquelle il lui disait que le général pouvait mourir à tout moment et que son aversion pour les médecins n'était pas du mépris mais de la lucidité. En réalité, poursuivait Wilson, la maladie était le seul ennemi que le général craignait, et il refusait de l'affronter afin qu'elle ne le détournât pas de la grande entreprise de sa vie. « Soigner une maladie c'est comme travailler sur un navire », lui avait confié le général. Quatre ans auparavant, tandis qu'il préparait la Constitution bolivienne à Lima, O'Leary lui avait suggéré d'accepter un traitement médical de fond, et sa réponse avait été péremptoire :

« On ne gagne pas deux courses en même temps. »

Il semblait convaincu qu'une activité constante et la confiance en soi pouvaient conjurer la maladie. Fernanda Barriga avait pris l'habitude de lui mettre un bavoir et de le faire manger à la petite cuillère, comme les enfants, et il recevait et mastiquait la nourriture en silence, allant même jusqu'à ouvrir la bouche une fois qu'il l'avait avalée. Mais à Soledad, on lui enlevait assiette et cuillère et il mangeait avec les doigts, sans bavoir, afin que tout le monde comprenne qu'il n'avait besoin de personne. José Palacios avait le cœur brisé lorsqu'il le trouvait en train d'essayer de vaquer aux besognes quotidiennes dont s'étaient toujours occupés ses domestiques, ses ordonnances ou ses aides de camp, et il fut inconsolable de le voir renverser sur lui un flacon d'encre en voulant le transvaser dans un encrier. Ce fut un incident isolé car tout le monde s'étonnait que ses mains ne tremblassent pas malgré la maladie et que son pouls fût si calme qu'il pût se couper et se polir les ongles une fois par semaine et se raser tous les jours.

Dans son paradis de Lima, il avait passé une nuit de bonheur avec une demoiselle dont la peau de bédouine était tout entière recouverte d'un duvet lisse. À l'aube, tandis qu'il se rasait, il l'avait contemplée nue dans le lit, flottant dans un rêve paisible de femme comblée, et il n'avait pu résister à la tentation de la faire sienne en une représentation sacramentelle. Il la recouvrit de mousse de savon des pieds à la tête et, dans la volupté de l'amour, la rasa tout entière, tantôt de la main droite, tantôt de la main gauche, millimètre à millimètre, jusqu'aux sourcils, et laissa deux fois nu son corps magnifique de nouveau-né. Elle lui demanda l'âme brisée s'il l'aimait et il lui répondit par la même phrase rituelle que tout au long de sa vie il avait sans pitié déversée sur tant de cœurs :

« Plus que nulle autre en ce monde. »

Au village de Soledad, il s'immola de la même façon tandis qu'il se rasait. Il commença par se couper une des rares mèches de cheveux blancs et lisses qui lui restaient, obéissant, semblait-il, à une impulsion infantile. Puis il s'en coupa une autre, plus conscient, tandis qu'il déclamait de sa voix fêlée ses strophes préférées de *La Auracana*. José Palacios entra dans la chambre pour voir avec qui il parlait et le trouva en train de raser son crâne couvert de mousse. Il en resta aussi chauve qu'un œuf.

L'exorcisme n'apporta aucune rédemption. Pendant la journée il coiffait son bonnet de soie et la nuit se couvrait la tête d'une capuche rouge, mais c'est à peine s'il parvenait à apaiser les vents glacés de la désespérance. Il se levait pour marcher dans l'obscurité de l'immense maison lunaire, mais à présent il ne pouvait déambuler nu et s'enveloppait dans une couverture pour ne pas grelotter de froid les nuits de chaleur. À mesure que les jours passèrent la couverture devint insuffisante, et il décida de mettre la capuche rouge par-dessus le bonnet de soie.

Les basses intrigues des militaires et les abus des politiciens l'exaspéraient à ce point qu'un après-midi il décida en frappant sur la table qu'il ne supportait plus ni les uns ni les autres. « Dites-leur que je suis phtisique pour qu'ils ne reviennent plus », cria-t-il. Sa détermination était si péremptoire qu'il interdit dans la maison les uniformes et les rites militaires. Mais il ne parvenait pas à survivre sans eux, de sorte que les audiences de consolation et les conciliabules stériles continuèrent comme toujours, contrariant ses ordres. Il se sentait si mal qu'il accepta de recevoir un médecin à la condition qu'il ne l'examine pas ni ne l'interroge sur ses douleurs ni ne prétende lui faire avaler aucun breuvage.

« Pour parler, c'est tout », dit-il.

L'élu ne pouvait mieux correspondre à ses désirs. Il s'appelait Hercule Gastelbondo, était un vieillard éclatant de bonheur, immense et placide, au crâne reluisant d'une calvitie totale, et pourvu d'une patience de noyé qui soulageait à elle seule les maux d'autrui. Son incrédulité et son audace scientifique étaient célèbres sur tout le littoral. Il prescrivait de la crème au chocolat et du fromage fondu pour les douleurs biliaires, conseillait de faire l'amour au milieu des torpeurs digestives pour accroître la longévité, fumait sans répit des cigares de charretier qu'il roulait lui-même dans du papier paille et recommandait à ses malades contre toutes sortes de malentendus du corps. Ses patients disaient qu'il ne les guérissait jamais tout à fait mais les distrayait avec sa faconde enjouée. Il éclatait d'un rire plébéien.

« Les malades des autres médecins meurent autant que les miens, disait-il. Mais avec moi ils meurent contents. »

Il arriva dans la voiture de M. Bartolomé Molinares, qui faisait plusieurs fois l'aller et retour dans la journée, transportant toutes sortes de visiteurs imprévus, jusqu'à ce que le général leur interdît de venir sans invitation. Il se présenta vêtu d'un costume de lin blanc chiffonné, en se frayant un chemin sous la pluie, les poches remplies de nourriture et tenant à la main un parapluie si décousu qu'il attirait l'eau plus qu'il n'en protégeait. Ses premiers mots, après les salutations d'usage, furent pour s'excuser de la puanteur de son cigare à moitié fumé. Le général, qui de sa vie n'avait jamais supporté la fumée du tabac, l'avait déjà absous.

«Je suis habitué, lui dit-il. Manuela en fume de plus répugnants que les vôtres, même au lit, et bien sûr elle me crache sa fumée bien plus près que vous.»

Le docteur Gastelbondo saisit au vol une occasion qui lui brûlait l'âme.

– C'est vrai, dit-il. Comment se porte-t-elle ?
– Qui ?
– Dona Manuela.»

Le général répondit d'un ton sec :

«Bien.»

Et il changea de sujet de façon si ostensible que le médecin éclata de rire pour faire oublier son impertinence. Le général savait à n'en pas douter qu'aucune de ses espiègleries galantes n'était à l'abri des commérages de sa suite. Il ne s'était jamais vanté de ses conquêtes mais celles-ci avaient été si nombreuses et si bruyantes que ses secrets d'alcôve faisaient partie du domaine public. Une lettre ordinaire de Lima à Caracas tardait trois mois, mais les ragots sur ses aventures semblaient voler avec la pensée. Le scandale le poursuivait comme une deuxième ombre et ses maîtresses étaient marquées à jamais d'une croix de cendre, mais il accomplissait l'inutile devoir de protéger ses secrets d'amour dans le respect d'une règle sacrée. Nul ne reçut jamais de lui une seule confidence sur une femme qu'il eût possédée, sauf José Palacios, son complice en tout. Pas même pour satisfaire une innocente curiosité comme celle du docteur Gastelbondo à propos de Manuela Sáenz, dont l'intimité était si galvaudée qu'il n'avait presque plus rien à préserver.

Mis à part cet incident momentané, le docteur Gastelbondo fut pour lui une apparition providentielle. Il le réconfortait par ses sages folies, partageait avec lui les confiseries, les biscuits à la confiture de lait, les diablotins d'amidon de manioc dont il bourrait ses poches et que le général acceptait par gentillesse et mangeait par distraction. Un jour il se plaignit que ces friandises de salon ne servaient qu'à entretenir la faim et non à reprendre du poids comme il l'eût souhaité. « Ne vous inquiétez pas, Excellence, répliqua le médecin. Tout ce qui entre par la bouche fait grossir et tout ce qui en sort avilit. » Le général trouva l'argument si drôle qu'il accepta de prendre avec son médecin un verre de vin généreux et une tasse de sagou.

Cependant, l'humeur que le médecin améliorait avec tant de diligence se décomposait à l'annonce des mauvaises nouvelles. Quelqu'un lui commenta que le propriétaire de la maison qu'il avait habitée à Carthagène avait, par crainte de la contagion, brûlé le sommier sur lequel il avait dormi ainsi que les matelas, les draps et tout ce qui était passé entre ses mains pendant son séjour. Il donna l'ordre à don Juan de Dios Amador d'utiliser l'argent qu'il lui avait laissé pour payer les objets détruits à prix neuf, en plus du loyer. Mais cela ne parvint pas à dissiper son amertume.

Il se sentit pire encore quelques jours plus tard lorsqu'il apprit que don Joaquín Mosquera, en route pour les États-Unis, était passé par là sans même daigner lui rendre visite. En interrogeant les uns et les autres sans dissimuler son anxiété, il apprit que celui-ci était en effet resté une semaine sur la côte dans l'attente d'un bateau en partance, qu'il avait vu de nombreux amis communs et quelques-uns de ses ennemis, et qu'il avait exprimé à tous son dégoût pour ce qu'il appelait les ingratitudes du général. À l'instant de s'embarquer, dans le canot qui le conduisait à bord, il avait résumé son idée fixe à ceux venus lui dire au revoir.

« Ne l'oubliez pas, leur dit-il, cet individu n'aime personne. »

José Palacios savait combien le général était sensible à ce genre de reproche. Rien ne le faisait plus souffrir ni ne l'offusquait tant que quelqu'un mettant son affection en doute, et il était capable de fendre des océans et d'abattre des montagnes avec son terrible pouvoir de séduction jusqu'à la convaincre de son erreur. Dans la plénitude de la gloire, Delfina Guardiola, la belle d'Angostura, lui avait fermé au nez les portes de chez elle, furieuse de ses inconstances. « Vous êtes un homme éminent, général, plus qu'aucun autre, lui avait-elle dit. Mais l'amour est trop grand pour vous. » Il était rentré par la fenêtre de la cuisine et était resté trois jours avec elle au risque de perdre une bataille et surtout la vie, jusqu'à obtenir que Delfina fît confiance à son cœur.

Mosquera était hors de sa portée, mais le général fit part de sa rancœur à qui voulut bien l'entendre. Il s'interrogea jusqu'à épuisement pour savoir de quel droit pouvait parler d'amour un homme qui avait permis qu'on lui transmît par la voie officielle la résolution vénézuélienne de son bannissement et de son éviction. « Il devrait me rendre grâce de l'avoir mis à l'abri d'une condamnation historique en ne lui répondant pas », s'écria-t-il. Il se souvint de tout ce qu'il avait fait pour lui, de la manière dont il l'avait aidé à être ce qu'il était, de la façon dont il avait dû supporter les sottises de son narcissisme paysan. Enfin, il écrivit à un ami commun une longue lettre désespérée afin d'être sûr que les voix de son angoisse atteindraient Mosquera quelque part dans le monde.

En revanche, les nouvelles qui n'arrivaient pas l'enveloppaient telle une invisible brume. Urdaneta ne répondait toujours pas à ses lettres. Briceño Méndez, son homme de confiance au Venezuela, lui en avait envoyé une en même temps que quelques-uns des fruits de la Jamaïque qu'il aimait tant, mais l'émissaire avait péri noyé. Justo Briceño, son homme à la frontière orientale, le désespérait par sa lenteur. Le silence d'Urdaneta avait jeté une ombre sur le pays. La mort de Fernandez Madrid, son correspondant à Londres, avait jeté une ombre sur le monde.

Mais le général, toujours sans nouvelles d'Urdaneta, ignorait que celui-ci entretenait une correspondance active avec les officiers de sa suite afin qu'ils tentent de lui arracher une réponse sans équivoque. Il écrivit à O'Leary: « J'ai besoin de savoir une fois pour toutes si le général accepte ou non la présidence, ou si nous devrons toute notre vie courir derrière un fantôme inaccessible. » O'Leary, de même que d'autres officiers de son entourage, tentait à l'occasion d'aborder le sujet pour donner à Urdaneta une réponse quelconque, mais les échappatoires du général étaient infranchissables.

Lorsque enfin on reçut des nouvelles précises de Riohacha, elles furent plus graves encore que les mauvais présages. Le général Manuel Valdés avait, ainsi que prévu, pris la ville sans résistance le 20 octobre, mais la semaine suivante Carújo lui avait anéanti deux détachements de reconnaissance. Valdés présenta à Montilla une démission qui se voulait honorable et que le général trouva indigne. « Cette canaille crève de peur », dit-il. Selon la stratégie initiale, il ne restait que quinze jours pour prendre Maracaibo, mais le simple contrôle de Riohacha n'était déjà plus qu'une chimère.

« Nom de Dieu ! s'écria le général. La fine fleur de mes généraux n'a pas pu mater une révolte de caserne. »

Toutefois, la nouvelle qui l'affecta le plus fut que les villages fuyaient devant les troupes du gouvernement qu'ils identifiaient au général, assassin selon eux de l'amiral Padilla, une idole à Riohacha, sa terre natale. Au surplus, le désastre semblait avoir été concerté avec ceux du reste du pays. L'anarchie et le chaos régnaient partout, et le gouvernement d'Urdaneta était incapable d'y mettre un terme.

Le docteur Gastelbondo fut une fois de plus surpris par le pouvoir vivifiant de la colère le jour où il trouva le général en train de proférer des outrages bibliques devant un envoyé spécial qui venait le mettre au fait des derniers événements de Santa Fe.

« Cette merde de gouvernement, au lieu de s'attacher les peuples et les hommes d'importance, les paralyse, criait-il. Il s'écroulera de nouveau et ne se relèvera pas une troisième fois parce que les hommes qui en font partie et les masses qui le soutiennent seront exterminés. »

Les efforts du médecin pour le calmer furent inutiles car dès qu'il eut achevé de fustiger le gouvernement, il récita à tue-tête la liste noire de ses états-majors. Du colonel Joaquín Barriga, héros de trois grandes batailles, il dit qu'il pouvait être aussi méchant qu'on le voulait : « même un assassin. » Du général Pedro Margueytío, suspect d'avoir trempé dans la conspiration visant à assassiner Sucre, il dit qu'il n'était qu'un pauvre bougre quand il s'agissait de commander des troupes. Il assena un coup brutal au général González, son partisan le plus fidèle dans le Cauca : « Ses maladies ne sont que mollesse et flatulences. » Il s'effondra dans la berceuse, haletant, pour accorder à son cœur la pause dont celui-ci avait besoin depuis vingt ans. Alors, il vit le docteur Gastelbondo paralysé par la surprise dans l'embrasure de la porte et il éleva la voix:

« Au bout du compte, dit-il, que peut-on attendre d'un homme qui a joué deux maisons aux dés? »

Le docteur Gastelbondo demeura perplexe.

« De qui parlons-nous? demanda-t-il.

— D'Urdaneta, dit le général. Il les a perdues à Maracaibo contre un commandant de la marine, mais sur les documents il est écrit qu'il les a vendues. »

Il reprit le souffle qui lui manquait. « Évidemment ce sont tous des enfants de chœur à côté de cette crapule de Santander, poursuivit-il. Ses amis volaient l'argent des prêts anglais en achetant des bons de l'État au dixième de leur valeur réelle, et l'État lui-même les acceptait ensuite à cent pour cent. » Il précisa qu'en tout cas il ne s'était pas opposé aux emprunts à cause du risque de corruption mais parce qu'il avait vu à temps qu'ils menaçaient l'indépendance qui avait coûté tant de sang.

« Les dettes me sont plus odieuses que les Espagnols, dit-il. C'est pourquoi j'ai averti Santander que tout ce que nous ferions en faveur de la nation ne servirait à rien si nous acceptions la dette, parce que nous continuerions à payer des intérêts jusqu'à la fin des temps. Aujourd'hui c'est clair: la dette aura raison de nous. »

Au début de l'actuel gouvernement, non content d'approuver la décision d'Urdaneta de respecter la vie des vaincus, il l'avait fêtée comme une nouvelle morale de guerre: « Que nos ennemis d'aujourd'hui ne nous fassent pas ce que nous avons fait aux Espagnols. » C'est-à-dire la guerre à mort. Mais pendant les nuits ténébreuses de Soledad, il rappela à Urdaneta dans une lettre terrible que toutes les guerres civiles avaient été remportées par les plus féroces.

« Croyez-moi, docteur, dit-il au médecin. Notre autorité et nos vies ne peuvent être conservées qu'au prix du sang de nos ennemis. »

Soudain la colère passa sans laisser de traces, d'une façon aussi intempestive qu'elle avait commencé, et le général distribua une absolution historique à tous les officiers qu'il venait d'insulter. « En tout cas, celui qui se trompe c'est moi, dit-il. Ils ne voulaient que l'indépendance, qui était quelque chose d'immédiat et de concret, et Dieu sait qu'ils l'ont bien défendue ! » Il tendit au médecin une main qui n'était plus qu'un paquet d'os afin qu'il l'aidât à se lever, et conclut en soupirant :

« En revanche, je me suis égaré dans une chimère en cherchant quelque chose qui n'existe pas. »

Il décida, au cours de ces journées, de la situation d'Iturbide. Fin octobre, celui-ci avait reçu de Georgetown une lettre de sa mère dans laquelle elle lui racontait que la progression des forces libérales au Mexique éloignait de plus en plus la famille de tout espoir de retour. L'incertitude, ajoutée à celle qu'il portait en lui depuis le berceau, lui devint insupportable. Par chance, un après-midi qu'il se promenait à son bras dans le couloir de la maison, le général évoqua des réminiscences inespérées.

« Je n'ai gardé du Mexique qu'un mauvais souvenir, dit-il. À Veracruz les mâtins du capitaine du port m'ont dévoré deux chiots que j'emmenais avec moi en Espagne. »

Cette première expérience du monde, ajouta-t-il, l'avait à jamais marqué. Veracruz ne devait être qu'une brève escale de son premier voyage en Europe, en février 1799, mais l'attente se prolongea presque deux mois à cause du blocus anglais de La Havane, l'escale suivante. Le retard lui donna le temps de se rendre en voiture jusqu'à Mexico, et il grimpa presque trois mille mètres entre des volcans enneigés et des déserts hallucinants qui n'avaient rien à voir avec les levers de soleil bucoliques de la vallée d'Aragua, où il avait vécu jusqu'alors. «J'ai pensé que la lune devait être ainsi», dit-il. À Mexico il fut surpris de la pureté de l'air et fasciné par la profusion et la propreté des marchés où l'un vendait pour les manger des vers colorés de maguey, des tatous, des vers d'eau, des œufs de moustique, des sauterelles, des larves de fourmis noires, des chats sauvages, des cafards d'eau de miel, des guêpes de maïs, des iguanes d'élevage, des serpents à sonnette, des oiseaux de toute sorte, des chiens nains et une espèce de haricots qui sautaient sans arrêt comme s'ils étaient vivants. «Ils mangent tout ce qui bouge», dit-il. Il demeura stupéfait devant les eaux diaphanes des nombreux canaux qui traversaient la ville, les barques peintes de couleurs dominicales, la splendeur et l'abondance des fleurs. Mais le déprimèrent la fugacité des jours de février, les Indiens taciturnes, la pluie éternelle, tout ce qui plus tard devait oppresser son cœur à Santa Fe, à Lima, à La Paz, le long et au sommet des Andes, et qu'il voyait alors pour la première fois. L'évêque, à qui on l'avait recommandé, le conduisit par la main à une audience du vice-roi qui lui parut plus épiscopal que l'évêque lui-même. C'est à peine s'il jeta un coup d'œil au jeune homme brun et pâle, vêtu avec recherche, qui lui déclara son admiration pour la Révolution française. «Cela aurait pu me coûter la vie, dit le général amusé. Mais j'ai peut-être pensé qu'il fallait parler de politique à un vice-roi et à seize ans c'était tout ce que j'en savais.» Avant de poursuivre le voyage il écrivit une lettre à son oncle don Pedro Polacio y Sojo, la première qui devait être conservée. «Mon écriture était si affreuse que je ne la comprenais pas moi-même, dit-il en éclatant de rire. Mais j'expliquai à mon oncle que c'était à cause de la fatigue du voyage.» En un feuillet et demi il y avait quarante fautes d'orthographe dont deux dans un même mot: «éalor».

Iturbide ne put faire aucun commentaire car sa mémoire ne le lui permettait pas. Tout ce qui lui restait du Mexique était la souvenance de malheurs qui avaient aggravé sa mélancolie congénitale, et le général avait des raisons de le comprendre.

«Ne restez pas avec Urdaneta, lui dit-il. N'allez pas non plus rejoindre votre famille aux États-Unis qui sont tout-puissants et terribles et finiront, avec leurs balivernes sur la liberté, par nous couvrir tous de misère.»

La phrase finit de jeter un autre doute dans le marécage d'incertitude. Iturbide s'exclama:

«Vous m'effrayez général!

– Ne vous effrayez pas vous-même, dit le général d'une voix tranquille. Partez pour le Mexique, devrait-on vous y tuer ou devriez-vous en mourir. Et partez tout de suite pendant que vous êtes encore jeune car un jour il sera trop tard et vous ne serez plus ni d'ici ni de là-bas. Vous vous sentirez partout un étranger et ça, c'est pire que la mort.»

Il le regarda droit dans les yeux, posa sa main grande ouverte sur sa poitrine et conclut:

«J'en sais quelque chose.»

Iturbide partit donc au début du mois de décembre avec deux lettres du général pour Urdaneta, dont l'une disait que lui, Wilson et Fernando étaient dans sa maison les plus dignes de sa confiance. Il demeura sans but précis à Santa Fe jusqu'en avril de l'année suivante, lorsque Urdaneta fut déposé par une conspiration santandériste. Sa mère lui obtint, grâce à sa persévérance exemplaire, d'être nommé secrétaire de la légation mexicaine à Washington. Il vécut le reste de sa vie oublié dans l'anonymat de l'administration et on ne sut plus rien de sa famille jusqu'à trente-deux ans plus tard, lorsque Maximilien de Habsbourg, imposé empereur du Mexique par l'armée française, adopta deux petits Iturbide de la troisième génération et les désigna comme successeurs de son trône chimérique.

La seconde lettre adressée à Urdaneta que le général confia à Iturbide sollicitait que fût détruite toute sa correspondance passée et future afin qu'il ne restât nulle trace de ses heures sombres. Urdaneta ne l'écouta pas. Cinq ans auparavant il avait adressé la même prière à Santander : « Ne publiez jamais mes lettres, de mon vivant ou après ma mort, car elles sont écrites en toute liberté et dans un grand désordre. » Santander ne respecta pas non plus son vœu, lui qui écrivait, à l'inverse des siennes, des lettres à la forme et au contenu si parfaits que l'on voyait dès la première ligne que l'histoire était leur destinataire ultime.

Entre la première lettre de Veracruz et la dernière, dictée six jours avant sa mort, le général en écrivit au moins dix mille, certaines de sa main, d'autres dictées à ses secrétaires, d'autres encore rédigées par ceux-ci sur ses instructions. On en conserva un peu plus de trois mille ainsi que quelque huit mille documents paraphés par lui. Tantôt il faisait bondir ses secrétaires hors de leurs gonds, tantôt c'était le contraire. Un jour, une lettre qu'il venait de dicter lui sembla mal écrite et, au lieu de la recommencer, il ajouta de sa main une ligne à propos du secrétaire : « Comme vous l'avez constaté, Martell est aujourd'hui plus stupide que jamais. » En 1817, à la veille de quitter Angostura pour achever la libération du continent, il mit à jour les affaires du gouvernement en quatorze documents qu'il dicta dans la même journée. De là, peut-être, surgit la légende jamais démentie qu'il dictait à plusieurs secrétaires plusieurs lettres en même temps.

Octobre se réduisit à la rumeur de la pluie. Le

général ne quittait plus la chambre, et le docteur Gastelbondo devait user de ses plus savants stratagèmes pour qu'il l'autorisât à lui rendre visite et à lui donner à manger. José Palacios avait l'impression que pendant les siestes pensives, alors qu'il gisait dans le hamac immobile et contemplait la pluie tombant sur la place déserte, il repassait dans son esprit les événements les plus infimes de sa vie.

« Dieu des pauvres, soupira-t-il un jour. Qu'est-il donc advenu de Manuela !

– Nous savons qu'elle va bien parce que nous ne savons rien d'elle », dit José Palacios.

Car le silence l'avait enveloppée depuis qu'Urdaneta avait pris le pouvoir. Le général ne lui avait plus écrit, mais il avait chargé Fernando de la tenir au fait du voyage. La dernière de ses lettres était arrivée fin août et elle contenait tant de nouvelles confidentielles sur les préparatifs du coup d'État militaire qu'entre la rédaction touffue et les informations embrouillées à dessein pour confondre l'ennemi, il ne lui fut pas facile d'en élucider les mystères.

Oubliant les bons conseils du général, Manuela avait assumé à fond et même avec trop d'allégresse son rôle de première dame bolivariste de la nation, livrant à elle seule une guerre de papier contre le gouvernement. Le président Mosquera n'osa pas l'attaquer mais il n'empêcha pas ses ministres de le faire. Aux agressions de la presse, Manuela répondait par des diatribes imprimées qu'elle répartissait à cheval dans la grand-rue, escortée de ses esclaves. Lance en arrêt, elle poursuivait dans les ruelles pavées des faubourgs ceux qui distribuaient des pamphlets contre le général, et recouvrait d'affiches plus insultantes encore les insultes qui, à l'aube, apparaissaient peintes sur les murs.

La guerre officielle finit par se retourner contre sa

personne. Mais elle ne s'en effraya pas. Ses confidents au sein du gouvernement l'avertirent, un jour de réjouissances patriotiques, que sur la place d'armes on était en train d'édifier une pièce pyrotechnique représentant une caricature du général habillé en roi des fous. Manuela et ses esclaves trompèrent la garde et démantelèrent l'ouvrage par une charge de cavalerie. Le maire envoya un piquet de soldats l'arrêter dans son lit mais elle les attendait avec une paire de pistolets armés, et seule la médiation d'amis de part et d'autre empêcha un incident plus grave.

Le seul événement qui réussit à la calmer fut la prise du pouvoir par le général Urdaneta. Elle avait en lui un véritable ami et Urdaneta eut en elle sa complice la plus enthousiaste. À l'époque où le général livrait dans le Sud la guerre aux envahisseurs péruviens, elle s'était retrouvée seule à Santa Fe et Urdaneta avait été l'ami de confiance qui prenait soin de sa sécurité et pourvoyait à ses besoins. Lorsque le général prononça sa malheureuse déclaration au Congrès admirable, ce fut Manuela qui réussit à lui faire écrire cette phrase : « Je vous offre toute ma vieille amitié et de tout cœur une réconciliation absolue. » Urdaneta accepta l'élégante proposition et Manuela lui en sut gré après le coup d'État militaire. Elle disparut de la vie publique avec tant de rigueur qu'au début du mois d'octobre on murmura qu'elle était partie pour les États-Unis, et que personne ne mit la rumeur en doute. De sorte que José Palacios avait raison : Manuela allait bien parce qu'on ne savait rien d'elle.

Ressassant son passé, perdu sous la pluie, triste à force d'attendre il ne savait ni qui, ni quoi, ni dans quel but, le général se retrouva au fond de l'abîme : il pleura dans son sommeil. En entendant ces gémissements ténus José Palacios crut que c'était le chien qu'ils avaient recueilli sur le fleuve. Mais c'était son maître. Il en fut déconcerté car en tant d'années d'intimité il ne l'avait vu pleurer qu'une fois, et ce n'était pas de chagrin mais de rage. Il appela le capitaine Ibarra, qui montait la garde dans le couloir, afin qu'il écoutât lui aussi la rumeur des larmes.

« Cela va l'aider, dit Ibarra.
— Cela va tous nous aider », dit José Palacios.

Le général dormit plus longtemps que d'habitude. Ni les oiseaux dans le verger ni les cloches des églises ne le réveillèrent, et José Palacios se pencha plusieurs fois au-dessus du hamac pour écouter sa respiration. Lorsqu'il ouvrit les yeux, il était plus de huit heures et il faisait déjà chaud.

« Samedi 16 octobre, dit José Palacios. Jour de la Pureté. »

Le général se leva de son hamac et contempla par la fenêtre la place solitaire, l'église aux murs décrépis, et entendit les cris des charognards se disputant les restes d'un chien mort. La dureté des premiers soleils annonçait une journée suffocante.

« Partons d'ici en vitesse, dit le général. Je ne veux pas entendre les coups de feu de l'exécution. »

José Palacios frissonna. Il avait vécu cet instant en d'autres lieux et en d'autres temps où le général était pareil à aujourd'hui, pieds nus sur le sol en brique, avec ses caleçons longs et son bonnet de nuit sur son crâne rasé. C'était un rêve ancien qui se répétait dans la réalité.

« Nous ne les entendrons pas, dit José Palacios et il ajouta avec une précision délibérée : Le général Piar a été fusillé à Angostura non pas aujourd'hui à cinq heures de l'après-midi mais un jour comme celui-ci il y a treize ans. »

Le général Manuel Piar, un mulâtre de Curaçao, dur, âgé de trente-cinq ans et couronné d'autant de gloire que le soldat le plus glorieux des milices patriotiques, avait défié l'autorité du général alors que l'armée de libération avait plus que jamais besoin d'unir ses forces pour freiner la fougue de Morillo. Piar recrutait des Noirs, des mulâtres, des zambos et tous les miséreux du pays, pour combattre l'aristocratie blanche de Caracas incarnée par le général. Sa popularité et son aura messianique n'étaient comparables qu'à celles de José Antonio Páez ou à celles du royaliste Boves, et il était sur le point de s'allier quelques officiers blancs de l'armée libératrice. Le général avait épuisé son art de la persuasion. Arrêté sur son ordre, Piar fut conduit à Angostura, alors capitale provisoire du pays, où le général avait refait ses forces avec ses officiers les plus proches, dont plusieurs devaient l'accompagner plus tard dans son ultime descente du Magdalena. Un conseil de guerre désigné par lui et formé de militaires amis de Piar prononça un jugement sommaire. José Maria Carreño en fut le procureur. L'avocat de la défense, désigné d'office, n'eut pas à mentir pour dépeindre Piar comme un des hommes les plus éclairés de la lutte contre le pouvoir espagnol. Déclaré coupable de désertion, d'insurrection et de trahison, il fut condamné à la peine de mort et à la dégradation. Étant donné ses mérites, il semblait impossible que le général confirmât la sentence, et moins encore à un moment où Morillo avait repris plusieurs provinces et où le moral des patriotes était si bas que l'on craignait des désertions massives. Le général fut l'objet de pressions de toutes sortes, écouta avec amabilité l'opinion de ses amis les plus proches, dont Briceño Méndez, mais sa détermination était sans appel. Il annula la dégradation mais confirma l'exécution et exigea qu'elle eût lieu en public. Ce fut une nuit interminable où le plus terrible eût pu se produire. Le 16 octobre, à cinq heures de l'après-midi, la sentence s'accomplit sous le soleil impitoyable de la place d'armes d'Angostura, la ville que Piar lui-même avait arrachée six mois auparavant aux Espagnols. Le chef du peloton avait fait enlever les restes d'un chien mort que se disputaient les charognards, et fermé les rues adjacentes pour empêcher que les animaux errants ne troublassent la dignité de l'exécution. Il refusa à Piar l'ultime honneur de donner lui-même au peloton l'ordre de tirer et lui banda les yeux de force, mais il ne put l'empêcher de faire ses adieux au monde en baisant le crucifix et en saluant le drapeau.

Le général avait refusé d'assister à l'exécution. Il était seul dans la maison avec José Palacios et celui-ci le vit lutter pour retenir ses larmes en entendant la salve. Dans la proclamation qu'il adressa aux troupes, il dit: « Hier a été un jour douloureux à mon cœur. » Toute sa vie il devait répéter que cela avait été une nécessité politique qui avait sauvé le pays, rallié les rebelles et évité la guerre civile. Ce fut en tout cas l'acte le plus féroce qu'il commit jamais au nom du pouvoir, et ce fut aussi le plus opportun et celui qui lui permit de consolider d'emblée son autorité, d'unifier le commandement et d'ouvrir le chemin de sa gloire.

Treize ans plus tard, à Soledad, il ne sembla pas même se rendre compte qu'il avait été victime d'un égarement du temps. Il demeura à contempler la place jusqu'à ce qu'une vieillarde en haillons la traversât, flanquée d'un âne chargé de noix de coco à vendre et, de son ombre, épouvantât les charognards. Alors il retourna dans son hamac, poussa un soupir de soulagement, et sans que personne le lui demandât, il donna à José Palacios la réponse que celui-ci voulait savoir depuis la nuit tragique d'Angostura.

« Si c'était à refaire, je le referais. »

Il lui était devenu dangereux de marcher, non à cause d'une possible chute, mais parce que l'on voyait trop combien il lui en coûtait. En revanche, que quelqu'un l'aidât à monter et descendre les escaliers de la maison était compréhensible, bien qu'il fût encore capable de le faire seul. Mais lorsqu'il eut besoin d'un bras auquel s'appuyer, il le refusa.

« Merci, disait-il, mais je peux encore. »

Un jour cela lui fut impossible. Il allait descendre les escaliers lorsque le monde s'évanouit devant lui. « Je suis tombé tout seul, sans savoir comment et j'en suis resté à moitié mort », raconta-t-il à un ami. Pire encore : ce fut un miracle qu'il ne se tuât pas car l'étourdissement le terrassa au bord des marches, et seule la légèreté de son corps l'empêcha de les dévaler. Le docteur Gastelbondo le conduisit d'urgence à l'ancienne Barranca de San Nicolas dans la voiture de don Bartolomé Molinares chez qui il avait logé lors d'un voyage précédent et qui lui prépara la même chambre, grande et bien aérée, donnant sur la Calle Ancha. En chemin commença à s'écouler de son œil gauche un liquide épais qui ne cessait de le gêner. Il voyagea, indifférent à tout, et parfois même on eût dit qu'il priait alors qu'en réalité il murmurait des strophes entières de ses poèmes préférés. Le médecin essuya son œil avec un mouchoir, surpris qu'il ne le fît pas lui-même tant il portait un soin extrême à sa propreté. C'est à peine s'il réagit lorsque à l'entrée de la ville, un troupeau de vaches emballées faillit renverser la voiture et culbuta la berline du curé. Celui-ci fut projeté en l'air et se releva d'un bond, du sable blanc jusque dans les cheveux, le front et les mains écorchés. Lorsqu'il fut remis de la commotion, les grenadiers durent se frayer un chemin au milieu des curieux et des enfants nus qui voulaient s'amuser de l'accident et n'avaient pas la moindre idée de qui était ce passager ressemblant à un mort assis dans la pénombre de la voiture.

Le médecin présenta le prêtre comme un des rares ecclésiastiques qui avaient pris fait et cause pour le général à l'époque où les évêques tonnaient contre lui du haut de leurs chaires et l'avaient excommunié comme un franc-maçon concupiscent. Le général ne semblait pas comprendre ce qui se passait et ne reprit conscience du monde qu'en voyant du sang sur la soutane du prêtre qui le pria alors d'user de son autorité afin que les vaches ne puissent vagabonder dans une ville où il était devenu impossible de se promener sans risques à cause des nombreuses voitures circulant dans les rues.

« Ne vous faites pas de souci, mon révérend, lui dit-il sans le regarder. Dans tout le pays c'est la même chose. »

Le soleil de onze heures était immobile au-dessus des rues ensablées, larges et désolées, et la ville entière réverbérait la chaleur. Le général se réjouit de ne pas avoir à y demeurer plus que le temps nécessaire pour se remettre de sa chute, et de pouvoir prendre la mer un jour de mauvais temps, car le manuel français disait que le mal de mer était bon pour agiter les humeurs biliaires et laver l'estomac. Il se remit vite de la chute, mais faire coïncider bateau et mauvais temps fut plus difficile.

Furieux que son corps lui ait désobéi, le général n'eut

la force de mener aucune activité politique ou sociale et ne recevait la visite que de vieux amis personnels qui s'arrêtaient en ville pour lui faire leurs adieux. La maison était grande et fraîche, jusqu'où novembre le permettait, et ses propriétaires la transformèrent pour lui en un hôpital de famille. Don Bartolomé Molinares était, parmi tant d'autres, un de ceux que les guerres avaient ruiné et à qui elles n'avaient laissé que sa fonction d'administrateur des postes qu'il accomplissait sans toucher de salaire depuis dix ans. C'était un homme si bon que depuis son voyage précédent le général l'appelait papa. Son épouse, majestueuse et dotée d'une vocation indomptable pour le matriarcat, passait ses heures à confectionner au fuseau des dentelles qu'elle vendait à bon prix sur les bateaux en partance pour l'Europe, mais dès que le général s'installa dans sa maison, elle lui consacra tout son temps. Au point qu'elle se disputa avec Fernanda Barriga qui, convaincue que l'huile d'olive était un remède contre le mal de poitrine, en versait dans les lentilles du général qui les mangeait de force et par reconnaissance.

Ce qui le gêna le plus pendant ces journées fut la suppuration de son œil qui le rendait d'humeur maussade, jusqu'à ce que les bains d'eau de camomille réussissent à le calmer. Alors il reprit ses parties de cartes, éphémère consolation contre les tourments des moustiques et la tristesse des crépuscules. Au cours d'une de ses rares crises de remords, devisant mi-sérieux mi-enjoué avec les maîtres de maison, il les surprit en affirmant qu'un bon accord valait mieux que mille procès gagnés.

«En politique aussi? demanda Molinares.

— Surtout en politique, dit le général. Ne pas nous être entendus avec Santander nous a tous perdus.

— Tant qu'on a des amis, tout est possible, dit Molinares.

231

– Au contraire, dit le général. Ce n'est pas la perfidie de mes ennemis mais la diligence de mes amis qui a mis un terme à ma gloire. Ce sont eux qui m'ont embarqué dans le désastre de la convention d'Ocaña, eux qui m'ont embrouillé dans cette histoire de monarchie, eux qui m'ont obligé d'abord à rechercher une réélection, en invoquant les mêmes raisons qu'ils ont utilisées par la suite pour me faire démissionner, et maintenant ils me retiennent prisonnier dans ce pays où je ne suis plus en quête de rien. »

La pluie se faisait éternelle et l'humidité commençait à ouvrir des brèches dans les mémoires. La chaleur était si intense, même la nuit, que le général, trempé de sueur, devait changer plusieurs fois de chemise. « J'ai l'impression d'être cuit au bain-marie », se plaignait-il. Un soir, il demeura plus de trois heures assis sur le balcon à regarder dans les rues défiler les ordures des quartiers pauvres, les ustensiles ménagers, les cadavres d'animaux, charriés par le torrent d'une averse sismique qui semblait vouloir arracher les maisons par la racine.

Le commandant Juan Glen, préfet de la ville, apparut au milieu de la tourmente pour annoncer qu'on avait arrêté une femme au service de M. Visbal parce qu'elle vendait comme reliques sacrées les cheveux que le général s'était coupés à Soledad. Une fois de plus, l'amertume de voir tout ce qui lui appartenait transformé en vulgaire marchandise le déprima.

« On me traite comme si j'étais déjà mort », dit-il.

Mme Molinares avait approché son fauteuil à bascule de la table de jeu afin de ne pas perdre un mot.

« On vous traite comme ce que vous êtes, dit-elle : un saint.

– Bon, dit-il, s'il en est ainsi qu'on remette cette pauvre innocente en liberté. »

Il ne reprit pas ses lectures. S'il avait des lettres à écrire, il se contentait d'en instruire Fernando et ne relisait pas même les quelques-unes qu'il devait parapher. Il passait ses matinées à contempler du balcon le désert de sable des rues, à regarder passer l'âne qui distribuait l'eau, la négresse impudente et heureuse qui vendait des poissons calcinés par le soleil, les enfants sortant des écoles à onze heures précises, le curé avec sa soutane déguenillée et rapiécée qui, dégoulinant de sueur, lui donnait la bénédiction depuis le parvis de l'église. À une heure, tandis que les autres faisaient la sieste, il marchait le long des canaux pourris en épouvantant de son ombre les bandes de charognards du marché, saluant ici et là les quelques personnes qui le reconnaissaient, à demi mort et en civil, et allait jusqu'au quartier des grenadiers, un hangar en torchis face au port fluvial. Le moral des troupes, rongé par l'oisiveté, l'inquiétait à l'évidence dans le désordre des garnisons dont le remugle était devenu insupportable. Mais un sergent, que la chaleur torride de la mi-journée semblait plonger dans un état de stupeur, l'assomma en lui disant la vérité:

« Ce n'est pas le moral qui nous fout en l'air, Excellence, lui dit-il. C'est la chaude-pisse. »

Alors il sut tout. Les médecins de la ville, ayant épuisé leur science avec des lavages inutiles et des palliatifs de sucre de lait, avaient remis l'affaire aux commandements militaires et ces derniers n'avaient pu se mettre d'accord sur ce qu'il fallait faire. Toute la ville était au courant du danger qui la menaçait et la glorieuse armée de la république était considérée comme l'émissaire de la peste. Le général, moins alarmé que ce que l'on aurait pu croire, résolut le problème d'un trait en déclarant une quarantaine absolue.

L'absence de nouvelles, bonnes ou mauvaises, commençait à devenir désespérante, lorsqu'un courrier à cheval arriva de Santa Marta avec un message obscur du général Montilla: «L'homme est à nous et les démarches sont sur la bonne voie.» Le général trouva la dépêche si étrange et son envoi si insolite qu'il l'interpréta comme une affaire d'état-major de la plus haute importance, en relation peut-être avec la campagne de Riohacha à laquelle il attribuait une priorité historique que personne ne voulait comprendre.

À cette époque, il était normal que l'on embrouillât les dépêches et que les informations militaires fussent enchevêtrées pour des raisons de sécurité, car la négligence des gouvernements avait fait abandonner le système des messages codés si utiles pendant les premières conspirations contre l'Espagne. L'idée que les militaires le dupaient était une de ses vieilles inquiétudes, partagée par Montilla, ce qui rendit plus compliquée encore l'énigme du message et aggrava l'anxiété du général. Il envoya alors José Palacios à Santa Marta sous prétexte d'acheter des fruits et des légumes frais, quelques bouteilles de xérès sec et de la bière blonde que l'on ne trouvait pas sur place. Mais l'objectif véritable était de lever le mystère. Ce fut très simple: Montilla voulait dire que le mari de Miranda Lyndsay avait été transféré de la prison de Honda à celle de Carthagène et que la remise de peine n'était qu'une question de jours. Le général fut à ce point frustré par la facilité de l'énigme qu'il ne se réjouit pas même du plaisir qu'il avait fait à sa salvatrice de la Jamaïque.

L'évêque de Santa Marta lui fit savoir au début du mois de novembre, par un billet écrit de sa main, qu'il avait, grâce à sa médiation apostolique, calmé les esprits dans le village voisin de La Ciénaga où la semaine dernière avait eu lieu une tentative de soulèvement civil en faveur de Riohacha. Le général le remercia, lui aussi de sa propre main, et demanda à Montilla de faire le reste, mais la façon dont l'évêque s'était hâté de lui faire payer sa dette lui déplut.

Ses rapports avec Mgr Estévez n'avaient jamais été des plus faciles. Derrière sa crosse paisible de bon pasteur, l'évêque était un politicien passionné mais peu éclairé, opposé du fond du cœur à la république, à l'intégration du continent et à tout ce qui avait à voir avec la pensée politique du général. Au Congrès admirable, dont il fut le vice-président, il avait fort bien compris que sa mission était de faire obstacle au pouvoir de Sucre, et il s'y était employé avec plus de malignité que d'efficacité, aussi bien lors de l'élection des dignitaires que dans la mission qu'ils accomplirent ensemble pour tenter de trouver une solution à l'amiable au conflit avec le Venezuela. Les époux Molinares, qui connaissaient ces divergences, ne furent pas le moins du monde surpris lorsque au goûter de quatre heures le général les reçut avec une de ses paraboles prophétiques :

« Que deviendront nos enfants dans un pays où la diligence d'un évêque met fin aux révolutions ? »

Mme Molinares lui répliqua sur un ton de reproche affectueux mais ferme :

« Même si Votre Excellence a raison, je ne veux pas le savoir, dit-elle. Nous sommes des catholiques purs et durs. »

Il se reprit aussitôt :

« Sans aucun doute plus que monseigneur l'évêque, car il n'a pas rétabli la paix à La Ciénaga par amour de Dieu mais pour maintenir l'unité de ses fidèles dans la guerre contre Carthagène.

– Ici aussi nous sommes contre la tyrannie de Carthagène, dit M. Molinares.

– Je sais, dit le général. Chaque Colombien est un pays ennemi. »

De Soledad, le général avait demandé à Montilla de lui envoyer un bateau léger jusqu'au port voisin de Sabanilla, afin de réaliser son projet d'expulser sa bile par un bon mal de mer. Montilla avait tardé à le satisfaire car don Joaquín de Mier, un Espagnol républicain associé au commodore Elbers, lui avait promis un des bateaux à vapeur qui offraient à l'occasion leurs services sur le Magdalena. Comme ce fut impossible, Montilla envoya, à la mi-novembre, un navire marchand battant pavillon anglais, arrivé à l'improviste à Santa Marta. Dès qu'il l'apprit, le général laissa entendre qu'il profiterait de l'occasion pour quitter le pays. « Je suis décidé à m'en aller n'importe où pour ne pas mourir ici », dit-il. Puis il frissonna à la pensée de Camille qui l'attendait peut-être en scrutant l'horizon du haut d'un balcon fleuri face à la mer, et il soupira :

« En Jamaïque, on m'aime. »

Il donna des instructions à José Palacios pour qu'il commençât à préparer les bagages et cette même nuit il resta éveillé très tard pour tenter de retrouver des documents qu'il voulait à tout prix emporter avec lui. Il en fut si fatigué qu'il dormit trois heures d'affilée. À l'aube, les yeux ouverts, il ne prit conscience d'où il était que lorsque José Palacios lui annonça le saint du jour.

« J'ai rêvé que j'étais à Santa Marta, dit-il. C'était une ville toute propre, aux maisons blanches et identiques, mais la montagne empêchait de voir la mer.

– Alors ce n'était pas Santa Marta, dit José Palacios. C'était Caracas. »

Car le rêve du général lui avait révélé qu'ils n'iraient pas en Jamaïque. Fernando était au port depuis longtemps et réglait les détails du voyage, et à son retour il trouva son oncle qui dictait à Wilson une lettre dans laquelle il demandait à Urdaneta un nouveau passeport pour quitter le pays car le gouvernement antérieur ne faisait plus autorité. Ce fut la seule explication qu'il donna pour annuler son voyage.

Toutefois, tous s'accordèrent à dire que le motif

véritable était que les nouvelles des opérations à Riohacha, reçues le matin même, ne faisaient qu'aggraver les précédentes. La patrie s'effritait d'un océan à l'autre, le fantôme de la guerre civile s'acharnait sur ses ruines, et rien n'importunait plus le général que de se dérober à l'adversité. «Il n'y a de sacrifice auquel nous ne sommes prêts à consentir pour sauver Riohacha», dit-il. Le docteur Gastelbondo, plus inquiet des préoccupations du malade que de ses maux inguérissables, était le seul qui savait lui parler vrai sans le mortifier.

«Le monde s'écroule et vous ne vous inquiétez que de Riohacha, lui dit-il. Jamais nous n'avions rêvé un tel honneur.»

La réplique fut immédiate :

«Le sort du monde dépend de Riohacha.»

Il le croyait pour de bon et ne parvenait pas à dissimuler son anxiété parce qu'ils se trouvaient à la date prévue pour prendre Maracaibo et que la victoire était plus lointaine que jamais. À mesure que décembre et ses crépuscules de topaze approchaient, il craignait que Riohacha, et peut-être tout le littoral, ne fussent perdus mais il redoutait plus encore que le Venezuela ne prépare une expédition pour raser jusqu'aux derniers vestiges de ses illusions.

Depuis la semaine précédente le temps avait commencé à changer, et là où des pluies accablantes étaient tombées s'ouvraient un ciel diaphane et des nuits d'étoiles. Le général, indifférent aux merveilles du monde, tantôt songeait dans son hamac, tantôt jouait aux cartes sans s'inquiéter de son sort. Peu après, au cours d'une partie dans le salon, une brise de roses de mer leur arracha les cartes des mains et fit sauter les loquets des portes. Mme Molinares, exaltée par l'annonce prématurée de la saison providentielle, s'exclama : «Mais nous sommes en décembre !» Wilson et José Laurencio Silva s'empressèrent de fermer les fenêtres afin d'empêcher la brise d'emporter la maison. Le général fut le seul qui demeura rivé à son idée :

« Déjà décembre et nous en sommes au même point, dit-il. On a raison de dire qu'il vaut mieux avoir de mauvais sergents que des généraux inutiles. »

Il continua de jouer et, au milieu de la partie, il posa ses cartes et dit à José Laurencio Silva de tout tenir prêt pour le départ. Le colonel Wilson, qui la veille avait pour la seconde fois débarqué ses bagages, en resta perplexe.

« Le bateau est parti », dit-il.

Le général le savait. « Ce n'était pas le bon, dit-il. Il faut aller à Riohacha voir si nos illustres généraux se décident enfin à remporter la victoire. » Avant de quitter la table il éprouva l'obligation de se justifier devant ses hôtes.

« Ce n'est pas même une nécessité de la guerre, dit-il. C'est une question d'honneur. »

C'est ainsi que le 1er décembre, à huit heures du matin, il s'embarqua sur le *Manuel*, un brigantin que Joaquín de Mier avait mis à son entière et totale disposition pour faire un tour, pour expulser sa bile, pour séjourner à la sucrerie de San Pedro Alejandrino dont il était le propriétaire et y soigner ses multiples maux et ses innombrables peines, ou pour continuer la route vers Riohacha et tenter une fois encore la rédemption des Amériques. Le général Mariano Montilla, qui vint à bord du brigantin avec le général José Maria Carreño, obtint que le *Manuel* fût escorté du *Grampus*, une frégate des États-Unis bien armée et comptant à son bord un bon chirurgien : le docteur Night. Cependant, lorsque Montilla vit l'état lamentable du général, il ne voulut pas se fier au seul critère du docteur et consulta aussi le médecin local.

« Je ne crois pas qu'il supporte la traversée, dit le

docteur Gastelbondo. Mais qu'il parte : tout vaut mieux que de vivre dans ces conditions. »

Les chenaux de Ciénaga Grande étaient lents et torrides et il en émanait des vapeurs mortelles. Ils prirent donc la mer, profitant des premiers alizés du nord qui, cette année-là, étaient doux et soufflaient en avance. Le brigantin aux voiles carrées, avec sa cabine préparée à l'intention du général, était bien entretenu, propre et confortable, et voguait à joyeuse allure.

Le général s'embarqua de bonne grâce et voulut demeurer sur le pont pour regarder l'estuaire du Grand Magdalena, dont le limon teignait les eaux d'une couleur de cendre jusqu'à plusieurs lieues en mer. Il avait revêtu de vieilles culottes de velours, son bonnet andin et une veste de l'Armada anglaise dont lui avait fait cadeau le capitaine de la frégate et, en plein soleil, sous cette brise primesautière, il avait meilleur aspect. En son honneur, les membres de l'équipage de la frégate pêchèrent un requin géant, dans le ventre duquel ils trouvèrent, parmi toute une bimbeloterie, des éperons de chevalier. Le général se réjouit de tout avec une gaieté de touriste, jusqu'à ce que la fatigue eût raison de lui et s'emparât de son âme. Alors il fit signe à José Palacios de s'approcher et lui confia à l'oreille :

« À cette heure-ci, papa Molinares doit être en train de brûler le matelas et d'enterrer les couverts. »

Vers la mi-journée ils longèrent Ciénaga Grande, une vaste étendue d'eaux troubles où tous les oiseaux du ciel se disputaient des bancs de gardons dorés. Dans l'ardente plaine des salines, entre les marais et la mer, là où la lumière était plus transparente et l'air plus pur, se dressaient les hameaux des pêcheurs et leurs filets étendus dans les jardins, et plus loin, le mystérieux village de La Ciénaga dont les fantômes diurnes avaient fait douter de leur science les disciples de Humbolt. De l'autre côté de la Grande Ciénaga s'élevait la couronne de neiges éternelles de la sierra Nevada.

Le joyeux brigantin, volant presque au ras de l'eau dans le silence de ses voiles, était si léger et si stable qu'il n'avait pas provoqué chez le général le malaise corporel tant attendu pour expulser sa bile. Cependant, plus loin, ils longèrent un des contreforts de la montagne qui s'avançait dans la mer, les eaux devinrent houleuses et la brise se froissa. Le général observa ces changements avec un espoir croissant car le monde se mit à tournoyer en même temps que les oiseaux carnassiers qui volaient au-dessus de sa tête. Une sueur glacée trempa sa chemise et ses yeux s'embuèrent de larmes. Montilla et Wilson durent le soutenir car il était si léger qu'un coup de roulis pouvait l'emporter par-dessus bord. Au crépuscule, lorsqu'ils atteignirent les eaux calmes de la baie de Santa Marta, son corps dévasté n'avait plus rien à expulser et il gisait sur la couchette du capitaine, épuisé, moribond, mais dans l'ivresse du rêve accompli. Le général Montilla fut si effrayé de son état qu'avant de débarquer il demanda une nouvelle auscultation au docteur Night qui décida de le faire descendre à terre sur un brancard.

À part le manque d'intérêt caractéristique des gens de Santa Marta pour tout ce qui avait une apparence officielle, d'autres raisons expliquaient qu'il y eût si peu de monde au débarcadère. Santa Marta avait été une des villes les plus difficiles à rallier à la cause de la république. Après la bataille de Boyacá qui scella l'indépendance, le vice-roi Sámano s'y était réfugié pour attendre des renforts d'Espagne. Le général en personne avait tenté de la libérer à plusieurs reprises et seul Montilla y était parvenu une fois la république consolidée. À la rancœur des royalistes venait s'ajouter un ressentiment unanime envers Carthagène, la favorite du pouvoir central, que le général entretenait sans le savoir par sa passion pour les Carthagénois. Le motif le plus grave, toutefois, même chez ses partisans les plus dévoués, était l'exécution sommaire de l'amiral José Prudencio Padilla qui, pour comble de malheur, était mulâtre, comme le général Piar. La virulence s'était accrue avec la prise du pouvoir par Urdaneta, qui avait présidé le conseil de guerre ayant dicté la sentence de mort. De sorte que les cloches des églises ne carillonnèrent pas comme prévu et que personne ne sut expliquer pourquoi, et que les coups de canon de bienvenue ne furent pas tirés depuis la forteresse du Maure car à l'aube on avait découvert que la poudre de l'arsenal était mouillée. Les soldats avaient travaillé jusque peu auparavant afin que le général ne vît pas l'inscription au charbon sur le mur de la cathédrale : « Vive José Prudencio. » C'est à peine si l'annonce officielle de son arrivée émut les quelques personnes qui l'attendaient au port. L'absence la plus remarquée fut celle de l'évêque Estévez, le premier et le plus insigne des invités officiels.

Don Joaquín de Mier devait se remémorer jusqu'à la fin de ses nombreuses années la créature effroyable que l'on débarqua sur une civière dans la touffeur de la première nuit, enveloppée dans une couverture de laine, deux bonnets enfoncés l'un sur l'autre jusqu'aux sourcils, et n'ayant qu'à peine un souffle de vie. Toutefois lui restèrent gravées dans la mémoire sa main brûlante, son haleine torride et la prestance surnaturelle avec laquelle il abandonna la civière pour les saluer tous un à un, en mentionnant le titre et le nom complet de chacun, pendant qu'il ne se tenait debout qu'à grand-peine, soutenu par ses aides de camp. Puis il se laissa porter à bout de bras jusqu'à la berline et s'écroula sur le siège, la tête renversée sur le dossier mais le regard avide suspendu à la vie qui défilait devant lui à travers la fenêtre pour une seule et ultime fois.

La rangée de voitures n'eut qu'à traverser l'avenue jusqu'à la bâtisse de l'ancienne douane, qu'on lui avait réservée. Huit heures allaient sonner et on était mercredi, mais les premières brises de décembre soufflaient un air endimanché sur la promenade de la baie. Les rues étaient larges et sales, et les maisons de pierre aux balcons en saillie étaient mieux conservées que partout ailleurs dans le pays. Des familles entières avaient sorti leurs meubles pour s'asseoir sur les trottoirs et certaines recevaient même leurs visiteurs jusqu'en plein milieu de la rue. Entre les arbres, des nuages de lucioles éclairaient le bord de la mer d'une splendeur phosphorescente plus intense que celle des lanternes.

La maison de l'ancienne douane, construite deux cent quatre-vingt-dix-neuf ans auparavant, était la plus vieille du pays et venait d'être restaurée. On prépara pour le général, au second étage, la chambre avec vue sur la baie mais il préféra demeurer la plupart du temps dans la salle principale où se trouvaient les seuls anneaux permettant de suspendre son hamac. Là se trouvait aussi la grosse table de caoba sculpté sur laquelle, seize jours plus tard, serait exposé, comme dans une chapelle ardente, son corps embaumé revêtu de la casaque bleue de son rang sans les huit boutons d'or pur que quelqu'un lui arracherait dans la confusion de la mort.

Lui seul semblait ne pas se douter qu'il était si proche de la fin. En revanche, le docteur Alexandre Prosper Révérend, le médecin français que le général Montilla fit appeler d'urgence à neuf heures, n'eut pas besoin de lui prendre le pouls pour se rendre compte qu'il avait commencé à mourir depuis des années. À la langueur du cou, la contraction de la poitrine et la couleur jaune du teint, il pensa que le mal le plus grand était ses poumons abîmés, et les jours suivants ses observations le confirmèrent. Au cours de l'interrogatoire préliminaire, en tête à tête, moitié en espagnol, moitié en français, le médecin constata que son malade avait un génie magistral pour mélanger les symptômes et pervertir la douleur, et que le peu de souffle qui lui restait s'en allait dans l'effort pour ne pas tousser ni expectorer pendant la consultation. L'examen clinique corrobora le diagnostic premier. Mais dans le rapport médical de cette nuit, le premier des trente-trois qu'il devait rédiger au cours des quinze jours suivants, il attribua une importance égale aux calamités du corps et aux tourments de l'esprit.

Le docteur Révérend était un homme de trente-quatre ans, cultivé, sûr de lui, et qui s'habillait avec goût. Il était arrivé six ans plus tôt, déçu par la restauration des Bourbons sur le trône de France, et il parlait et écrivait un espagnol correct et aisé, mais le général saisit la première occasion pour lui donner une preuve de son bon français. Le docteur l'interpréta au vol.

« Votre Excellence a l'accent de Paris, lui dit-il.

— De la rue Vivienne, répondit-il, encouragé. Comment le savez-vous ?

— Je me flatte de deviner, à son seul accent, jusqu'au coin de rue où un Parisien a été élevé, dit le médecin. Bien que moi-même je sois né et aie vécu dans un petit village de Normandie.

— Bons fromages mais mauvais vin, dit le général.

— C'est peut-être là le secret de notre bonne santé », répliqua le médecin.

Il gagna sa confiance en attendrissant le côté puéril de son cœur. Il la gagna plus encore car au lieu de lui prescrire de nouveaux remèdes, il lui administra de sa main une cuillerée du sirop que lui avait préparé le docteur Gastelbondo pour soulager sa toux, et une pastille calmante que le général avala sans résistance parce qu'il désirait dormir. Ils continuèrent à deviser d'un peu de tout jusqu'à ce que le somnifère fît son effet, et le médecin sortit de la chambre sur la pointe des pieds. Le général Montilla le raccompagna chez lui avec d'autres officiers, et s'alarma lorsque le médecin lui dit qu'il dormirait tout habillé au cas où l'on aurait un besoin urgent de lui.

Révérend et Night ne purent se mettre d'accord au cours des nombreuses réunions qu'ils tinrent tout au long de la semaine. Révérend était convaincu que le général avait une lésion pulmonaire dont l'origine était un rhume mal soigné. À la couleur de la peau et aux fièvres vespérales, le docteur Night était persuadé qu'il s'agissait d'un paludisme chronique. Ils s'accordèrent, cependant, sur la gravité de son état. Ils demandèrent à d'autres médecins de trancher, mais les trois docteurs qui vivaient à Santa Marta et ceux de la province refusèrent de venir, sans explications. De sorte que Révérend et Night prescrivirent un traitement de compromis à base de baumes pectoraux pour le refroidissement et de cornets de quinine pour la malaria.

L'état du malade empira à la fin de la semaine à cause d'un verre de lait d'ânesse bu à ses risques et périls et en cachette des médecins. Sa mère en prenait, sucré au miel, et lui en faisait boire lorsqu'il était petit pour calmer sa toux. Mais cette saveur bienfaisante, associée de façon si intime à ses plus anciens souvenirs, lui retourna la bile et lui décomposa le corps, et sa prostration était telle que le docteur Night avança son voyage afin de lui envoyer un spécialiste de la Jamaïque. Il en délégua deux avec toutes sortes de palliatifs et en un temps record pour l'époque, mais ils arrivèrent trop tard.

Malgré tout, l'humeur du général ne s'accordait pas avec sa prostration car il agissait comme si les maux qui le tuaient n'étaient que de banales indispositions. Il passait la nuit éveillé dans son hamac à regarder tourner le phare de la forteresse du Maure, supportant ses douleurs afin de ne pas se dénoncer par des gémissements, et sans détourner les yeux de la splendeur de la baie qu'il avait lui-même tenue pour la plus belle du monde.

« J'ai mal aux yeux de tant la regarder », disait-il.

Pendant la journée, il s'efforçait de se montrer aussi actif qu'autrefois. Il appelait Ibarra, Wilson, Fernando, ou qui était le plus près de lui, afin de les instruire des lettres qu'il n'avait plus la patience de dicter. Seul José Palacios eut assez de lucidité dans le cœur pour se rendre compte que ces urgences étaient celles de la fin dernière. Car c'étaient des dispositions pour l'avenir de ses proches, dont certains ne se trouvaient pas à Santa Marta. Il oublia l'altercation avec son ancien secrétaire, le général José Santana, et lui obtint un poste aux Affaires étrangères afin qu'il pût profiter de sa nouvelle vie de jeune marié. Il mit le général José María Carreño, dont il avait, à raison, coutume de louer le grand cœur, sur le chemin qui devait le conduire, des années plus tard, à la présidence du Venezuela. Il demanda à Urdaneta des lettres de service pour Andrés Ibarra et José Laurencio Silva, afin qu'à l'avenir ils puissent disposer d'au moins une solde régulière. Silva devint général en chef et secrétaire à la Guerre et à la Marine et mourut à l'âge de quatre-vingts ans, la vue brouillée par les cataractes qu'il avait tant redoutées, après avoir vécu d'une carte d'invalide obtenue au bout de démarches ardues pour prouver, en exhibant ses nombreuses cicatrices, ses mérites de guerre.

Le général tenta aussi de convaincre Pedro Briceño Méndez de retourner en Nouvelle-Grenade occuper le ministère de la Guerre, mais la hâte de l'histoire ne lui en laissa pas le temps. Il prit en faveur de son neveu

Fernando des dispositions testamentaires afin de lui faciliter l'accès à l'administration. Il conseilla au général Diego Ibarra, son premier aide de camp et l'un des rares qu'il tutoyait et qui le tutoyaient en public et en privé, de partir pour un endroit où il serait plus utile qu'au Venezuela. Et sur son lit de mort, il devait demander l'ultime faveur de sa vie au général Justo Briceño avec qui, ces jours-ci, il était en froid.

Ses officiers n'imaginèrent sans doute jamais à quel point cette répartition unifiait leurs destins. Car ils devaient tous passer, pour le meilleur comme pour le pire, le reste de leurs vies ensemble, et même partager l'ironie historique de se retrouver de nouveau au Venezuela cinq ans plus tard, aux côtés du commandant Pedro Carújo dans l'aventure militaire en faveur de l'idée bolivarienne de l'intégration.

Ce n'était plus des manœuvres politiques mais des dispositions testamentaires en faveur de ses orphelins, et une déclaration surprenante du général dans une lettre dictée à l'intention d'Urdaneta le confirma à Wilson : « Riohacha est perdue. » Ce même après-midi, le général reçut un billet de l'imprévisible Mgr Estévez, qui le priait d'interposer sa haute autorité devant le gouvernement central afin que Santa Marta et Riohacha fussent reconnus comme départements, et de mettre ainsi fin à la discorde historique avec Carthagène. Le général adressa un signe de découragement à José Laurencio Silva lorsque celui-ci termina de lui lire la lettre. « Toutes les idées qui passent par la tête des Colombiens ne servent qu'à diviser », lui dit-il. Plus tard, tandis qu'avec Fernando il expédiait le courrier en retard, il fut plus amer encore.

« Ne lui réponds même pas, lui dit-il. Qu'ils attendent que je sois six pieds sous terre pour faire ce qu'ils ont envie de faire. »

Son anxiété constante au sujet du climat le menait au bord de la démence. Que l'air fût humide et il le voulait plus sec, qu'il fût froid et il le voulait tiède, qu'il fût montagnard et il le voulait marin. Cela alimentait son agitation perpétuelle pour que l'on ouvrît la fenêtre afin de faire entrer de l'air, qu'on la fermât, qu'on plaçât le fauteuil à contre-jour, qu'on le déplaçât, et il ne semblait soulagé que lorsqu'il se berçait dans son hamac en s'aidant des faibles forces qui lui restaient.

Les journées à Santa Marta devinrent si lugubres que lorsque le général retrouva un peu de calme et reitéra son désir de partir pour la maison de campagne de M. de Mier, le docteur Révérend fut le premier à l'encourager, conscient que c'étaient là les symptômes ultimes d'une prostration sans retour. La veille du voyage, il écrivit à un ami : « Je mourrai au plus tard dans deux mois. » Ce fut pour tous une révélation car peu de fois dans sa vie on l'avait entendu mentionner la mort.

La Florida de San Pedro Alejandrino, à une lieue de Santa Marta, sur les contreforts de la sierra Nevada, était une plantation de canne à sucre avec une sucrerie où l'on confectionnait des panelles. Le général parcourut dans la berline de M. de Mier la route poussiéreuse que son corps devait faire sans lui et en sens contraire dix jours plus tard, enveloppé dans sa vieille couverture de montagne, sur une charrette à bœufs. Bien avant d'apercevoir la maison, il sentit la brise saturée de mélasse chaude et succomba aux pièges de la solitude.

« C'est l'odeur de San Mateo », soupira-t-il.

La sucrerie de San Mateo, sise à vingt-quatre lieues de Caracas, était au cœur de ses nostalgies. Là-bas, il fut orphelin de père à trois ans, orphelin de mère à neuf ans et veuf à vingt ans. Il s'était marié en Espagne à une belle jeune fille de l'aristocratie créole, qui était sa parente, et son seul désir était d'être heureux avec elle et d'administrer son immense fortune en maître des vies et des terres de la sucrerie de San Mateo. On ne sut jamais en toute certitude si la mort de son épouse, huit mois après les noces, avait été causée par une mauvaise fièvre ou par un accident domestique. Ce fut pour lui comme une naissance historique car il avait été jusque-là un jeune monsieur des colonies ébloui par les plaisirs mondains et dépourvu du moindre intérêt pour la politique, mais à partir de cet instant il devint sans transition l'homme qu'il resta jusqu'à la fin de sa vie. Jamais il ne reparla de son épouse morte, jamais il ne l'évoqua, jamais il ne tenta de la remplacer. Presque toutes les nuits de sa vie il rêva de la maison de San Mateo, et il rêvait souvent de son père, de sa mère et de chacun de ses frères et sœurs, mais jamais d'elle, car il l'avait ensevelie au fond d'un oubli aveugle, comme un remède brutal pour pouvoir continuer à vivre sans elle. Seuls ravivèrent pour un instant sa mémoire l'odeur de mélasse de San Pedro Alejandrino, les esclaves impavides qui, devant les moulins, ne lui adressèrent pas même un regard de compassion, les arbres immenses autour de la maison tout juste repeinte en blanc pour le recevoir, l'autre sucrerie de sa vie où un destin inéluctable le conduisait à la mort.

« Elle s'appelait María Teresa Rodríguez del Toro y Alayza », dit-il soudain.

De Mier était distrait.

« Qui est-ce ? demanda-t-il.

– Celle qui fut mon épouse, dit-il, et il réagit aussitôt : Mais oubliez-le, je vous prie : ce n'était qu'un contretemps de ma jeunesse. »

Il ne dit plus rien.

La chambre qu'on lui avait assignée lui provoqua un autre accident de la mémoire, et il l'examina avec une attention méticuleuse, comme si chaque objet était pour lui une révélation. Outre le lit à baldaquin, il y avait une commode en caoba, une table de nuit en caoba elle aussi, recouverte d'un plateau de marbre, et une bergère tapissée de velours rouge. Sur le mur, à côté de la fenêtre se trouvait une horloge octogonale avec des chiffres romains, arrêtée à une heure et sept minutes.

« Nous sommes déjà venus ici », dit-il.

Plus tard, lorsque José Palacios remonta l'horloge et la mit à l'heure réelle, le général se coucha dans son hamac et essaya de dormir ne fût-ce qu'une minute. Alors, il vit par la fenêtre la sierra Nevada qui se découpait, nette et bleue, comme un tableau accroché au mur, et sa mémoire se perdit dans les innombrables chambres d'innombrables vies.

« Je ne me suis jamais senti aussi près de chez moi », dit-il.

La première nuit à San Pedro Alejandrino il dormit bien, et le lendemain il semblait remis de ses douleurs au point qu'il fit le tour des moulins, admira la bonne race des bœufs, goûta la mélasse et surprit tout le monde par ses connaissances sur l'art de la fabrication du sucre. Le général Montilla, étonné d'un tel changement, demanda à Révérend de lui dire la vérité, et celui-ci lui expliqua que l'amélioration imaginaire du général était fréquente chez les moribonds. La fin n'était qu'une question de jours, voire d'heures. Abasourdi par la mauvaise nouvelle, Montilla donna un coup de poing contre le mur et se fractura la main. À partir de cet instant et pour le reste de sa vie, il ne serait plus jamais le même homme. Il avait souvent menti au général, toujours de bonne foi et pour des raisons de politique sans importance. Il décida de lui mentir dorénavant par charité et donna des instructions en ce sens à tous ceux qui l'entouraient.

Cette semaine arrivèrent à Santa Marta huit officiers de haut rang expulsés du Venezuela pour activités contre le gouvernement. Parmi eux se trouvaient quelques-uns des plus glorieux soldats de la geste libératrice : Nicolás Silva, Trinidad Portocarrero et Julián Infante. Montilla les pria de taire au général moribond les mauvaises nouvelles et d'enjoliver les bonnes, afin de tenter de soulager le plus grave de ses multiples maux. Ils firent plus et lui dressèrent un rapport si encourageant de la situation du pays qu'ils parvinrent à rallumer dans ses yeux les éclats d'autrefois. Le général revint sur le thème de Riohacha, censuré depuis une semaine, et reparla du Venezuela comme d'une possibilité imminente.

« Jamais meilleure occasion ne s'est offerte à nous de recommencer par la bonne voie », dit-il. Et il conclut, avec une conviction inébranlable : « Le jour où je marcherai de nouveau dans la vallée d'Aragua, le peuple vénézuélien tout entier se soulèvera en ma faveur. »

En un après-midi, il conçut un nouveau plan en présence des visiteurs militaires qui lui offrirent l'aide de leur enthousiasme compatissant. Mais ils durent l'écouter toute la nuit annoncer sur un ton prophétique comment ils allaient reconstruire depuis le début et pour toujours le vaste empire de ses chimères. Montilla fut le seul qui osa contrarier la stupeur de ceux qui croyaient entendre les divagations d'un fou.

« Attention, leur dit-il, on a cru la même chose à Casacoima. »

Nul, en effet, n'avait oublié le 4 juillet 1817, lorsque le général avait dû passer la nuit dans la lagune de Casacoima avec un petit groupe d'officiers, dont Briceño Méndez, afin de se mettre à l'abri des troupes espagnoles qui avaient failli les surprendre en rase campagne. À moitié nu et grelottant de fièvre, il avait soudain annoncé à grands cris et un par un tous ses plans pour l'avenir : la prise immédiate d'Angostura, la traversée des Andes jusqu'à libérer la Nouvelle-Grenade et plus tard le Venezuela pour fonder la Colombie, et enfin la conquête des immenses territoires du Sud jusqu'au Pérou. « Alors nous gravirons le Chimborazo et nous planterons sur son sommet enneigé le drapeau tricolore de la grande Amérique, unie et libre pour les siècles à venir », avait-il conclu. Ceux qui l'écoutèrent alors crurent eux aussi qu'il avait perdu la raison mais cependant la prophétie s'accomplit au pied de la lettre, pas à pas, en moins de cinq ans.

Par malheur, celle de San Pedro Alejandrino ne fut qu'une vision annonciatrice de la fin. Les douleurs, apaisées la première semaine, reprirent de plus belle en une rafale d'anéantissement total. Le général était à ce point diminué qu'on dut remonter encore les manches de sa chemise et couper le bas de ses culottes de velours. Il ne parvenait pas à dormir plus de trois heures en début de soirée et passait le reste de la nuit à tousser, suffoquant, en proie à des hallucinations, ou désespéré à cause d'un hoquet qui s'était déclaré à Santa Marta et devenait de plus en plus tenace. L'après-midi, alors que tout le monde somnolait, il distrayait ses douleurs en regardant par la fenêtre les pics enneigés de la montagne.

Il avait traversé quatre fois l'Atlantique et parcouru à cheval les territoires libérés comme nul jamais ne devait le refaire, et à aucun moment il n'avait écrit de testament, chose insolite pour l'époque. « Je n'ai rien à laisser à personne », disait-il. Le général Pedro Alcántara Herrán lui avait suggéré d'en établir un, à Santa Fe, alors qu'il préparait son voyage, en arguant que c'était une précaution normale pour tout voyageur, et le général lui avait répliqué, plus sérieux qu'amusé, que la mort ne faisait pas partie de ses projets immédiats. Toutefois, à San Pedro Alejandrino, ce fut lui qui prit l'initiative de dicter les brouillons de ses dernières volontés et de son ultime proclamation. On ne sut jamais si ce fut un acte conscient ou un faux pas de son cœur accablé.

Comme Fernando était malade, il commença par dicter à José Laurencio Silva une série de notes quelque peu décousues qui exprimaient moins ses désirs que ses déconvenues : l'Amérique est ingouvernable, celui qui sert une révolution laboure la mer, ce pays sera à jamais livré à la foule déchaînée et à de médiocres et insaisissables tyrans de toutes couleurs et de toutes races, et bien d'autres pensées lugubres qui circulaient déjà, disséminées dans des lettres à différents amis.

Il continua de dicter pendant plusieurs heures, comme possédé du don de voyance, s'interrompant à peine lors d'une quinte de toux. José Laurencio Silva ne parvenait pas à le suivre et Andrés Ibarra ne put fournir longtemps l'effort d'écrire de la main gauche. Lorsque tous les secrétaires et aides de camp furent fatigués, le lieutenant de cavalerie Nicolás Mariano de Paz resta debout et écrivit sous la dictée avec rigueur et application, jusqu'à ce qu'il n'eût plus de papier. Il en redemanda mais comme on tardait à lui en apporter, il continua d'écrire sur le mur et le recouvrit presque en entier. Le général lui en fut si reconnaissant qu'il lui offrit les deux pistolets du duel d'amour du général Lorenzo Cárcamo.

Comme dernières volontés il demanda que ses restes soient transportés au Venezuela, que les deux livres qui avaient appartenu à Napoléon soient déposés à l'université de Caracas, que l'on remette huit mille pesos-or à José Palacios en reconnaissance de ses services constants, que soient brûlés les documents laissés à Carthagène aux bons soins de M. Pavajeau, que l'on rende à son lieu d'origine la médaille dont l'avait distingué le Congrès de Bolivie, que l'on restitue à la veuve du maréchal Sucre l'épée d'or incrustée de pierres précieuses que le maréchal lui avait offerte, et que le reste de ses biens, y compris les mines d'Aroa, soit réparti entre ses deux sœurs et les enfants de son frère mort. Il n'y avait rien d'autre car il lui fallait payer plusieurs dettes, petites ou importantes, dont les vingt mille duros cauchemardesques du professeur Lancaster.

Parmi les clauses de rigueur, il avait pris soin d'en inclure une, exceptionnelle, pour remercier sir Robert Wilson de l'attitude et de la fidélité de son fils. Cette distinction n'avait rien d'étrange, mais en revanche il était surprenant qu'il ne l'eût pas décernée aussi au général O'Leary qui ne fut pas témoin de sa mort parce qu'il ne put arriver à temps de Carthagène où le général lui avait donné l'ordre de rester afin de se mettre à la disposition d'Urdaneta.

Les deux noms devaient rester à jamais liés à celui du général. Wilson devint plus tard le chargé d'affaires de la Grande-Bretagne, à Lima d'abord puis à Caracas, et participa en première ligne aux affaires politiques et militaires des deux pays. O'Leary s'installa à Kingston et plus tard à Santa Fe, où il fut longtemps consul de son pays et où il mourut à l'âge de cinquante et un ans, après avoir consigné en trente-quatre volumes un témoignage colossal de sa vie aux côtés du général des Amériques. Ce fut un crépuscule silencieux et fructueux qu'il résuma en une seule phrase : « Le *Libertador* décédé et son œuvre détruite, je me suis retiré en Jamaïque où j'ai consacré ma vie à mettre de l'ordre dans ses papiers et à écrire mes Mémoires. »

À partir du jour où le général eut dicté son testament, le médecin épuisa tous les palliatifs à portée de sa science : sinapismes sur les pieds, frictions sur la colonne vertébrale, emplâtres anodins sur tout le corps. Il remédia à sa constipation chronique par des lavements d'effet immédiat mais épuisants. Craignant une congestion cérébrale, il le soumit à un traitement vésicatoire pour soigner le rhume concentré dans sa tête. Ce traitement consistait en un pansement caustique à base d'une poudre de cantharide qui, appliqué sur la peau, provoquait des cloques capables d'absorber les médicaments. Le docteur Révérend appliqua au moribond cinq vésicatoires sur la nuque et un au genou. Un siècle et demi plus tard, de nombreux médecins continuaient de penser que la cause immédiate de la mort avait été ces pansements abrasifs qui entraînèrent des troubles urinaires et des mictions involontaires, douloureuses et mêlées de sang, au point de lui dessécher la vessie et de la coller au bassin, ainsi que le docteur Révérend put le constater lors de l'autopsie.

Le général avait l'odorat à ce point sensible qu'il obligeait le médecin et l'apothicaire Augusto Tomasín à se tenir à distance à cause des effluves de liniments. Plus que jamais il faisait asperger la chambre d'eau de Cologne et il continuait de prendre ses bains inutiles, de se raser lui-même, de se brosser les dents avec un acharnement féroce, en un effort surnaturel pour se défendre des immondices de la mort.

La seconde semaine de décembre passa par Santa Marta le colonel Luis Perú de Lacroix, un jeune vétéran des armées napoléoniennes qui avait été jusqu'à peu de temps auparavant aide de camp du général. Aussitôt après l'avoir vu, il écrivit à Manuela Sáenz la lettre de la vérité. Manuela prit la route de Santa Marta à peine l'eut-elle reçue, mais à Guaduas on lui annonça qu'elle avait toute une vie de retard. La nouvelle l'effaça de la surface du monde. Elle se confondit avec son ombre, laissant tout derrière elle sauf deux coffres contenant des documents du général qu'elle réussit à mettre en lieu sûr à Santa Fe et que Daniel O'Leary récupéra des années plus tard à sa demande. Une des premières actions gouvernementales du général Santander fut de la condamner à l'exil. Manuela accepta son sort avec une dignité irritée, d'abord en Jamaïque puis en une errance triste qui devait s'achever à Paita, un port sordide du Pacifique où allaient échouer les baleiniers de tous les océans. Là, elle entretint l'oubli avec des dentelles qu'elle faisait elle-même au crochet, des cigares de charretier et des confiseries en forme d'animaux qu'elle confectionna et vendit aux marins tant que le lui permit l'arthrite de ses mains. Le docteur Thorne, son mari, fut assassiné à coups de couteau dans un terrain vague de Lima et volé du peu qu'il avait sur lui. Dans son testament il avait légué à Manuela une somme égale à la dot qu'elle avait apportée en se mariant, mais on ne la lui remit jamais. Trois visites mémorables la consolèrent de son esseulement : celle du maître Simón Rodríguez, avec qui elle partagea les cendres de la gloire, celle de Giuseppe Garibaldi, le patriote italien qui était allé combattre en Argentine la dictature de Rosas, et celle du romancier Herman Melville qui parcourait les eaux du monde à la recherche de documents pour *Moby Dick*. Devenue âgée, immobilisée dans un hamac à cause d'une fracture de la hanche, elle lisait l'avenir dans les cartes et donnait des conseils d'amour aux amoureux. Elle mourut pendant une épidémie de peste, à l'âge de cinquante-neuf ans, et sa cabane fut incinérée par la police sanitaire en même temps que les précieux documents et les lettres intimes du général. Les seuls objets personnels qu'elle avait conservés de lui étaient, selon ce qu'elle confia à Perú de Lacroix, une mèche de ses cheveux et un gant.

Perú de Lacroix trouva La Florida de San Pedro Alejandrino en proie à un désordre qui était déjà celui de la mort. La maison allait à la dérive. Les officiers dormaient à n'importe quelle heure, vaincus par le sommeil, et ils étaient à ce point irritables que le prudent José Laurencio Silva alla jusqu'à dégainer son épée pour faire respecter le silence réclamé par le docteur Révérend. Fernanda Barriga n'avait plus assez de fougue ni de bonne humeur pour satisfaire tant de demandes de nourriture aux heures les plus inattendues. Les plus démoralisés jouaient aux cartes jour et nuit, sans s'inquiéter de ce que dans la pièce voisine le moribond écoutât leurs cris. Un soir, tandis que le général gisait dans la torpeur de la fièvre, quelqu'un sur la terrasse se mit à vociférer parce qu'on lui avait vendu pour douze pesos et vingt-trois centimes une demi-douzaine de planches, deux cent vingt-cinq clous, six cents broquettes ordinaires et cinquante dorées, dix vares de madapolam, dix vares de chanvre et six vares de ruban noir.

C'était un véritable scandale qui couvrit les autres voix et finit par occuper tout l'espace de l'hacienda. Le docteur Révérend était dans la chambre en train de panser la main fracturée du général Montilla, et tous deux comprirent que le malade, dans la lucidité de la somnolence, faisait lui aussi les comptes. Montilla, se pencha par la fenêtre et cria de toutes ses forces.

« Taisez-vous, nom de Dieu ! »

Le général intervint sans ouvrir les yeux.

« Laissez-les tranquilles, dit-il. Après tout il n'y a pas de comptes que je ne puisse entendre. »

Seul José Palacios savait que le général n'avait pas besoin d'en écouter plus pour comprendre que les comptes ainsi hurlés faisaient partie des deux cent cinquante-trois pesos, sept réaux et trois sous collectés pour ses funérailles à l'initiative de la municipalité auprès de quelques particuliers et des fonds des abattoirs et de la prison, et que la liste était celle des fournitures nécessaires à la fabrication du cercueil et à l'excavation de la tombe. José Palacios, sur ordre de Montilla, se chargea alors d'interdire l'entrée de la chambre à quiconque, quel que fût son grade, son titre ou sa dignité, et lui-même s'imposa une discipline si sévère pour veiller sur le malade qu'on ne savait plus lequel des deux allait mourir.

« Si on m'avait accordé un pouvoir comme celui-ci depuis le début, cet homme aurait vécu cent ans », dit-il.

Fernanda Barriga voulut entrer.

« Avec toutes les femmes qu'il a aimées, dit-elle, ce pauvre orphelin ne peut mourir sans en avoir une seule à son chevet ; même pauvre et vieille et bonne à rien comme moi. »

On ne le lui permit pas. Elle s'assit alors près de la fenêtre, essayant de sanctifier par des répons les délires païens du moribond, et demeura ainsi, à la merci de la charité publique, plongée dans un deuil éternel, jusqu'à l'âge de cent un ans.

Ce fut elle qui couvrit le chemin de fleurs et dirigea les chants lorsque le curé du village voisin de Mamatoco apparut pour lui donner l'extrême-onction, le mercredi en début de soirée. Il était précédé d'une double rangée d'Indiennes pieds nus, vêtues d'aubes en grosse toile écrue et coiffées de couronnes d'astromélies, qui éclairaient le chemin avec des lampes à huile et chantaient dans leur langue des cantiques funèbres. Ils s'avancèrent sur le sentier que Fernanda tapissait de fleurs devant eux, et l'instant fut si bouleversant que personne n'osa les arrêter. Le général se souleva dans son lit lorsqu'il les entendit entrer, replia son bras sur ses yeux pour éviter l'éblouissement et les jeta dehors en s'écriant :

« Emportez-moi ces luminaires, on dirait une procession de revenants. »

Afin que la mauvaise humeur de la maison ne finît de tuer le condamné, Fernando fit venir de Mamatoco un orchestre qui joua sans reprendre haleine pendant une journée entière sous les tamariniers du jardin. Le général se montra sensible aux vertus sédatives de la musique. Il se fit jouer plusieurs fois *La Trinitaria*, sa contredanse favorite, devenue populaire parce que autrefois il en distribuait la partition partout où il passait.

Les esclaves arrêtèrent les moulins et contemplèrent un long moment le général derrière les liserons de la fenêtre. Il était enveloppé dans un drap blanc, le visage plus hâve et plus terreux que s'il eût été mort, et il battait la mesure de sa tête hérissée de touffes de cheveux qui commençaient à repousser. À la fin de chaque morceau, il applaudissait avec la décence conventionnelle qu'il avait apprise à l'Opéra de Paris.

À midi, encouragé par la musique, il prit une tasse de bouillon et mangea des chaussons au sagou et du poulet bouilli. Puis il demanda un miroir à main pour se regarder dans le hamac et dit : « Avec des yeux comme ça, je ne peux pas mourir. » L'espoir, presque perdu, que le docteur Révérend accomplisse un miracle renaquit en chacun. Mais alors qu'il semblait aller mieux, le malade prit le général Sarda pour un des trente-huit officiers espagnols que Santander avait fait fusiller en une seule journée et sans jugement après la bataille de Boyacá. Plus tard il eut une rechute subite dont il ne put se remettre et cria, du peu de voix qui lui restait, de chasser les musiciens loin de la maison, là où ils ne perturberaient pas la paix de son agonie. Lorsqu'il recouvra son calme, il ordonna à Wilson de rédiger une lettre pour le général Justo Briceño, lui demandant comme un hommage presque posthume de se réconcilier avec Urdaneta pour sauver le pays des horreurs de l'anarchie. Il ne dicta lui-même que la première ligne : « Aux derniers instants de ma vie je vous écris cette lettre... »

Il bavarda jusque très tard avec Fernando et pour la première fois lui donna des conseils sur son avenir. L'idée de rédiger ensemble ses Mémoires demeurerait à l'état de projet, mais son neveu avait assez vécu à ses côtés pour tenter de les écrire comme un simple exercice du cœur afin que ses enfants aient une notion de ces années d'heurs et de malheurs. «O'Leary écrira quelque chose s'il mène à bien ses désirs, dit le général. Mais ce sera différent.» Fernando avait alors vingt-six ans et devait vivre jusqu'à l'âge de quatre-vingt-huit ans, mais il n'écrivit que quelques pages décousues car le destin lui réserva l'immense fortune de le priver de mémoire.

José Palacios se trouvait dans la chambre lorsque le général avait dicté son testament. Ni lui ni personne ne prononça un mot au cours de cette cérémonie revêtue d'une solennité sacramentelle. Mais le soir, pendant le bain émollient, il supplia le général de changer ses volontés.

«Nous avons toujours été pauvres et nous n'avons jamais manqué de rien, lui dit-il.

– Bien au contraire, lui dit le général. Nous avons toujours été riches et nous n'avons jamais rien eu de trop.»

Ces deux extrêmes étaient la pure vérité. José Palacios était entré très jeune au service du général, sur ordre de la mère de celui-ci, dont il était l'esclave, et il ne fut jamais émancipé de façon formelle. Toute sa vie il demeura dans une incertitude civile, on ne lui versa jamais de solde, il ne reçut aucun statut, mais ses besoins personnels faisaient partie des nécessités privées du général. Il s'identifia à lui jusque dans sa façon de s'habiller et de manger, et alla même jusqu'à exagérer sa sobriété. Le général n'entendait pas l'abandonner à son sort sans un grade militaire ou une pension d'invalide, à un âge où il ne pouvait recommencer sa vie. Il n'y avait donc pas d'autre alternative: la clause des huit mille pesos était irrévocable et ineffaçable.

«Ce n'est que justice», dit le général.

José Palacios répliqua d'une traite:

«La justice ce serait de mourir ensemble.»

En fait il en fut ainsi car il géra son argent aussi mal

que le général avait géré le sien. À la mort de celui-ci, il resta à Carthagène des Indes à la merci de la charité publique, goûta à l'alcool pour noyer ses souvenirs et succomba à ses plaisirs. Il mourut à l'âge de soixante-seize ans, après s'être roulé dans la boue lors d'une crise de delirium tremens, dans un antre de mendiants révoqués de l'armée libératrice.

Le 10 décembre, le général se réveilla si mal en point que l'on fit appeler d'urgence Mgr Estévez au cas où il souhaiterait se confesser. L'évêque arriva sans plus attendre, revêtu de ses ornements épiscopaux tant il accordait d'importance à l'entrevue. Mais sur ordre du général, celle-ci eut lieu à huis clos et sans témoins, et ne dura que quatorze minutes. On ne sut jamais un seul mot de ce qu'ils se dirent. L'évêque sortit en hâte et décomposé, monta dans sa voiture sans prendre congé de personne, et ne célébra pas le service funèbre ni n'assista à l'enterrement malgré les nombreuses prières qui lui furent adressées. Le général se sentit si mal qu'il ne put se lever tout seul du hamac, et le médecin dut le tenir dans ses bras comme un bébé, l'asseoir sur le lit et le caler sur des coussins afin que la toux ne l'étouffât pas. Lorsque enfin il reprit haleine, il fit sortir tout le monde pour parler en tête à tête avec le médecin.

« Je n'imaginais pas que cette saloperie fût grave au point de devoir penser aux saintes huiles, lui dit-il. Moi qui n'ai pas le bonheur de croire dans la vie de l'au-delà.

– Il ne s'agit pas de cela, dit Révérend. Il est prouvé que mettre de l'ordre dans sa conscience insuffle au malade un état d'âme qui facilite beaucoup la tâche du médecin. »

Le général ne fit pas attention à l'habileté de la réponse car il fut bouleversé par la révélation éblouissante que la course folle entre sa maladie et ses rêves touchait en cet instant même à sa fin. Le reste n'était que ténèbres.

«Nom de Dieu, soupira-t-il. Comment sortir de ce labyrinthe!»

Il examina la pièce avec sa lucidité d'antan, et pour la première fois contempla la vérité: le dernier lit prêté, la table de toilette pitoyable dont le trouble miroir de patience ne le refléterait plus jamais, la cuvette en porcelaine ébréchée avec l'eau, la serviette et le savon pour d'autres mains, la hâte sans pitié de l'horloge octogonale poursuivant sa course vers l'inévitable rendez-vous du 17 décembre, à une heure et sept minutes de son après-midi final. Alors, il croisa ses bras sur sa poitrine et commença à écouter les voix radieuses des esclaves chantant le Salve de six heures dans les moulins à sucre, vit par la fenêtre le diamant de Vénus haut dans le ciel s'en aller pour toujours, les neiges éternelles, les liserons dont il ne verrait pas les nouvelles fleurs jaunes s'ouvrir le samedi suivant dans la maison endeuillée, les dernières fulgurances de la vie qui, dans les siècles et les siècles, ne reviendrait plus jamais.

Remerciements

Pendant de nombreuses années j'ai écouté Alvaro Mutis me parler de son projet d'écrire le dernier voyage de Simón Bolívar sur le Magdalena. Lorsqu'il publia *El último rostro*, fragment anticipé du livre, le récit me parut si mûr, son style et sa tonalité si dépouillés, que je m'attendis à le lire en entier sous peu. Toutefois, deux ans plus tard, j'eus le sentiment qu'il l'avait voué à l'oubli, comme cela nous arrive souvent à nous autres écrivains, même avec nos rêves les plus chers. Je me suis donc permis de lui demander l'autorisation de l'écrire. Au bout de dix ans d'attente, j'avais frappé juste. De sorte que c'est à lui que va tout d'abord ma reconnaissance.

Plus que les gloires du personnage, c'était le Magdalena qui m'intéressait alors, car je l'avais connu dans mon enfance, l'avais remonté depuis la côte caribéenne, où j'eus le bonheur de naître, jusqu'à la ville de Bogotá, lointaine et trouble, où dès le premier jour je me sentis plus étranger que dans aucune autre. Pendant mes années d'études, je parcourus onze fois ce fleuve dans les deux sens, sur les bateaux à vapeur qui sortaient des chantiers du Mississippi, condamnés à la nostalgie et dotés d'une vocation mythique à laquelle nul écrivain n'aurait su résister.

Par ailleurs, les fondements historiques m'inquiétaient peu, car le dernier voyage de Bolívar sur le Magdalena fait partie de la période de sa vie la moins riche en documents. Il n'écrivit alors que trois ou quatre lettres – lui qui en avait dicté plus de dix mille – et aucun de ceux qui l'accompagnaient ne laissa de souvenirs écrits de ces quatorze jours funestes. Cependant, dès le premier chapitre, je dus me renseigner sur son mode de vie, et cette démarche m'obligea à en entreprendre une autre, puis une autre et une autre encore, jusqu'à épuisement. Pendant deux longues années je m'enfonçai peu à peu dans les sables mouvants d'une documentation torrentielle, contradictoire et souvent peu précise, allant des trente-quatre tomes des Mémoires de Daniel Florencio O'Leary jusqu'aux coupures de journaux les plus insolites. Mon manque absolu d'expérience et de méthode dans le domaine de la recherche historique rendit ma tâche plus ardue encore.

Ce livre n'existerait pas aujourd'hui n'eût été le secours de ceux qui ont hanté avant moi ces territoires, pendant un siècle et demi, me rendant ainsi plus facile la témérité littéraire de raconter une vie consignée dans une documentation tyrannique sans pour autant renoncer à toutes les libertés qu'autorise le roman. Mais je tiens surtout à exprimer ma gratitude à un groupe d'amis, anciens et nouveaux, qui ont bien voulu attribuer une grande importance et faire leurs, aussi bien mes incertitudes les plus graves – comme la véritable pensée politique de Bolívar au milieu de ses contradictions flagrantes – que mes doutes les plus triviaux – comme la pointure de ses chaussures. Toutefois, il n'y a rien que j'apprécierais plus que l'indulgence de ceux qui, par un abominable oubli, ne sont pas inclus dans cette liste de remerciements.

L'historien colombien Eugenio Gutiérrez Celys, en

réponse à un questionnaire de plusieurs pages, élabora pour moi des archives sous forme de fiches qui non seulement m'apportèrent des renseignements inattendus – dont beaucoup égarés dans la presse colombienne du XIXe siècle – mais me firent entrevoir les premières lueurs d'une méthode de recherche et de classification des informations. De plus, son livre *Bolívar día a día*, écrit avec l'historien Fabio Puyo, fut une carte de navigation qui, tout au long de l'écriture, me permit de circuler à mon aise à travers tous les temps du personnage. Le même Fabio Puyo sut calmer mes angoisses par des documents analgésiques qu'il me lisait au téléphone depuis Paris ou m'envoyait d'urgence par télex ou par télécopie, comme s'il se fût agi de remèdes de vie ou de mort. L'historien colombien Gustavo Vargas, professeur à l'université nationale autonome du Mexique, resta à portée de mon téléphone pour éclaircir mes doutes, grands ou petits, en particulier ceux qui touchaient aux idées politiques de l'époque. L'historien bolivarien Vinicio Romero Martínez m'aida depuis Caracas grâce à des découvertes qui m'eussent semblé impossibles sur les habitudes privées de Bolívar – en particulier sur son langage grossier – et sur le caractère et le destin de sa suite, et en examinant de façon implacable les faits historiques de la version finale. C'est à lui que je dois la remarque providentielle que Bolívar n'avait pu manger des mangues avec la délectation infantile que je lui avais attribuée pour la bonne raison qu'il manquait encore plusieurs années pour que les manguiers fassent leur apparition en Amérique.

Jorge Eduardo Ritter, ambassadeur de Panamá en Colombie puis ministre des Affaires étrangères de son pays, prit plusieurs fois et de toute urgence l'avion dans le seul but de m'apporter quelques-uns de ses livres introuvables. Don Francisco de Abrisqueta, à Bogotá, fut un guide obstiné au milieu de la bibliographie bolivarienne immense et touffue. L'ancien président Belisario Betancur dissipa plusieurs de mes doutes tout au long d'une année de conversations téléphoniques, et me fit savoir que certains vers que je faisais réciter par cœur à Bolívar appartenaient au poète équatorien José Joaquín Olmedo. Avec Francisco Pividal j'eus, à La Havane, de lentes conversations préliminaires qui me permirent de me forger une idée claire du livre que je devais écrire. Roberto Cadavid (Argos), le linguiste le plus populaire et le plus serviable de Colombie, me fit la faveur de rechercher le sens et l'âge de certains idiotismes. À ma demande, le géographe Gladstone Oliva et l'astronome Jorge Pérez Doval, de l'Académie des sciences de Cuba, dressèrent un inventaire des nuits de pleine lune dans les trente premières années du XIXe siècle.

Mon vieil ami Aníbal Noguera Mendoza, depuis son ambassade de Colombie à Port-au-Prince, m'envoya la copie de documents personnels et son autorisation généreuse pour que je les utilise en toute liberté bien qu'ils fussent les notes et les brouillons d'une étude en cours sur le même thème. En outre, dans la première version des originaux, je découvris des bévues mortelles et des anachronismes suicidaires qui eussent semé le doute sur la rigueur de ce roman.

Enfin, Antonio Bolívar Goyanes – parent éloigné du protagoniste et sans doute le dernier typographe à l'ancienne qui reste à Mexico – eut la bonté de réviser avec moi les originaux, traquant au millimètre près les contresens, répétitions, inconséquences, erreurs et coquilles, en un examen acharné du langage et de l'orthographe, jusqu'à épuiser sept versions. C'est ainsi que nous surprîmes, la main dans le sac, un militaire qui gagnait des batailles avant même d'être né, une veuve qui partait pour l'Europe avec son époux bien-aimé, un déjeuner intime de Bolívar et de Sucre à Bogotá alors que l'un d'eux se trouvait à Caracas et l'autre à Quito. Toutefois je ne suis pas très sûr de devoir remercier ces deux collaborations finales car il me semble que de telles extravagances eussent déposé quelques gouttes d'humour involontaire – et peut-être désirable – dans l'horreur de ce livre.

GGM,
Mexico, janvier 1989.

Brève notice biographique de Simón Bolívar

(*Vinicio Romero Martínez*)

1783 – *24 juillet* : naissance à Caracas de Simón Bolívar.

1786 – *19 janvier* : mort de Juan Vicente Bolívar, père de Simón.

1792 – *6 juillet* : mort de doña María de la Concepción Palacios y Blanco, mère de Bolívar.

1795 – *23 juillet* : Bolívar quitte la maison de son oncle. Début d'un long procès. Il vit chez son précepteur Simón Rodríguez. En octobre il retourne chez son oncle.

1797 – Conspiration de Gual y España au Venezuela. Bolívar est incorporé à la milice comme cadet, dans les vallées d'Aragua.

1797-1798 – Andrés Bello lui donne des leçons de grammaire et de géographie. Il étudie la physique et les mathématiques chez lui et à l'académie créée par le père Francisco de Andujár.

1799 – *19 janvier* : il part pour l'Espagne et fait escale à

Cuba et au Mexique. À Veracruz, il écrit sa première lettre.

1799-1800 – À Madrid, il entre en contact avec un savant, le marquis de Ustáriz, son véritable maître intellectuel.

1801 – Entre mars et décembre il étudie le français à Bilbao.

1802 – *12 février*: à Amiens, il admire Napoléon Bonaparte. Il tombe amoureux de Paris.
26 mai: il épouse María Teresa Rodríguez del Toro à Madrid.
12 juillet: il arrive au Venezuela avec son épouse et se consacre à l'administration de ses terres.

1803 – *22 janvier*: María Teresa meurt à Caracas.
23 octobre: il est de nouveau en Espagne.

1804 – *2 décembre*: à Paris, il assiste au couronnement de Napoléon.

1805 – *15 août*: serment du mont Sacro, à Rome.
27 décembre: à Paris, il entre dans la franc-maçonnerie de rite écossais. En janvier 1806 il accède au grade de maître.

1807 – *1er janvier*: il débarque à Charleston et visite plusieurs villes des États-Unis. En juin il est de retour à Caracas.

1810 – *18 avril*: Bolívar est confiné dans son hacienda de Aragua et ne peut prendre part aux

événements du 19 avril qui marquent le début de la révolution vénézuélienne.
9 juin : il part en mission diplomatique pour Londres où il rencontre Francisco de Miranda.
5 décembre : retour de Londres. Cinq jours plus tard, Miranda arrive à Caracas et demeure dans la maison de Bolívar.

1811 – *2 mars* : réunion du premier Congrès du Venezuela.
4 juillet : discours de Bolívar à la Société patriotique.
5 juillet : le Venezuela proclame son indépendance.
23 juillet : sous les ordres de Miranda, Bolívar participe aux combats de Valencia. C'est sa première expérience de la guerre.

1812 – *26 mars* : tremblement de terre de Caracas.
6 juillet : à la suite d'une trahison, le colonel Simón Bolívar perd le château de Puerto Cabello.
30 juillet : Bolívar fait arrêter et emprisonner Francisco de Miranda et lui intente un procès militaire pour trahison et capitulation devant l'Espagne. Manuel María Casas s'empare du prisonnier et le livre aux Espagnols.
1er septembre : Bolívar arrive à Curaçao, son premier exil.
15 décembre : il publie en Nouvelle-Grenade le « Manifeste de Carthagène ».
24 décembre : Bolívar commence la campagne du Magdalena par l'occupation de Tenerife. Il chassera tous les Espagnols de la région.

1813 – *28 février* : il se bat à Cúcuta.
1er mars : il occupe San Antonio del Táchira.

273

12 mars : il est brigadier de la Nouvelle-Grenade.
14 mai : à Cúcuta il entreprend la « Campagne admirable ».
23 mai : à Mérida, il est acclamé comme *El Libertador*.
15 juin : À Trujillo il proclame la Guerre à Mort.
6 août : entrée triomphale à Caracas. Fin de la Campagne admirable.
14 octobre : le conseil de Caracas, dans une assemblée publique, proclame Bolívar capitaine général et *Libertador*.
5 décembre : bataille d'Araure.

1814 – *8 février* : Bolívar donne l'ordre d'exécuter les prisonniers de La Guayra.
12 février : bataille de La Victoria.
28 février : bataille de San Mateo.
28 mai : première bataille de Carabobo.
7 juillet : vingt mille habitants de Caracas, avec à leur tête *El Libertador*, entreprennent d'émigrer à l'Est.
4 septembre : Ribas et Piar, qui ont proscrit Bolívar et Mariño, donnent l'ordre d'arrêter ces derniers à Carúpano.
7 septembre : Bolívar lance son « Manifeste de Carúpano » et, refusant de reconnaître l'ordre d'arrestation, s'embarque dès le lendemain pour Carthagène.
27 novembre : le gouvernement de la Nouvelle-Grenade le nomme général en chef et le charge de reconquérir l'État de Cundinamarca. Bolívar entre en campagne et obtient la capitulation de Bogotá.
12 décembre : il forme son gouvernement à Bogotá.

1815 – *10 mai*: il tente de libérer le Venezuela depuis Carthagène mais se heurte à l'opposition des autorités de la ville. Il décide alors de partir pour la Jamaïque, en un exil volontaire.
6 septembre: Bolívar publie la célèbre Lettre de la Jamaïque.
24 décembre: Bolívar débarque aux Cayes en Haïti, où il retrouve son ami Luis Brión, un marin de Curaçao. Il rencontre le président haïtien Alexandre Pétion qui lui apportera un soutien sans précédent.

1816 – *31 mars*: l'expédition des Cayes part d'Haïti. Luis Brión en fait partie.
2 juin: à Carúpano il décrète l'abolition de l'esclavage.

1817 – *9 février*: Bolívar et Bermúdez se réconcilient par une accolade sur le pont du Neveri (Barcelona).
11 avril: bataille de San Félix, commandée par Piar. Libération d'Angostura, domination de l'Orénoque et stabilisation définitive de la république (IIIe République).
8 mai: réunion à Cariaco du congrès convoqué par le prêtre José Cortés Madariaga. Ce petit congrès est un échec bien que deux de ses décrets soient toujours en vigueur: les sept étoiles du drapeau national et la désignation de l'île de Margarita comme État de la Nouvelle-Sparte.
12 mai: Piar devient général en chef.
19 juin: Bolívar écrit à Piar une lettre de conciliation: «Général, je préfère me battre avec les Espagnols plutôt que d'avoir à affronter des problèmes entre patriotes.»

4 juillet : dans la lagune de Casacoima, de l'eau jusqu'au cou, Bolívar se cache pour échapper à une embuscade des royalistes. Il prédit devant ses officiers ébahis ce qu'il fera à partir de la prise d'Angostura et jusqu'à la libération du Pérou.
16 octobre : exécution du général Piar à Angostura. Le conseil de guerre est présidé par Luis Brión.

1818 – *30 janvier* : à la propriété de Cañafístula, dans les monts Apure, il s'entretient pour la première fois avec Páez, chef des armées des Plaines.
12 février : Bolívar bat Morillo à Calabozo.
27 juin : il fonde à Angostura le courrier de l'Orénoque.

1819 – *15 février* : réunion du congrès d'Angostura. Il y prononce le célèbre discours qui en porte le nom. Il est élu président du Venezuela. Immédiatement après, il entreprend la campagne de la libération de la Nouvelle-Grenade.
7 août : la bataille de Boyacá.
17 décembre : Bolívar fonde la république de Colombie, divisée en trois départements : Venezuela, Cundinamarca et Quito. Il est élu président de la République par le Congrès.

1820 – *11 janvier* : Bolívar est à San Juan de Payara, Apure.
5 mars : il est à Bogotá.
19 avril : il fête à San Cristóbal le dixième anniversaire du début de la révolution.
27 novembre : entrevue avec Pablo Morillo à Santa Ana (Trujillo). La veille Bolívar a ratifié

l'armistice et le traité de régularisation de la guerre.

1821 – *5 janvier* : Bolívar est à Bogotá et prépare la campagne du Sud qu'il confiera à Sucre.
14 février : il félicite Rafael Urdaneta pour s'être proclamé indépendant de Maracaibo, bien qu'il lui manifeste sa crainte que l'Espagne ne le considère comme une action de mauvaise foi et que cela porte préjudice à l'armistice.
17 avril : il annonce dans une proclamation la rupture de l'armistice et le début d'une « guerre sainte » : « Nous lutterons pour désarmer l'adversaire, non pour le détruire. »
28 avril : déclenchement des nouvelles hostilités.
27 juin : Bolívar remporte la victoire à Carabobo. Ce n'est pas sa dernière bataille, mais à Carabobo il affirme l'indépendance du Venezuela.

1822 – *7 avril* : bataille de Bomboná.
24 mai : bataille de Pichincha.
16 juin : à Quito, au moment de son entrée triomphale dans la ville aux côtés de Sucre, il fait la connaissance de Manuela Sáenz.
11 juillet : Bolívar entre dans Guayaquil. Deux jours plus tard il l'incorpore à la Colombie.
26-27 juillet : entrevue de Bolívar et San Martín à Guayaquil.
13 octobre : il écrit *Mon délire sur le Chimborazo*, à Loja, près de Cuenca, en Équateur.

1823 – *1er mars* : Riva Agüero, président du Pérou, demande au *Libertador* quatre mille soldats et le secours de la Colombie pour gagner l'indépendance. Bolívar envoie un premier contingent

de trois mille hommes le 17 mars, et un second, de trois mille hommes également, le 12 avril.
14 mai: le Congrès du Pérou publie un décret appelant le *Libertador* à en finir avec la guerre civile.
1er septembre: Bolívar entre à Lima. Le Congrès l'autorise à démettre Riva Agüero, rallié aux Espagnols.

1824 – *1er janvier*: Bolívar arrive malade à Pativilco.
12 janvier: il décrète la peine de mort contre ceux qui détournent plus de dix pesos appartenant aux fonds du Trésor public.
19 janvier: dans une très belle lettre à son maître Simón Rodríguez, il écrit: «Vous avez formé mon cœur à la liberté, à la justice, à la grandeur, à la beauté.»
10 février: le Congrès du Pérou le nomme dictateur afin qu'il sauve la république de ses ruines.
6 août: bataille de Junín.
5 décembre: Bolívar libère Lima.
7 décembre: convocation du congrès de Panamá.
9 décembre: victoire de Sucre à Ayacucho. Toute l'Amérique espagnole est libérée.

1825 – L'Angleterre reconnaît l'indépendance des nouveaux États d'Amérique.
12 février: le Congrès du Pérou, reconnaissant, décore le *Libertador*: une médaille, une statue équestre, un million de pesos pour lui et un autre million pour l'armée libératrice. Bolívar refuse l'argent qui lui est destiné mais accepte celui de ses soldats.
18 février: le Congrès du Pérou refuse qu'il

démissionne de la présidence et renonce à ses pouvoirs illimités.
6 août: une assemblée réunie à Chuquisaca, dans le Haut-Pérou, décide la fondation de la république de Bolivie.
26 août: Bolívar est au Cerro de Potosí.
25 décembre: il décrète à Chuquisaca la plantation d'un million d'arbres car c'est «l'endroit où l'on en a le plus besoin.»

1826 – *25 mai*: de Lima, il informe Sucre que le Pérou a reconnu la république de Bolivie. Il lui envoie le projet de Constitution bolivienne.
22 juin: réunion du congrès de Panamá.
16 décembre: Bolívar est à Maracaibo où il offre aux Vénézuéliens la réunion de la Grande Convention.
31 décembre: il arrive à Puerto Cabello pour rencontrer Páez.

1827 – *1ᵉʳ janvier*: il décrète une amnistie pour les responsable de la *Cosiata* (mouvement séparatiste). Il confirme Páez dans sa fonction de chef suprême du Venezuela. De Puerto Cabello, il écrit à Páez: «Je ne peux diviser la république; mais je le désire pour le bien du Venezuela et il en sera décidé en assemblée générale, si le Venezuela le veut.»
4 janvier: à Naguanagua, près de Valencia, il rencontre Páez et lui offre son soutien. Auparavant, il avait déclaré au congrès de Bogotá qu'il avait «le droit de résister à l'injustice par la justice, et à l'abus de la force par la désobéissance». Cette déclaration gêne Santander qui alimente ainsi son mécontentement envers le *Libertador*.

12 janvier: il arrive avec Páez à Caracas, au milieu des acclamations populaires.
5 février: de Caracas, il envoie au congrès de Bogotá une nouvelle démission de la présidence, en faisant une exposition dramatique de ses raisons, et conclut: «En proie à de tels sentiments je renonce une, mille et un million de fois à la présidence de la République…»
16 mars: il rompt définitivement avec Satander: «Ne m'écrivez plus car je ne veux point vous répondre ni vous donner le titre d'ami.»
6 juin: le congrès de Colombie refuse la démission de Bolívar et enjoint celui-ci de se rendre à Bogotá prêter serment.
5 juillet: il part de Caracas pour Bogotá. Il ne reverra plus sa ville natale.
10 septembre: Bolívar arrive à Bogotá et, devant une forte opposition politique, prête serment en tant que président de la République.
11 septembre: lettre à Tomás de Heres: «Hier je suis entré dans la capitale et je détiens déjà la présidence. C'était nécessaire: on évite de nombreux maux en échange d'infinies difficultés.»

1828 – *10 avril*: Bolívar est à Bucaramanga tandis que se tient la convention d'Ocaña au cours de laquelle se définissent clairement les partisans de Bolívar et ceux de Santander. Bolívar élève une protestation devant la convention pour les «actions de grâce adressées au général Padilla en raison de ses attentats commis à Carthagène.»
9 juin: Bolívar quitte Bucaramanga dans le but de se rendre au Venezuela en passant par Anauco, la propriété du marquis del Toro.

11 juin: la Convention d'Ocaña est dissoute.
24 juin: ses projets étant contrariés, Bolívar rentre à Bogotá où il est acclamé.
15 juillet: à Valencia, dans une proclamation, Páez désigne Bolívar comme « le génie singulier du XIXe siècle… celui qui, pendant dix-huit ans, a vécu de sacrifices en sacrifices pour votre bonheur, a accompli ce que l'on pouvait exiger de plus grand à son cœur : le commandement suprême auquel il a mille fois renoncé mais que l'état actuel de la République l'oblige à exercer. »
27 août: décret organique de la dictature, imposé en raison des rivalités de la convention d'Ocaña. Bolívar supprime la vice-présidence excluant ainsi Santander du gouvernement. Le *Libertador* lui offre l'ambassade de Colombie aux États-Unis. Santander accepte mais repousse son départ. Il est possible que l'évincement de Santander du pouvoir ait eu une influence sur l'attentat du 25 septembre.
21 septembre: Páez reconnaît Bolívar comme chef suprême et prête serment devant l'archevêque Ramón Ignacio Méndez sur la grand-place de Caracas où s'est réunie une foule nombreuse : « … et je fais serment d'obéir, préserver et exécuter les décrets qu'il signera, comme des lois de la République. Le ciel, témoin de mon serment, récompensera la fidélité avec laquelle j'accomplirai ma promesse. »
25 septembre: tentative d'assassinat de Bolívar à Bogotá. Il est sauvé par Manuela Sáenz. Santander se trouve parmi les suspects. Urdaneta, qui fait partie des jurés du procès, le condamne à mort. Bolívar commue la sentence en bannissement.

1829 – *1ᵉʳ janvier*: Bolívar est à Purificación. Les conflits avec le Pérou, qui a occupé militairement Guayaquil, rendent nécessaire sa présence en Équateur.
21 juillet: la Colombie reprend Guayaquil. Le peuple reçoit triomphalement le *Libertador*.
13 septembre: Bolívar écrit à O'Leary: «Nous savons tous que la réunion de la Nouvelle-Grenade et du Venezuela tient uniquement à mon autorité, laquelle disparaîtra, maintenant ou plus tard, lorsque ainsi en décideront la Providence ou les hommes…»
13 septembre: lettre de Páez: «J'ai fait publier une circulaire invitant tous les citoyens et toutes les corporations à exprimer formellement et solennellement leurs opinions. Vous pouvez maintenant agir légalement pour que le public dise ce qu'il veut. L'heure est venue que le Venezuela se prononce sans autre considération que celle du bien commun. Si l'on adopte des mesures radicales pour dire ce que véritablement vous désirez, les réformes seront parfaites et l'esprit public se réalisera…»
20 octobre: retour à Quito.
29 octobre: départ pour Bogotà.
5 décembre: À Popayán, Bolívar écrit à Juan José Flores: «Mon successeur sera probablement le général Sucre, de même qu'il est probable que nous lui accordions notre soutien en particulier; de mon côté je m'offre à le faire de tout cœur et de tout mon âme.»
15 décembre: il manifeste à Páez qu'il n'acceptera pas une nouvelle fois la présidence de la République et que si le congrès élit Páez

président de Colombie, il lui jure sur l'honneur qu'il servira sous ses ordres avec le plus grand plaisir.
18 décembre: il désapprouve catégoriquement le projet de monarchie colombienne.

1830 – *15 janvier*: Bolívar est de nouveau à Bogotá.
20 janvier: réunion du congrès de Colombie. Message de Bolívar. Il présente sa démission de la présidence de la République.
27 janvier: il sollicite un permis du congrès pour se rendre au Venezuela. Le congrès le lui refuse.
1er mars: il remet le pouvoir à Domingo Caycedo, président du Conseil du gouvernement, et se retire à Fucha.
27 avril: dans un message au Congrès Admirable, il renouvelle sa décision de ne pas rester à la présidence.
4 mai: Joaquín Mosquera est élu président de la Colombie.
8 mai: Bolívar entreprend son ultime voyage.
4 juin: Sucre est assassiné à Berruecos. Bolívar l'apprend le 1er juillet au pied de la colline de la Popa et en est bouleversé.
5 septembre: Urdaneta s'empare du gouvernement de la Colombie devant l'évident relâchement des autorités. À Bogotá, Carthagène et dans d'autres villes de la Nouvelle-Grenade, des manifestations et déclarations ont lieu en faveur du *Libertador* et de la reprise du pouvoir par celui-ci. Pendant ce temps, Urdaneta l'attend.
18 septembre: en apprenant les événements qui ont porté Urdaneta à la tête du gouvernement, il s'offre en tant que citoyen et en tant que soldat pour défendre l'intégrité de la république, et

annonce qu'il marchera sur Bogotá à la tête de deux mille hommes pour soutenir le nouveau gouvernement; il refuse en partie la requête qui lui est faite de reprendre le pouvoir, arguant qu'on le tiendrait pour un usurpateur, mais il laisse ouverte la possibilité que lors de prochaines élections «... la légitimité me couvrira de son ombre ou il y aura un nouveau président...»; enfin, il demande à ses compatriotes de soutenir le gouvernement d'Urdaneta.

2 octobre: Bolívar est à Turbaco.
15 octobre: il est à Soledad.
8 novembre: il est à Barranquilla.
1ᵉʳ décembre: il arrive en état de prostration à Santa Marta.
6 décembre: il se rend à San Pedro Alejandrino, propriété de l'Espagnol don Joaquín de Mier.
10 décembre: il dicte son testament et sa dernière proclamation. Devant l'insistance du médecin pour qu'il se confesse et reçoive les derniers sacrements, Bolívar dit: «Qu'est-ce que cela veut dire? Vais-je donc aussi mal pour qu'on me parle de testament et de confession?... Comment sortirai-je de ce labyrinthe!»
17 décembre: Bolívar meurt à San Pedro Alejandrino entouré de très peu d'amis.

DU MÊME AUTEUR

La Mala Hora, Grasset.
Des feuilles dans la bourrasque, Grasset.
Pas de lettre pour le colonel, Grasset.
Les Funérailles de la Grande Mémé, Grasset.
Cent Ans de solitude, Le Seuil,
(*Prix du meilleur livre étranger*).
L'Incroyable et Triste Histoire
de la candide Erendira et de
sa grand-mère diabolique, Grasset.
Récit d'un naufragé, Grasset.
L'Automne du patriarche, Grasset.
Chronique d'une mort annoncée, Grasset.
L'Amour aux temps du choléra, Grasset et CNL 385.
Des yeux de chien bleu, Grasset.

Dans Le Livre de Poche

Extraits du catalogue

Gabriel García Márquez

L'Automne du patriarche — 5692

Le patriarche est l'archétype des dictateurs d'Amérique latine. Tyranneau sans âge, méfiant et délirant, il règne sur une contrée riveraine des Caraïbes. Largement fait de la passivité générale sur laquelle il s'appuie, son pouvoir absolu condamne le vieillard cacochyme à une solitude qui débouche sur un vide vertigineux. Ce vide, qu'il faut meubler à n'importe quel prix, tant il est angoissant, le vieux monstre va s'employer à l'agiter de ses fantasmes, que l'apathie de ses concitoyens lui permettra de concrétiser; atrocités sans raison, décisions aberrantes alternent avec les pitreries privées. Car le monstre vétuste, égrotant et analphabète qui sévit sous cette latitude suffocante a beau semer des bâtards à travers l'extravagante bâtisse présidentielle encombrée de vaches et de volatiles, sa dépendance affective vis-à-vis de sa mère est telle qu'il ne pourrait envisager de se marier de son vivant. À sa disparition, une fiancée «à la voix d'homme» deviendra son épouse le temps d'accoucher d'un prématuré: femme et enfant promis à d'autres horreurs. Au-delà du baroque flamboyant qui l'anime si puissamment, ce roman-fleuve qu'on dirait écrit d'une seule et gigantesque coulée, d'une encre à la fois visionnaire et satirique, manifeste et confirme une maîtrise incomparable.

Chronique d'une mort annoncée — 6409

Les frères Vicario ont annoncé leur intention meurtrière, la rumeur alertant finalement le village entier, à l'exception de Santiago Nasar. Et pourtant, à l'aube, ce matin-là, Santiago Nasar sera poignardé devant sa porte. Il a passé une nuit blanche avec les derniers fêtards d'un mariage. Il rentre du port, où il est allé, comme une grande partie du village, accueillir l'évêque dont le passage constitue un événement.

Pourquoi le crime n'a-t-il pu être évité? Les uns n'ont rien fait, croyant à une simple fanfaronnade d'ivrognes; d'autres ont tenté d'agir, mais un enchevêtrement complexe de contretemps et d'imprévus, et aussi l'ingénuité ou la rancœur et les sentiments contradictoires d'une population vivant en vase clos dans son isolement tropical, ont facilité la volonté aveugle du destin.

Dans ce roman, l'humour et l'imagination du grand écrivain colombien atteignent à une acuité visionnaire pour créer une nouvelle et géniale fiction sur les thèmes de l'honneur et de la fatalité.

La Mala Hora 6440

Un village colombien, qui a connu la guerre civile, vit en paix depuis que le maire a rétabli l'ordre par la terreur.

Mais, un soir, les premiers tracts anonymes apparaissent sur quelques portes. Celui que lit César Montero l'amène aussitôt à tuer l'amant de sa femme. Durant les dix-sept jours que dure le roman, les tracts se multiplient, semant la discorde dans les familles, ravivant les haines, réveillant dans la mémoire de chacun les combines, les exactions, les crimes commis pour s'enrichir ou se venger.

Certains croient voir dans cette opération la main de Dieu; d'autres accusent les sorcières. Le curé Angel, d'abord indifférent, demande finalement au maire de prendre des mesures d'autorité devant ce «terrorisme dans l'ordre moral». Rien n'empêchera les tracts de proliférer. Le maire décidera de revenir à la répression. La prison se remplira de suspects, les coups de feu retentiront à nouveau. Les tracts disparaissent, mais la paix mensongère est terminée, et le village retourne à son enfer quotidien.

L'Aventure de Miguel Littín, 6550
clandestin au Chili

Miguel Littín est chilien et metteur en scène de cinéma. Il fait partie des 5 000 Chiliens qui sont interdits de séjour dans leur pays. Au début de l'année 1985, pourtant, Miguel Littín est rentré clandestinement au Chili. Pendant six semaines, grâce à la résistance intérieure, il a réussi à diriger trois équipes de nationalités différentes pour filmer clandestinement, jusque dans le palais présidentiel, la réalité du pays sous la dictature militaire. Le résultat visible de cette aventure est un film de quatre heures pour la télévision et une version de deux heures pour les salles de cinéma.

Le résultat lisible est autre chose encore : l'aventure de Miguel Littín, c'est de retrouver son pays sans avoir le droit de s'y montrer autrement qu'en étranger; c'est aussi de confronter ses opinions d'exilé avec la réalité de la résistance. C'est enfin de s'interroger sur la validité et sur l'utilité de la création dans une lutte politique. On comprend dès lors les raisons pour lesquelles Gabriel García Márquez a écrit ce récit.

L'Amour aux temps du choléra

Dans une petite ville des Caraïbes, à la fin du siècle dernier, un jeune télégraphiste, pauvre, maladroit, poète et violoniste, tombe amoureux fou de l'écolière la plus ravissante que l'on puisse imaginer. Sous les amandiers d'un parc, il lui jure un amour éternel et elle accepte de l'épouser. Pendant trois ans, ils ne feront que penser l'un à l'autre, vivre l'un pour l'autre, rêver l'un de l'autre, plongés dans l'envoûtement de l'amour. Jusqu'au jour où l'éblouissante Fermina Daza, créature magique et altière, irrésistible d'intelligence et de grâce, préférera un jeune et riche médecin, Juvenal Urbino, à la passion invincible du médiocre Florentino Ariza. Fermina et Juvenal gravissent avec éclat les échelons de la réussite en même temps qu'ils traversent les épreuves de la routine conjugale.

Florentino Ariza, repoussé par Fermina Daza, se réfugie dans la poésie et entreprend une carrière de séducteur impénitent et clandestin. Toute sa vie, en fait, n'est tournée que vers un seul objectif: se faire un nom et une fortune pour mériter celle qu'il ne cessera jamais d'aimer en secret et avec acharnement chaque instant de chaque jour pendant plus d'un demi-siècle.

L'Amour aux temps du choléra est le grand roman tant attendu de García Márquez, aussi fondamental dans son œuvre que *Cent Ans de solitude* dont il forme le vrai pendant.

Composition réalisée par INFOPRINT

IMPRIMÉ EN FRANCE PAR BRODARD ET TAUPIN
Usine de La Flèche (Sarthe).
LIBRAIRIE GÉNÉRALE FRANÇAISE - 6, rue Pierre-Sarrazin - 75006 Paris.
ISBN : 2 - 253 - 06363 - 0   30/9650/0